追月亮的女孩

〔美〕莎拉·埃迪森·艾伦（Sarah Addison Allen）著
吴宜蓁 译

中国友谊出版公司

图书在版编目（CIP）数据

追月亮的女孩 / (美) 莎拉·埃迪森·艾伦著；吴宜蓁译. — 北京：中国友谊出版公司, 2019.5

书名原文: The Girl Who Chased the Moon

ISBN 978-7-5057-4660-2

Ⅰ. ①追… Ⅱ. ①莎… ②吴… Ⅲ. ①长篇小说—美国—现代 Ⅳ. ①I712.45

中国版本图书馆CIP数据核字(2019)第057011号

书名 追月亮的女孩
作者 ［美］莎拉·埃迪森·艾伦
译者 吴宜蓁
出版 中国友谊出版公司
发行 中国友谊出版公司
经销 新华书店
印刷 天津旭丰源印刷有限公司
规格 880×1230 毫米 32 开
9 印张 171 千字
版次 2019 年 6 月第 1 版
印次 2019 年 6 月第 1 次印刷
书号 ISBN 978-7-5057-4660-2
定价 45.00 元
地址 北京市朝阳区西坝河南里17号楼
邮编 100028
电话 （010）64678009

如发现图书质量问题，可联系调换。质量投诉电话：010-82069336

车子停下片刻之后，埃米莉才回过神来。一路上，她忧虑地不停把玩手腕上的手链，此时才终于将视线从手链上移开，抬头看向窗外。前庭里两棵巨大的橡树看起来像极了正紧张地行屈膝礼的女性，僵硬身躯上的绿叶色外衣在风中轻轻晃动着。

“就是这里吗？”埃米莉问出租车司机。

“穆拉比的谢尔比路六号，就是这里，没错。”

埃米莉犹豫了一下才付钱下了车。空气里混合着西红柿的甜味跟山胡桃的烟熏味，闻起来既香甜又有点奇怪，埃米莉不自觉地舔了一下嘴唇。已经是黄昏了，但街灯还没有亮起来。整个周遭环境安静得让她讶异，甚至觉得有些诡异。街道上连一点声响都没有，没有孩童玩闹的声音，也没有音乐或电视的声音。这种奇怪的感觉，就像到了另一个不可思议的世界。

在出租车司机帮她将两个塞得满满的粗呢旅行袋拎下车的时候，埃米莉环顾了一下四周。这条街上都是老旧的房子，当中许多是老电影中会出现的南方风格的房屋，有精致的门与窗框，以及色彩鲜艳的前廊。

司机将行李放在她旁边的人行道上，朝她点头示意之后，就上车离开了。

埃米莉望着出租车消失在街口，有几撮发丝从她短短的马尾中散落出来，她将头发拨到耳后，然后俯身拿起行李袋。她拖着行李，顺着步道走了过去，穿过前庭以及那两棵巨大的橡树。树荫下格外阴冷、黑暗，于是她加快了脚步。但当她穿过树荫时，呈现在眼前的景象让她停下了脚步。

这栋房子跟街道上其他的房子都不一样。

房子原本应该是纯白色的，但现在看起来已经呈现灰色，哥特复兴式的尖拱窗户上也布满了厚厚的灰尘，透不过光线。这房子仿佛是在夸张地炫耀自己的老旧一般，斑驳的油漆碎片跟屋顶砖瓦肆意地散落在庭院中。一楼的外围是环绕式的门廊，门廊支撑着二楼的阳台，两个楼层的地面上都布满了长年未清扫的干枯落叶。如果不是阶梯中央还有一条较为干净、像有人走过的路径，整栋房子看起来根本就是座空屋。

这里就是妈妈长大的地方吗？

埃米莉感到自己的手臂在颤抖，但她告诉自己那是因为行李太重而引起的。她拖着行李走上阶梯，随着她的脚步翻起一大堆落叶。她踏上了门廊，放下行李，上前去敲了一下门。

没有回应。

她又敲了一次。

一片寂静。

她再度拨了一下头发，狐疑地转头看背后想找出点端倪。她回过头，轻轻地打开那扇满是灰尘的大门，朝着里面大叫：“有人在吗？”声音回荡在空空的房子里。

没有回应。

她小心翼翼地走了进去，屋子里一点灯光都没有，黄昏最后一线微弱的光从客厅窗户透了进来，照在埃米莉的左侧。客厅里的家具色泽深沉、质感高贵且气派豪华，但是这些家具的尺寸对埃米莉来说都太大了，像是给巨人专用的。她的右手边还有一个房间，不过被一扇折叠式的拉门挡住了。正前方是走廊，通往厨房以及连接往二楼的宽大楼梯。她走到楼梯下面，朝着楼上喊：“有人在吗？”

突然之间，折叠式拉门打开了，埃米莉被吓得往后退了一步。一位银白色头发的老人走了出来，他微微低下头，以免撞到门框。这位老人身材极高，走起路来步伐僵硬，两条腿像踩高跷般。整个人看起来很不稳当，犹如用软木而非钢筋混凝土盖成的摩天大楼，随时都会坍塌似的。

“你终于到了，我都有点担心起来了。”埃米莉记得他那流利的南方口音，一个星期前他们在电话中交谈过一次，那是他们两个第一次也是唯一的一次交谈，不过他的外表跟埃米莉想象中的完全不同。

埃米莉伸长了脖子，抬头看着他：“你就是万斯·谢尔比？”

他点点头，似乎有点害怕她。这让埃米莉不禁有点得意，原来这么高大的人也会害怕，于是埃米莉稍微控制了一下自己的姿态，不想再做什么会吓到他的动作。

埃米莉刻意缓慢地伸出了手："你好，我是埃米莉。"

他先是露出微笑，接着笑出了声，笑声上扬像一团火焰卷起了灰，并快速往上蹿升。他握住埃米莉的手，他的手掌很大，埃米莉觉得自己的手好像在他手中消失了一样。"我知道你是谁，孩子。你长得就跟你妈妈在你这个年纪时一模一样。"他的笑容很快地消失了，跟他笑出声时一样迅速。他松开了埃米莉的手，不太自然地左右看了一下："你的行李呢？"

"在外面门廊上。"

两个人之间出现了一阵短暂而尴尬的沉默。不久之前，他们两个人才知道彼此的存在，埃米莉心里明明还有好多想知道的事情，怎么会这么快就没有话说了呢？

"嗯，"他终于开口，"你在楼上想做什么都没关系，楼上的空间都是你的。我已经没有办法爬上去了，我的髋关节跟膝盖都有关节炎，所以现在我住在这个房间。"他指了指那扇折叠门。"你可以挑你喜欢的房间，不过，你妈妈以前住的房间是右手边的最后一间。你进去之后，告诉我壁纸是什么样子的，我想知道。"

"谢谢你，我会的。"埃米莉说完，那个男人就转过身，朝着厨房的方向走了，巨大的鞋子使得他的脚步发出偌大的声响。

埃米莉疑惑地看着他的身影，就这样？

她回到门廊上，把行李拖了进来。走上楼，走道的空气中弥漫着一股闷闷的羊毛味道。二楼总共有六个房间，埃米莉顺着长长的走道一直走下去，行李在硬木地板上拖动的声响，在一片寂静中更为明显。

她一直走到右边的最后一个房间，才把行李放下，伸手到房间内侧的墙上去摸索电灯开关。灯亮了之后，埃米莉第一眼注意到的就是房间里的壁纸。壁纸上的图案是一串又一串的紫丁香，而且似乎是带有香味的壁纸，整个房间里都是紫丁香的味道。墙边是一张有四根帷柱的床，原本的罩纱仍垂挂在帷柱上，但已经老旧破碎了。

床脚有一块白色的木板，上头以螺旋状的字体刻着埃米莉妈妈的名字：达尔茜。埃米莉的手指轻轻拂过木板表面，指头上沾满了灰尘。即使房里的东西都尘封已久，但仍然可以看出这个房间有种独特的尊贵感。

这实在太奇怪了，这个房间的风格根本一点都不像她的妈妈。

她打开了通往阳台的落地玻璃门，踩在已经深到脚踝的落叶上。自从妈妈过世之后，一切都变得那么危险不安，好像走在纸搭的桥上一样。她离开波士顿的时候，本来还带着希望，觉得到了这里之后一切就都没问题了。回到妈妈的故乡让她觉得很安心，甚至还可以跟自己从来都不认识的外公住在一起。

但现在，这个寂寞又奇异的地方似乎正在嘲笑她。

这里一点都不像个家。

她伸手想再碰碰自己的手链，好让自己觉得安心一点，但只摸到了光滑的皮肤。她举起手腕，愣住了。

手链不见了。

她慌张地环顾四周，疯狂地踢开阳台上的落叶，找寻手链的踪影。她猜想手链可能刚刚被行李袋钩到，滑进袋子里去了，便冲进房里打开行李袋，将所有衣物都翻了出来，一不小心还把用白色大衣紧紧包住的笔记本电脑摔到了地上。

但手链不在行李袋里。埃米莉立刻冲出房间，跑到一楼去，急速地拉开大门。庭院里被树荫遮盖的地方比刚才更暗了，她必须放慢动作，直到可以看到街道上透过来的灯光时，才又一股脑儿地冲到人行道旁。

找了十分钟之后，埃米莉终于想通了，手链的去向只有两种可能：如果不是她把手链掉在人行道上，刚刚已经被别人捡走了；那就是她下车之前把玩手链时，就已经遗落在出租车上，而现在它已经在回罗利的途中了，先前埃米莉就是在罗利的公交车站搭上出租车的。

这条手链是埃米莉母亲达尔茜的遗物。埃米莉非常喜欢这条手链，尤其是上面那个新月形状的饰物。埃米莉常常擦拭这个月亮，当她这么做的时候，总是不知在想什么似的恍惚着。

埃米莉缓缓地走回屋子里，懊恼着自己居然弄丢了这么重要的手链。

突然她听见像是衣物烘干机的门重重关上的声音，接着外公从厨房里走了出来。埃米莉停下脚步，等着外公走过来时注意到她在这儿，才不会又吓到他。明明他才是异于常人的巨人，但浑身不自在的却是埃米莉，这种感觉真是奇怪极了。

当外公在门廊边看到她时，她对外公说：“是紫丁香。”

“紫丁香？”万斯小心翼翼地望着她，似乎以为她在玩什么把戏。

“你刚刚不是要我告诉你，妈妈以前房间里的壁纸是什么样子吗？”

“啊，”万斯说，“当她还是小女孩的时候，大部分时候都是花，通常是玫瑰。等到她大了些，就有比较多的变化了。我记得，有一次背景颜色是黑漆漆的，像沥青一样，上面是闪电的图样。又有一次是蓝色的鳞片，像龙的肚子一样。她很不喜欢那个图样，但也没有换掉它。”

埃米莉微笑了起来：“这很不像她的风格，我记得有一次啊——”她突然注意到万斯别过了脸，于是也就不再说下去。很明显，他并不想听。可是距离他最后一次见到他的女儿已经有二十年了，难道他一点都不想知道她的事吗？她心里一阵刺痛，转过身丢下一句“我要去睡觉了”就走开了。

“你饿不饿？”万斯跟着她，却在两人之间保持了一定的距离，“我早上去店里买了一些青少年吃的食物。”

埃米莉停在楼梯口，转过身来，这个动作让万斯突然地往后退了一步。“谢谢你，可是我真的很累了。”埃米莉回答。

他点点头：“好吧，那么，明天再吃吧。”

埃米莉回到房间里，重重地倒在床上，床垫上有股浓浓的霉味。她瞪着天花板，有一群蛾子受到灯光的吸引飞进房间里，正绕着天花板上那盏蜘蛛网型的华丽吊灯飞舞。妈妈的房间里竟然有一盏吊灯？埃米莉想起以前如果离开房间忘记关灯，都会被她妈妈训斥，现在望着这盏吊灯，她还是很难想象妈妈成长的房间里，竟然会有这种吊灯。

她稍微俯下身子，从地板上抓起几件衣服，盖住自己的脸，闻着衣服上熟悉的味道，属于她妈妈的香味。她用衣服遮着眼睛，不让眼泪流出来。现在就说搬到这里是个错误决定的话，定论下得未免也太早了，可是就算这真的是个错误的决定，她也没办法改变些什么。不过就只忍一年，她一定可以做到的。

她听到风卷起落叶在阳台上翻动的声音，再仔细听，反而更像有人在阳台上走动的声音。于是她拿开了盖在脸上的衣服，转过头去，望向还开着的阳台门。

卧室里的灯光让埃米莉可以看见离阳台最近那棵树的树枝，但树枝并没有摇动。她坐了起来，下了床，走到阳台上去，小心翼翼地左右张望。

“是谁？”埃米莉大声问，但其实她也不晓得若是真的有人回应的话，她该怎么办。

突然之间，她觉得好像有什么闪过她的视线。她快步走到栏杆旁边，在那个过度茂盛的庭院中，离凉亭更远一些的树枝之间，好像有什么东西。

那个——这次她看仔细了——是一道明亮的白色光线，一道移动得非常迅速灵敏的闪光，在树丛之间快速窜动。渐渐地，光线变得黯淡，并且越来越往树丛的深处移动，直到它完全消失为止。

“欢迎来到北卡罗来纳州的穆拉比！”埃米莉想着，“这里是鬼光影、巨人，还有饰品小偷的故乡！”

她转过身想回房间去，却被眼前的景象吓呆了。

她看到阳台那张老旧的金属小餐桌上那堆落叶的上方，她的手链就好端端地摆在那儿。

几分钟之前，那里根本没有东西。

喝太多酒了。

朱莉娅准备拿这个当作借口。

等到她明天早上见到斯特拉时，她就要说：“昨天晚上我说的关于索耶的所有事情啊，忘了吧！那都是醉话。”

这天晚上，当朱莉娅走上楼时，她有种莫名其妙的恐慌感，使得她格外不舒服，这种感觉就像和斯特拉一起在后院门廊上喝夏天的酒一样糟糕。

还有六个月，她就可以再度脱离这座小镇了，六个月应该是可以很轻松地度过。在她的两年计划中，剩下的这六个月应是最轻松的阶段了。但只要一个不小心说溜了嘴，事情就会变得极为复杂。她若是不小心重新提起了索耶，他就不会让事情这么轻易罢休。她太了解他了。

楼梯顶端的地方装设了一道门，朱莉娅打开门，蹿进一条窄窄的走廊。这是斯特拉的房子，二楼的地方只简单地隔起来，当作一层公寓出租，但是完全没有装潢成公寓该有的模样。走廊两边共有四个房间，一间是浴室，一间是朱莉娅的卧室，另外的两间卧室，一间改造成了小厨房，另一间最小的卧室被朱莉娅当作小客厅来用。

很多年以前，斯特拉还跟她的前夫在一起时，那个男人觉得应该好好利用斯特拉的财产，把房间租出去赚取一些房租。于是他就在楼梯的顶端处挂上了长布帘，开心地说："看吧！现成的公寓！"接着，他开始觉得很奇怪，为什么没有人来租？而斯特拉老是这么评论她的前夫：不用大脑的男人总是对理所当然的结果感到惊讶。

在他们这段婚姻的最后一年里，斯特拉的前夫开始在所有他碰过的东西上都留下细微的黑色粉尘，斯特拉总是说那证明了他是个黑心的人。渐渐地，她发现这种黑色粉尘出现在别的女人身上，散布在她们夏天穿短裤时露出的小腿上，或是将头发扎起时的耳后。

最后斯特拉终于把她的前夫赶了出去，请她的哥哥在楼梯的顶端加装了一道门，在其中一间卧室里布置了管线，装上水槽和烤箱，希望把她那个没用的前夫未完成的计划完成之后，生活可以变得比较美好一点。而朱莉娅就是她的第一个房客。

一开始，朱莉娅对此感到很不自在，因为斯特拉是她高中时期的死对头之一。但是她也没有别的选择，毕竟斯特拉的房子是她搬回穆拉比之后唯一租得起的房子。接着，她很惊讶地发现，若是不提她们两个以前的事情，她跟斯特拉其实还挺处得来的。朱莉娅到现在仍觉得她跟斯特拉之间的友谊难以解释，毕竟她跟斯特拉是完全不同类型的两种人。在穆拉比高中，斯特拉属于最受欢迎的那种女孩，这些得天独厚的耀眼美丽女孩还自己组成了小团体，取名为莎莎芙拉（Sassafras，一种有特殊香气的树，做沙士的原料），斯特拉就是成员之一。而朱莉娅则是走在走廊上，每个人都会刻意避开她的那种人。她总是板着脸、态度粗鲁而且打扮怪异，她将头发染成亮粉红色，戴着一条镶着铆钉的皮质短项链，把眼线画得又粗又黑，夸张得像双眼瘀青了一样。

而她的父亲则一直装作没有看见她这个样子。

朱莉娅走到了自己的卧室门口，正准备开灯时，她注意到有一道光线从隔壁万斯·谢尔比家照了过来。她在一片黑暗中走到开着的窗边，望出去。从她住进斯特拉的房子里开始，这么多个夜晚因为失眠而一直瞪着窗外看，她从来都没有看过万斯·谢尔比家的二楼卧室有灯光亮着。有个十几岁的女孩，一动也不动地站在那边的阳台上，直直地凝视着万斯家院子里的树丛。那个女孩非常瘦，留着一头黄色的头发，身上弥漫着一股容易受伤的悲伤气息，让整个夜晚闻起来带有枫糖浆的气味。女孩身上好像有种熟悉的感觉，然后朱莉娅突然想起来：万斯的外孙女要搬来跟他一起住。

过去一周以来，朱莉娅的餐厅里最热门的就是这个话题了。所有人都在讨论这件事，有些人觉得好奇，有些人感到害怕，更有一些人尽是发表尖锐、刻薄的评论。并不是所有人都已经原谅女孩的母亲过去所做的事情。

朱莉娅不想去猜测这个女孩来这里到底是做什么的，想这些事情只会让她觉得既不屑又烦躁。要背负着自己的过去过活已经够难受的了，实在不应该再去背负别人的过去。

朱莉娅决定，明天一早，她要去餐厅里多烤一个蛋糕送给这个女孩。

朱莉娅回到房间里换好衣服爬上床，隔壁的灯光又过了一会儿才熄掉。她轻轻叹了一口气，翻了个身，等待明天起来可以在日历上多划掉一天。

大约两年前，朱莉娅的父亲刚过世的时候，她只是请了几天假，回到穆拉比来处理父亲的后事。她原本的计划是尽快把父亲的房子跟餐厅卖掉，拿了钱就回到马里兰州去，开一间属于自己的烘焙坊，实现自己的梦想。

但事情不如她预期的那么顺利。

她很快地发现父亲其实欠了一大笔钱，他的房子和餐厅都已经拿去抵押了。把房子卖掉的话，只能付清房子本身的押金和一小部分的餐厅押金。但就算她把餐厅一起卖掉，也近乎是破产的状态了。所以她想出了一个现在尽人皆知的两年计划，这两年当中，她要过着极为节俭的生活，接手她父亲的杰氏烧烤店，尽量多赚一些钱。差不多两年之后她就可以付清所有的押金，这时候再把餐厅卖掉，还能剩下一些钱。她跟镇上几乎所有的人直截了当地解释过这个计划，她会在穆拉比待两年，不过那不表示她会在这个小镇里长住下去，她只是短期拜访一下，没别的了。

当她接手杰氏烧烤店的时候，这间店已经累积了些许的熟客，这些人都是被她父亲的个人魅力吸引而来的。他总是能让客人们开开心心地离开，从客人们身上就能闻到独特的香甜烧烤味道。然而，穆拉比大概是全美国烧烤店最密集的小镇了，每条街上几乎都有一间以上的烧烤店，竞争相当激烈。尤其是在她父亲过世，吸引人的个人魅力招牌消失之后，朱莉娅体认到一定要让杰氏有与众不同的卖点，才能在众多竞争者中脱颖而出，于是她开始在店里卖亲手做的蛋糕。做蛋糕是朱莉娅的专长，因此很快就让店里的利润大为增加。没多久，杰氏除了著名的莱辛顿式烤肉之外，也开始因为有最好吃的蛋糕与甜点而更加声名大噪。

朱莉娅总是在天还没亮之前就到餐厅去，唯一会比她早的人是店里的厨师。他们两个不常交谈，只是安静地各忙各的事情。她把店里大部分的管理事务交给她父亲亲自传承且信任的员工，即使现在烧烤店是她生活的全部，就算想甩都甩不开，但她还是尽量把自己当作局外人，不去介入店里的经营事务。

她爱她的父亲，但她在很久以前就已经不想像他一样了。朱莉娅小的时候，还没变成那个情绪化的粉红头发少女之前，她每天上学之前都会跟父亲一起到店里去，从帮忙端盘子到把木头丢进窑里，什么工作她都开开心心地帮忙。许多最珍贵的回忆，都是在杰氏烧烤店里与父亲相处的片段。但在那之后发生了太多事情，她实在没办法再像以前一样自在地待在店里，所以她每天都非常早地来到餐厅，把当天要卖的蛋糕烤好，在第一个早起的客人到店里吃早餐时，朱莉娅就离开。运气好的话，她连索耶都不会见到。

然而，今天显然不是个幸运的日子。

“你绝对猜不到昨天晚上斯特拉跟我说了什么。”索耶·亚历山大一派轻松地走进了厨房，这时候朱莉娅正准备完成手边的苹果堆蛋糕，好拿去送给万斯·谢尔比的外孙女。

朱莉娅不悦地暂时闭上了眼睛。昨天晚上，斯特拉一定是在她才刚走上楼之后，就立刻打电话给索耶了。

索耶停在她的身边，故意靠得很近，并肩站在洁净无瑕的金属餐桌旁。他就像一阵清新舒爽的空气，其实索耶这个人相当自恋又有些骄傲，但是大部分的人都不会在意这些小缺点，因为他浑身上下都闪耀着迷人的光彩。他有一头金发、蓝色眼珠，英俊有钱，而且为人风趣。此外，他还极度和善，他们家族里所有的人都有这种特质，散发着南方贵族的优雅与高贵气质。索耶每天早上都载他爷爷到朱莉娅的餐厅，让爷爷和老朋友们共进早餐。

“你不该到这里来的。”朱莉娅一面说，一面在苹果干跟香料内馅上铺上最后一层蛋糕。

“去跟老板报告啊。”他伸手拨弄朱莉娅左边耳朵旁的头发，手指逗留在一撮粉红色头发上，那是朱莉娅至今还刻意染成粉红色的一小撮，“你难道不想知道昨天晚上斯特拉跟我说了什么吗？”

朱莉娅扭开了头，躲开索耶的手，继续在最后一层蛋糕上放上苹果干及香料内馅，蛋糕侧面则没有加上任何东西。“斯特拉昨晚喝醉了。”她说。

“她说你告诉她，你是为了我而做蛋糕的。”

明知道他一定会说出这句话，朱莉娅还是愣了一下，拿着糖衣抹刀的手一顿。她很快重新开始装饰蛋糕，暗自希望索耶没有注意到她刚刚的停顿。“那是因为她觉得你这个人自尊心不足，所以好心帮你建立一些自信。”

索耶傲慢地扬起了一边的眉毛：“我是有很多地方受人批评，但自尊心不足我还真没听过。”

“长得那么英俊还真是辛苦。”

“是挺辛苦的。但你真的是这样跟她说的吗？”

朱莉娅把抹刀放进一个用来盛多余馅料的空碗里，再将碗跟抹刀一起拿到水槽里。“我不记得，我也喝醉了。”

“你从来不会喝醉的。”索耶说。

“你这么了解我，竟然敢说出‘你从来不会喝醉’这种话？”说出这句话后，朱莉娅感觉痛快多了。她离开了十八年，实在很想直接告诉索耶：“你根本不知道我成长了多少！”

“好吧。但是我了解斯特拉，就算她喝了酒，也绝对不会说谎骗我。如果不是你真的说了那些话，她干吗要告诉我你做蛋糕是为了我？”

“我是做了蛋糕，而你正好很爱吃甜食，或许是她把这两件事情联想在一起了。”她转身进储藏室去拿蛋糕盒，故意在里面待得比平常更久一点，希望等到她再走进厨房的时候，索耶已经放弃讨论这件事并且离开了。

“你要拿蛋糕去哪儿？”等朱莉娅重新回到厨房时，索耶还站在原来的地方，完全没移动过。整个厨房闹哄哄的，服务生们忙进忙出，厨师们走来走去，切肉的砰砰声不绝于耳，只有索耶静止在原地动也不动。朱莉娅很快别过身子去不看他。看着亚历山大家的男人太久，就像盯着太阳一样，那幅影像会印在脑海中，就算闭上眼睛，也还是看得见他。

“我要拿去给万斯·谢尔比的外孙女，她昨天晚上刚到。”

索耶忍不住笑了起来：“你竟然会欢迎别人到这里来？”

被索耶这么一说，朱莉娅才发现自己这个举动的确是很讽刺：“我也不知道自己在想什么。”

他望着她把蛋糕装进盒子里。“你穿这个颜色很好看。”他说，并伸手碰触她白色长袖上衣的衣袖。

她立刻推开他的手。回到这个小镇的一年半当中，她千方百计地避开索耶，而现在只因为斯特拉的几句话，就让他有借口靠近她了。朱莉娅心里一直很清楚，从她回到小镇的那天开始，索耶就一直在找借口重新接近她。这让朱莉娅非常恼火，在发生了那些事情之后，他怎么竟然还以为自己可以跟她重新开始？

她俯身关上桌子边的窗户，这是她每天早上离开餐厅时要做的最后一件事，这个动作总是让她觉得有些悲伤。又过了一天，又一个没人接听的电话。她直接拿起蛋糕盒走进餐厅，不再跟索耶多说一句话。

杰氏烧烤店跟所有南方正统的烤肉店一样，装潢相当简朴。亚麻仁油地毯，桌上铺着塑胶桌布，重型木质货摊，这样的装饰是对传统的尊重。当朱莉娅接手餐厅的时候，她曾经把父亲钉在墙上那些破烂的全国运动汽车竞赛协会的纪念品拿掉，但许多人因此向她抗议，最后她只好又把它们挂回去。

朱莉娅放下了蛋糕盒，拿起吧台上的黑板，写下今日销售的蛋糕名称：传统南方红丝绒蛋糕、蜜桃磅蛋糕、绿茶与蜂蜜口味的马卡龙，还有蔓越莓甜甜圈。朱莉娅心里清楚，看起来越特别的点心卖得会越好。她花了将近一年的时间，用自己的技术来证明她做的蛋糕有一定的质量，现在大家都知道她的手艺很好，所以不管她做什么，客人们都愿意尝尝看。

她将黑板放回吧台上时，索耶也从厨房里走了出来。

“我跟斯特拉说今天晚上会带比萨过去，你会在吗？”

“我一直都在。你们两个直接上床好了，干吗那么费事？”

自从朱莉娅回到穆拉比，索耶每个星期四都会带比萨到斯特拉家献殷勤，斯特拉信誓旦旦地说他们两个之间什么都没有，但朱莉娅觉得她只是在装蒜。

索耶凑了过来，靠在她耳边轻声地说：“斯特拉跟我是上过床，三年前，她刚离婚的时候。不过，在你说你一点都不觉得意外之前，我得告诉你，这些日子以来我可是洁身自爱得很。”

朱莉娅狠狠瞪着索耶离开的身影。他竟然用那种漫不经心，甚至有点轻率无礼的态度提起这档事，这时朱莉娅心里的感觉，就像第一次尝到莱姆的感觉，冷冽而酸楚。

平心而论，她实在不能责怪索耶当年只是个吓坏了的青少年。很多年以前，当他们俩在足球场发生一夜情，事后发现朱莉娅竟然怀孕了的那个时候，朱莉娅自己也不过是个被吓坏了的少女。而他们两个也只是做了当时他们唯一能做的决定，不管结果好坏。

但她一直怀恨在心的是，他竟然可以那么轻易地就让事情过去，继续若无其事地过他的日子。对他来说，那不过是一次错误的经验，跟一个又怪异又不起眼、他根本连话都懒得跟她讲的女孩发生了一夜情。而这个女孩发了疯似的爱着他。

哦！老天！她真的不想重蹈覆辙了，她不能够这样！

再忍耐六个月，她就可以离开这个疯狂的小镇，再也不用想起索耶这个人，如果够幸运的话。

埃米莉满头大汗、浑身酸痛地醒了过来。刚醒过来的时候还昏昏沉沉的，搞不清楚自己在什么地方。她很快地坐起身，把 MP3 的耳机拿下来，环顾了一下四周环境：紫丁香花纹的壁纸、老旧的公主风家具。这时埃米莉才回想起来，她是在妈妈以前的房间里。

她从来没有睡在这么空荡荡的房间里过，虽然知道外公就在楼下，但整个二楼只有她一个人，还是让她觉得相当不安。一整夜，每隔一段时间，就会有一声房屋木质建材所发出的“砰”的巨响，打破夜晚的宁静，阳台那边也一直传来树叶的沙沙声。最后埃米莉只好打开 MP3，戴上耳机，闭着眼睛想象自己在别的、没有这么潮湿的地方。

埃米莉心想，今天晚上就算再害怕，她也要开着阳台的门睡觉，否则可能会被自己的汗水给融化、淹没。昨天晚上不知睡到几点的时候，她踢掉了被子起来换穿睡衣，但才穿上没多久，她又把睡裤给踢掉了，醒来的时候身上的睡衣就只剩下上半身。她妈妈可以说是世界上最政治正确的人，是行动主义者、环境保护人士、为被迫害者出征的十字军。但即使是这样的人，天气太热的时候也得开冷气啊。

埃米莉走进了老旧的浴厕里面。因为没有莲蓬头可以淋浴，所以她只得用泡澡的方式洗了个澡。而且埃米莉还一度被水龙头的设计给难住了，因为旧型浴室的水龙头是冷热水分别从两个水龙头出来的，而不是像现代浴室的设计，冷热水是从同一个水龙头中出来的。

终于洗好澡之后，她换上了短裤跟挖背背心，然后下楼。

她注意到纱门内侧贴着一张字条，写着：

埃米莉：

我是万斯外公，我忘了告诉你我每天早上都会外出吃早餐，不想吵醒你，等会儿我会带些东西回来给你吃，不过厨房里也有一些青少年的食物。

外公的字全都是巨大的大写字母，还歪歪斜斜地凸到线外面去，好像他在写字的时候会被自己的大手挡住视线，看不见自己正在写什么似的。

埃米莉深深地吸了一口气，重新整理一下思绪，厘清自己究竟期待些什么。这是她到达之后的第一天，但外公却连跟她一起吃早餐都不想？

埃米莉出神地站在纱门前，突然被一阵树叶骚动的沙沙声吓了一跳，抬起头往外看，看见一个约莫三十岁的女性正走上她外公家的门廊阶梯。这位女士有一头浅褐色的短发，长度正好在耳下，随着她的步伐轻盈地晃动着。埃米莉的短发一直都没办法留得像这位女士那么漂亮，她拼命留头发，但最多就是能绑成一个短短小小的马尾，而且就算绑成马尾了，头发却老是从马尾里掉出来，披散在脸上。

这位女士一直走到门廊上，才注意到埃米莉站在那儿，她随即停在门口，对埃米莉露出了微笑："你好！你一定是万斯的外孙女吧？"

埃米莉注意到她有一双美丽的深褐色眼睛："是的，我叫埃米莉·贝内迪克特。"

"我叫朱莉娅·温特森，我住在那儿。"朱莉娅微微侧过头，用点头的方式示意隔壁那栋黄白相间的房子。这个动作让埃米莉注意到她有一撮亮粉红色的头发塞在耳后。这样一个面容清新、健康，穿着沾了面粉的牛仔裤跟简朴乡村风上衣的女士，竟然染了一撮粉红色的头发，实在有点不太搭调。

"我带了苹果堆蛋糕给你。"朱莉娅打开了蛋糕盒的盖子，让埃米莉看看里面那个一层一层像是棕色巨大松饼所堆起来的蛋糕，每一层之间还夹着某种内馅。"这蛋糕表示……"朱莉娅努力找寻适合的说辞，最后才吐出，"欢迎你。穆拉比这个地方，的确有某些缺点，我相信你妈妈一定告诉过你。不过这里也有很多很棒的食物，你住在这里的这段时间，可以吃到很多好吃的东西。至少这个小镇还有这点优势。”

埃米莉几乎想不起上一次好好大吃一顿是什么时候的事了，食物总是太少，不过她没有告诉朱莉娅。“我妈妈从来没有跟我提过穆拉比的任何事情。”埃米莉说着，双眼却直直地盯着蛋糕瞧。

“什么都没提过？”

“对。”

朱莉娅一下子惊讶到不知道该回应什么。

“怎么了？”埃米莉总算把视线从蛋糕上移回到朱莉娅脸上。

“哦，没事。”朱莉娅摇摇头，把蛋糕盒子盖上，“要我把蛋糕拿到厨房去吗？”

“当然好，请进。”埃米莉打开了纱门。

朱莉娅走进门的同时，也注意到纱门上还贴着署名“万斯外公”的那张字条。“昨天早上万斯请我陪他到杂货店去，他说要买些东西给你。”朱莉娅对着字条轻轻点点头，“他觉得‘青少年的食物’就是像水果口味的饮料、水果口味的糖果跟口香糖。我另外建议他再买了一些洋芋片、焙果跟玉米片。”

“你人真好，”埃米莉说，“我是指你陪他去买东西这件事。”

“我小的时候可是‘穆拉比巨人’的忠实粉丝呢！”

埃米莉一脸不解地望着她，于是朱莉娅赶紧解释：“这里的人都这样叫你外公。”

“他到底有多高啊？”埃米莉压低了声音问，好像觉得外公会听见一样。

朱莉娅笑了起来。她的笑声令人感觉很舒服，就像是走到了温暖的阳光下，跟她拎着蛋糕出现的模样有种巧妙的和谐感，应该说她整个人就像是蛋糕做成的一样：明朗、漂亮、外观装饰得很美好，有着甜美的笑声与粉红色的发丝，让每个人都会想知道内在到底是什么，埃米莉猜想那应该是不为人知的黑暗面。

"'高到可以看见明天啰！'他都是这样回答别人的。应该超过两米五，但我不知道确切的数字。世界纪录保持者曾经来这里打探消息，不过万斯不想跟他们扯上什么关系。"朱莉娅说。

朱莉娅知道厨房在什么地方，便径自走了过去，埃米莉则跟在后头。厨房空间很大，装潢也很讲究，完全就是标准的二十世纪五十年代的风格。这个厨房在多年前一定是个人人称羡的华丽厨房，以红色为主要色调：红色料理台面、红白相间的地砖，以及一台银色把手的红色大冰箱，像是装生肉的大柜子。

朱莉娅把蛋糕盒放在料理台上，转过身来，仔细地端详着埃米莉，过了好一会儿才开口说："你长得跟你妈妈真像。"

"你认识我妈妈？"埃米莉的精神为之一振，很开心终于找到愿意和她谈论妈妈的人了。

"以前在学校同班过，不过我们不是很熟的朋友。"朱莉娅将双手插进牛仔裤的口袋里，"她什么都没跟你说过？"

"我只知道她出生在北卡罗来纳州，但不知道在北卡罗来纳的什么地方。我甚至连自己有外公都不知道。"朱莉娅扬起了眉毛，埃米莉连忙接着解释，“她也没有说过我没有外公啦，只是她从来都没有提过外公的事情，我以为那是因为外公已经过世了。妈妈不喜欢谈过去的事情，所以我也尊重她，不会去多追问什么。她总是说沉溺在无法改变的过去里是没有意义的，现在能做的就是尽量改变未来。所以她把时间都奉献在她的目标上。”

“她的目标？”

“国际特赦组织、乐施会、绿色和平、美国自然保育协会这类的组织。她年轻的时候还经常到处旅行，我出生之后，她就定居在波士顿了，她也参与很多公益性的地区活动。”

“嗯，这……跟我想象的完全不同。”

“她在这里的时候是什么样子？也参与很多组织活动吗？”

朱莉娅很快地把手从口袋里抽出来：“我该走了。”

“哦！”埃米莉有点困惑地回应，“那么，谢谢你的蛋糕。”

“别客气，我的餐厅名称是杰氏烧烤，在小镇大街上，你随时可以过来尝尝穆拉比最好吃的蛋糕。我们的烧烤也很受欢迎，不过我只负责蛋糕，所以不敢居功。对了，你外公现在就在我店里，他每天早上都会走路过去吃早餐。”

埃米莉跟着朱莉娅走向大门口：“小镇大街在哪里啊？”

她们两个都站上门廊之后，朱莉娅指着路：“走到这条谢尔比路的路口，左转进水木街，再走大概半英里（约八百米）之后，右转，你绝对会看到的。”说完，朱莉娅就继续往外走。

埃米莉叫住了她：“等一下，朱莉娅！我昨天晚上看到庭院里有很奇怪的光线，你看见了吗？”

朱莉娅转过身：“你已经看见穆拉比之光了吗？”

“‘穆拉比之光’是什么？”

朱莉娅抓了抓头，再把头发塞到耳后，思索着该怎么回答比较好：“它们是白色的光线，有时候会在这里的树丛或原野之间飞蹿。有些人说那是出没在这个小镇的鬼魂，不过那种说法也只是乡野怪谈的其中之一而已啦。”她的这种说法似乎暗示这里还有很多其他的怪事，“不用理它，它自然就会消失了。”

埃米莉点点头。

朱莉娅再次转身准备离去，不过背对着埃米莉之后，还是忍不住停下了脚步，回过头来说：“埃米莉，如果你有任何需要想找我的话，我就在隔壁，至少接下来的六个月我都会在。你会需要一点时间来适应这个小镇，相信我，我很清楚。”

埃米莉露出了微笑，她总算觉得双肩的紧绷感减轻了一些：“谢谢你。”

埃米莉稍做考虑之后，很快就决定到小镇大街那边去找外公，她觉得跟外公一起走回家应该是个培养感情的好方法。外公显然独居很长一段时间了，所以他对埃米莉的犹豫，应该只是因为他不晓得该如何做比较恰当。“埃米莉，不要等待世界为你改变，”她想起妈妈总是这样告诉她，有时语气中带着深沉的感慨，“你得主动改变自己！”

埃米莉有时候会想，不晓得妈妈会不会对这个女儿感到失望，因为她一点也没有遗传到妈妈的热情、勇气与魄力。埃米莉天性小心谨慎，而妈妈却总是愿意敞开心胸主动去帮助所有的人。她们之间的互动是很微妙的，埃米莉一直很敬畏妈妈，但也很难亲近她。达尔茜总是想尽全力帮助别人，却从不接受他人的帮助。

她很容易就找到了小镇大街，就如朱莉娅说的，这条路显眼到想错过它都很难。她才刚从水木街角转过去，就立刻看见一个巨大的标示牌上写着“历史小镇大街”。这是一条很长、很美丽的大街，跟刚才她一路走过来的那种舒适的街坊邻居的小街道风格完全不同。首先映入眼帘的是红砖材质、华丽联邦式风格的豪华宅邸，房屋离人行道非常近，几乎没有前院的空间。豪华宅邸的对面，是一座有演奏台的公园，演奏台的顶端还有一个银色的新月形的风向计。穿过宅邸与公园之后，就进入商业区，矗立在两旁的是鳞次栉比的红砖建筑的老旧商店。这些商店不外乎是些纪念品店、餐厅等，埃米莉沿着街道数，发现还不到这条街商业区一半长的距离，就已经有七家烧烤店了。七家！这肯定是让整个小镇都弥漫着一股奇特香味的原因。混合着香甜与烟熏味道的烟，从每家餐厅的烟囱中袅袅飘起。

街上到处都是像埃米莉一样，沉迷于穆拉比陈旧美感之中的游客。人行道上相当拥挤，她实在很难想象，时间还这么早，街道上居然已经有这么多人。她继续边走边找，但就是没看到杰氏烧烤，突然一阵没来由的恐慌朝她袭了过来。走在这条美丽的大街上，她一下子觉得既开心又充满探索的冲劲，但一下子又很害怕找不到那家餐厅。万一朱莉娅讲错了怎么办？或者……万一万斯外公并不在店里呢？又或者，她找不到回家的路，那又该怎么办？

埃米莉开始觉得头昏脑涨，像整个人沉到水底的感觉，眼睛和耳朵都有压迫感，周围有闪闪发亮的五彩碎纸片在飘来飘去。

从妈妈过世开始，埃米莉偶尔会出现这种奇特的焦虑感觉。过去的四个月，她跟妈妈最好的朋友梅里住在一起，当这种感觉出现时，要瞒过梅里还蛮简单的，她只要躲在卧室里，关上门就可以了。在学校的时候，如果埃米莉没有进教室，而是躲在女厕所，坐在洗手台旁边辛苦地调整呼吸的话，老师们也都睁一只眼闭一只眼，不会去为难她。

小镇大街的商业区尽头放置了一些长椅，埃米莉连忙过去坐下来，她冒了一身冷汗，但很努力地控制自己不要昏倒。千万不能在这里昏倒。

埃米莉将身体往前倾，胸部往下靠近大腿，头压得很低。"从大腿骨的长度可以看出一个人的大约身高。"她脑海中莫名其妙地浮现了这句话，这是上生理学课时学到的。

突然，有一双看起来很昂贵的男性平底船形鞋，出现在她眼前的地面上。

埃米莉慢慢地抬起头，眼前是一个跟她年纪差不多的男孩，穿着一套白色亚麻质料的夏装，双手插在口袋里，手臂上还挂着一件外套。他戴着红色的领结，深色鬈发的长度正好碰到他那烫得非常硬挺的衣领。五官端正，教养良好的模样，很像从电影里走出来的贵族角色。埃米莉想到自己身上穿着短裤跟挖背背心，不禁觉得有点不太自在。跟眼前这个男孩比起来，自己的打扮像刚上完飞梭有氧课一样。

他一开始只是盯着埃米莉，什么话都没说。过了好一会儿，他才勉强地开口问：“你没事吧？”

埃米莉越来越困惑了。到目前为止，她在这里遇到的所有人，都表现出一副觉得她会伤害他们的样子，不太想接近她。这时她仍然觉得自己像泡在水里，她深吸了一口气，让氧气跟洪水一起冲进脑袋里。

“我没事，谢谢你。”她说。

“你哪里不舒服吗？”

“没有，只是头晕。”她又低下头，看着自己脚上的短袜跟运动鞋，感觉这双腿好像不是自己的。“袜子的长度必须至少到小腿肚或是及膝，禁止穿着只到脚踝的短袜。”这是罗克丝雷女子学校学生手册中的一条规则。埃米莉到了就学年纪之后，一直都是就读这所罗克丝雷女子学校。这是一所声誉不错的女子学校，鼓励学生参加各种有意义的公益活动或是担任各种义工，埃米莉的妈妈曾帮忙为这所学校募款。

一阵沉默。埃米莉再度抬起头，那个男孩已经消失无踪，像阵烟雾一样。难道刚刚是埃米莉自己的幻觉吗？也许是她自己幻想一些历史上的南方典型人物出现在周遭罢了。几分钟之后，她把手肘靠在膝盖上，将身体撑起来一些。

蓦然间，她感觉有人在她身边的空位上坐了下来，伴随着一股清新又舒服的古龙水味。开启汽水铝罐的声响吓了埃米莉一跳，她猛地坐直了身子。

刚刚那个穿着白色亚麻衣服的男孩又出现了，他坐在旁边，递了一瓶可乐过来。

“喏！”他说，“给你。”

埃米莉伸出微微颤抖着的手，接过了可乐。她喝了一大口可乐，那种又冰又甜又刺激的感觉实在好极了。她根本记不起上一次喝这么美味的饮料是什么时候的事情了。冰凉的可乐好喝到她实在无法停下来，一口气就把整瓶可乐喝完了。

喝完之后，她有点喘不过气来似的闭上了眼睛，把冰凉的瓶子压在额头上。上一次喝水是什么时候的事情？现在认真回想起来，从她昨天在波士顿上公交车之后，就再也没喝过什么东西了。

一阵纸张摩擦的沙沙声，旁边的男孩说：“别吓到了。”然后脖子后面突然一阵冰凉，埃米莉还是吓了一跳，反射性地立刻按住了男孩放在她脖子后面的手。

“那是什么东西？”她很警觉地问。

“棒冰，我想应该是香草口味的。”男孩一面说，一面靠近看了一下那支棒冰的包装纸，“我在杂货店的冰柜里随便抓了一支。”

埃米莉这才注意到，他们两个坐的地方对面刚好是一间杂货店。这间名称为“李恩杂货店”的店门敞开着，可以看见收银台的旁边是一桶又一桶的零食与糖果，收银台后方的墙上满是各种酒品牌图案的铝制标志。

“这家店里的东西主要是卖给观光客的，所以我也好久没有进去过了。”男孩说，“不过里面一直都有肉桂跟地板亮光蜡的味道。你听得见我说话吗？你现在感觉怎么样？”

埃米莉转头看他，这才发现他们两个靠得有多近，近到都可以看见他如常春藤般翡翠绿的眼珠，眼珠外围是黑色的。奇怪的是，埃米莉觉得自己好像可以“感觉”到他的存在，感觉到他身上散发出的某种能量，像火焰发出的热度一样。他是个虽然有点奇特但又相当可爱的男孩，不知道为什么，埃米莉像着了这个男孩的魔一样，一动也不动地看着他。也不晓得这样看了他多久，埃米莉才意识到自己的举动很没礼貌，而且她的手仍然压在他的手上。埃米莉缓缓地把手抽了回来，轻声说：“我没事了，谢谢你。”

他把用纸包住的棒冰从她脖子上拿了下来，递给埃米莉，但埃米莉摇摇头。男孩耸耸肩膀，便拆开包装纸自己吃了起来。他咬了一口棒冰，将身子轻松地靠在椅背上，跷起脚，专注地看着眼前的杂货店。埃米莉突然有点后悔没接过那支棒冰，冰凉的香草冰激凌外面裹着一层鲜橘色的冰，看起来好像很可口。

“我是埃米莉·贝内迪克特。”埃米莉朝男孩伸出手。

但他不但没有握她的手，甚至连转过来看她都没有。“我知道你是谁。”他又咬了一口棒冰。

埃米莉把手放回膝盖上：“你知道我是谁？”

“我是温·科菲，罗根·科菲是我叔叔。”

埃米莉怔怔地看着他，显然这个男孩觉得她应该知道罗根·科菲是谁。“我才刚搬来。”她说。

“你妈没有告诉过你？”

妈妈？她妈妈跟这个人有什么关系？“告诉我什么？”埃米莉问。

男孩终于转过来看她：“老天，看来你真的不知道。”

“知道什么？”埃米莉开始好奇了。

男孩又盯着她看了好久好久，才说：“没有。”

说完，他把棒冰棍跟包装纸丢进长椅旁边的垃圾箱里，然后站了起来：“如果你还是觉得很不舒服，没办法自己走回家的话，我可以叫我家的司机来送你回去。”

“不用了，我没事了。”埃米莉轻轻举起可乐瓶，“谢谢你的可乐。”

他犹豫了一下，朝埃米莉伸出手：“很抱歉，我刚才拒绝跟你握手，请你原谅我。”

埃米莉觉得很迷惑，但还是握住他的手。突然她被这男孩手掌里传递过来的温度给吓了一大跳，这温度好像藤蔓一样蜿蜒蔓生地爬上埃米莉的手臂，她感觉自己好像被什么植物给缠绕住了一样。这种感觉其实不难受，只是有点奇怪。

温松开她的手之后，就头也不回地顺着人行道走远了。夏日早晨的阳光斜照在建筑物上，反射出耀眼的金色跟橘色光芒，他的皮肤也被照得闪闪发亮。他看起来充满了能量，每一步都在闪耀似的。

埃米莉迟迟没有办法移开自己的目光。

“埃米莉？”

突然有人叫她，她转过头，看见万斯外公手中拎着一个纸袋，正朝她走过来。附近的人都诧异地看着他，并且让出一条路让他通过。埃米莉看得出外公尽量不去在意别人看他的眼光，但还是刻意地微微弓着身子，好让自己看起来矮一点。

她站起来，把可乐罐投进旁边的废物回收桶。万斯走到她面前问：“你怎么会在这儿？”

“我想过来找你，跟你一起走回家。”

他露出了一种很难理解的神情，但埃米莉感觉得出是自己让他难过了。

“对不起！”埃米莉吓了一跳，连忙道歉，“我不是故意要——”

“刚刚在跟你说话那个人，是温·科菲吗？”

“你认识他？”

埃米莉回头已经看不到温的身影了，但万斯还朝着温离开的方向凝视着，以他的身高一定能看得更远一些吧。

“是啊，我认识他。”他回答，“来吧！我们回家吧。”

“万斯外公，我真的很抱歉。”

“不用道歉，孩子，你没有做错什么。你看，我买了一个夹蛋三明治给你。”他把纸袋递给埃米莉。

“谢谢。”

他点点头，伸出大手环住埃米莉的肩膀，一语不发地带她走回家。

“你知道我今天在外面碰到谁了吗？”温·科菲站在起居室中一面大型窗户的前面，看着灰色的天空正一点一点地吞噬粉红色的夕阳余晖。

高跟鞋敲击大理石地板的声音从外面门廊传了过来。温从窗户上的倒影看见妈妈走进起居室里，他的妹妹则紧跟在后面也走了进来。妈妈坐在爸爸的身边，两人坐在同一张长沙发上，妹妹则朝房间另一头的双人小沙发走去。

温的爸爸摩根·科菲，折起报纸放到一旁去，摘下眼镜，把注意力放到温身上，却完全没有理睬自己的妻子。温的父母已经有好长一段时间不曾好好注视过对方了，他们两个人现在都把对方当作空气一样，根本不去注意对方的存在。“你碰到谁了？”他爸爸问。

一如往常，时间一到，起居室内的百叶窗便自动地缓缓降下来。温一直等到百叶窗完全降下来，看不见外面的景色之后，才转过身面对室内。房间里有清凉的柳橙味道，布置满了各式高贵的古董家具，联邦式风格的高脚抽屉柜，沙发上的图样是高雅的蓝色与灰色花纹。一切都是这么熟悉、这么历史悠久，完全没有改变过。

“埃米莉·贝内迪克特。”

大家都认得这个名字，而爸爸的怒气也随之瞬间爆发，这股灼热的气流完全改变了室内的气氛。

温的视线对上了爸爸的视线，并没有避开。这其实是摩根教他的，而他们两个最近经常这样意见不合，根本已经成了家常便饭。

“温，如果不是因为她妈妈，我弟弟现在还活着。这点你应该再清楚不过了！”摩根坚定地吐出接下来那句话，“而我们家族的秘密也就不会被揭发出来了。”

“镇上没有一个人提过那天晚上发生的事情。”温平静地回应。

“但是他们都知道，他们都在同情我们。”摩根用眼镜指着温，“而且你才是最应该生气的那个人，因为你是在被发现之后，在他们异样眼光中长大的第一代。”

温叹了一口气，他爸爸永远都不能明白，他就是不觉得有什么好生气的。如果真要说他有什么感受，那应该是无力感。如果真的每个人都知道，那为什么没有人跟他讨论这件事？为什么到了现在，他的家人每天晚上都还得待在家里？为什么他们要执着于那些已经没有意义的传统？如果别人真的用异样的眼光看温，那也是因为以上的因素，而不是因为二十年前发生的事，让科菲家族一直饱受煎熬的那个事件。而这些事情并不是不能改变，而是根本没有人试过要改变！

“我觉得埃米莉并不知情。”温说，“她妈妈应该没有告诉她。”

“闭嘴！”摩根带着警告的语气说，“我不管你觉得什么，反正给我闭嘴。从此以后不准提到埃米莉·贝内迪克特这个人，这个话题到此为止！”

一位穿着白色洋装与围裙的女士端着托盘与银质茶具来到房间里，温的爸爸马上给了他一个“什么话都别说”的眼神。他们家人之间本来就很少谈到这件事，在用人面前更是绝对地保持缄默。奇怪的是，温常觉得妈妈根本就已经忘记了这件事，甚至过得比以前都快乐许多。

温转身，朝着妹妹凯莉所在的那个角落走过去，她正拿着手机不知道在给谁发短信。在日近薄暮、晚餐之前的这一段时间，是科菲家族传统的阅读时间。这个传统已经有几百年的历史了，由于他们家族的秘密，所以科菲家的人晚上都必须待在家里，这一段阅读时间正好成了他们晚上的活动。温认为这一切完全没有意义，像今天这么舒适的夏日夜晚也一样得待在家里，让他大感不悦。他很想正大光明地出去，不要再偷偷摸摸的，好像自己做了什么见不得人的事情一样。

他在妹妹旁边坐下来，但她一开始并没有理会他。温比凯莉大了两岁，小的时候，不管他去哪里，妹妹都要跟着。现在她已经快十六岁了，却还是一直跟着他。温也搞不清楚她这么做，到底是想激怒他，还是在保护他？他觉得凯莉自己应该也不清楚到底是哪一个原因。

“你不该这样试探他的，”凯莉说，“如果我是你，我就会离那个女孩远远的。”

“也许我只是想要了解我的敌人。”他心里很不平静，似乎毫无预警地迷上了埃米莉，迷上她不太听话的凌乱金发，还有她表面上那种防卫性的尖锐态度。早上当他们握手的时候，温几乎不想松开手。他感觉得出埃米莉谨慎又尖锐的表面下，藏着的是很脆弱、很柔软的一面。他几乎一整天都在想埃米莉，他们的相遇一定不只是巧合而已。在他已经受不了这个家族长久以来的生活方式之际，达尔茜·谢尔比的女儿竟然在这时搬到这个小镇。也许这是某种征兆。

没错，就是这样。

一定就是种征兆。

“我今天晚上会出去，”他突然对妹妹说，“不要告诉爸爸，也不要跟着我。”

凯莉翻了个白眼：“你为什么就是不放弃？我可以就我自己的经验告诉你，这并不全然都是好事。”

“什么东西不全然都是好事？”

“当普通人。”

“朱莉娅！拜托你去开一下门可以吗？”

当天稍晚，当朱莉娅在家里试做玛德莲蛋糕，才刚把蛋糕从炉子里拿出来时，她就听见斯特拉在楼下扯着嗓子大叫。朱莉娅皱着眉头看着烤盘里的蛋糕，还是不满意。

斯特拉再次大吼了起来：“朱莉娅！是索耶啦！我在洗澡！”

朱莉娅叹了口气，她今天已经见过索耶一次了，那就已经够了。想要毫发无伤地结束待在穆拉比的时光，关键就是不要跟索耶这个人有什么往来。

朱莉娅在牛仔裤上抹了抹手，然后走出小厨房，故意跟斯特拉一样，踩着又重又吵的脚步声下楼，因为斯特拉的浴室正好就在楼梯下方，这么做只是故意惹恼斯特拉。透过前门玻璃外面那层薄布帘，可以清楚看见外头的街灯投射出站在门口的那个身影。

她深深吸了一口气，打开门，但看到外面站着的那个人之后，随即松了口气并露出笑容。

埃米莉站在门口，将重心从一只脚换到另一只脚。她身上仍然穿着跟早上一样的黑色短裤与黑色挖背背心，而她那头飞散的金发在灯光下看来像刚出炉的面包上的酥皮。“嗨！朱莉娅，”埃米莉说，“我打扰到你了吗？”

“没有，没有！当然没有！”她退了一步，挥手示意埃米莉进屋。虽然她跟埃米莉说如果有需要就可以过来找她，但还真没有想到埃米莉竟然这么快就来了。朱莉娅再次见到埃米莉，仍禁不住用异样的目光打量着她，越看她就越同情她。想置身事外本来就不是一件容易的事情，尤其是当她根本别无选择的时候。

“你的房子很漂亮。”埃米莉说。

斯特拉住的这部分的确是既温馨又漂亮，这些都是斯特拉当设计师的母亲布置的，金色的木质地板、生气蓬勃的花卉装饰、原版真迹的艺术作品，以及一张她从来不让任何人坐的条纹图案丝质沙发。

“这不是我的，是我的朋友斯特拉的，我住在楼上分隔出来的公寓。”

好像听到人家在说她的名字似的，斯特拉又大叫了起来：“索耶！我现在在浴室里，什么都没穿哦！想看吗？”

“不是索耶啦！”朱莉娅叫了回去，“我真不敢相信你竟然在浴缸里等他！快点出来！再泡下去，你就要变成干瘪梅干了！”

埃米莉睁大了眼睛，朱莉娅连忙说明：“那就是斯特拉，什么都别多问，我们到楼上去吧，给你看我住的那部分。”她开始往楼上走，挥手要埃米莉跟着她。

走到楼梯顶端之后，因为走道太窄，朱莉娅必须先退后让埃米莉进来，她才可以往前去把门关上。

“我先去把烤箱关掉。”朱莉娅说着，便进到那个以前是卧室，现在已经被改装成厨房的房间里。房里弥漫着一股奇幻又狂热的感觉，像水晶般晶莹剔透的糖和面粉仍在空气中缠绕，像风筝的尾巴一样。空气中有一种充满了希望，会让人想要回家的味道。今天晚上是布朗宁奶油的温醇，配上柠檬清新的调味。

朱莉娅每次做蛋糕的时候，都会把窗户打开，她觉得不应该自己独享这种美妙的香味，应该让更多人知道这儿有美味的“魔术”正在上演。

“你在做什么？”埃米莉站在厨房门口问。

朱莉娅关上了烤箱：“在我把蛋糕拿到餐厅里贩售之前，我都会在这里先试做看看。这次的玛德莲蛋糕还不够漂亮。”说着，朱莉娅从摆着第一批玛德莲蛋糕的烤盘里拿起了其中一个：“你看，正统的玛德莲蛋糕，这一边应该要隆起，这个就太平了。可能是面糊冰得不够久的关系。”她牵起埃米莉的手，放了一个像海绵一样的小蛋糕在埃米莉的手里，“法国人是这样子放玛德莲蛋糕的，把像贝壳的这一面放在下面，看起来很像船。而美国人喜欢看到玛德莲蛋糕上面印出来的这种漂亮花纹，所以我们会倒过来放。”她把蛋糕翻转过来，“好啦，你吃吃看吧。”

埃米莉咬了一口，随即露出了笑容。她用手遮住塞满蛋糕的嘴巴说：“你的手艺真的好棒哦！”

“这可是经过了很长时间的练习，我从十六岁就开始练习做蛋糕了。”

“有这种天分一定很好吧？”

朱莉娅不置可否地耸耸肩膀：“这该怎么说呢？是别人让我发现我有这种天分的。”有时候，她真的很不愿意说出，若不是因为别人，她自己永远也不可能发现自己有这种天赋，但她向来都太容易受到别人影响。她必须一直提醒自己，怎么发现自己有这种天赋的并不重要，重要的是她如何善用这样的天赋，并且从中得到了什么收获。

朱莉娅看埃米莉一脸很想继续追问下去的样子，便很快转移了话题：“你在这里的第一天过得如何？”

埃米莉很快把最后一口蛋糕塞进嘴里，咀嚼完、吞下去之后才开口：“我被搞得稀里糊涂的。”

朱莉娅双手交叉放在胸前，身体斜靠在一旁那台老旧、橄榄黄色的冰箱上：“被什么东西搞糊涂了？”

“就是为什么我妈妈要离开这里？为什么她不跟这里的人联络？她在这里有朋友吗？还有，她住在这里的时候是什么样子的人？”

朱莉娅一下子有点惊讶到不知道如何回应。很显然，关于她妈妈以前在这里造成的大灾难，还有其他很多东西，埃米莉都必须慢慢消化，但朱莉娅绝对不想当把事实告诉她的那个人。“就像我早上说过的，我跟她并不熟。”朱莉娅小心翼翼地回答，“在学校的时候，我们不属于同样的社交圈，而且那个时候我自己也有很多麻烦。这些事你应该问你外公才对，你跟他谈过吗？”

“没有，”埃米莉把飞散在脸上的发丝塞到耳后，她的每个动作都如此自然、不做作，“他整天都待在房间里不出来。他跟我妈妈处得不好吗？会不会就是因为这样，所以我妈妈才不回来？”

“不，应该不是，万斯跟每个人都处得很好。过来到这儿坐下吧。”朱莉娅搂着埃米莉的肩膀，带她走出“卧室厨房”，到“卧室客厅”去。这个改成客厅的房间内，有一张深蓝色的双人沙发，是斯特拉的妈妈从家具陈列室里拿来送给她的，可以说是朱莉娅住的地方里唯一比较高级的家具。房间里还有台电视、老旧的咖啡桌，以及一个摇摇晃晃的书柜，里面塞满了锅子跟罐子等厨具，是厨房塞不下所以才拿到这里来的。朱莉娅把大部分的家当都妥善打包了起来，留在巴尔的摩。搬到这里之后，她也只买了一些简单的衣服跟必需的厨具，所以公寓里没有太多东西，看起来既寒酸又贫乏。不过这对朱莉娅来说并没有太大关系，毕竟把这个地方布置得太舒适也没有什么意义。

两个人坐下之后，朱莉娅说：“我唯一能告诉你的是，你妈是学校里最漂亮、最受欢迎的女孩。她身上的一切，都好像天生就那么完美一样，漂亮的发型、时尚的打扮，永远充满自信。她当时加入了一个叫作‘莎莎芙拉’的团体，里面的成员都是一些家境很好的女孩。我就不是她们的一员。”

埃米莉非常惊讶："我妈妈是很受欢迎的那种女生？万斯外公很有钱？"

突然传来一阵敲门声，于是朱莉娅站了起来："不好意思。"她以为敲门的人是斯特拉，因此她毫无戒备地大动作拉开了门，然而扑鼻而来的是一股刚修剪过的清新的青草香味。站在阶梯口的人，是索耶。

"我买了比萨，"他微笑着说，"下来一起吃吧。"

似乎有什么不对劲的事情正在蠢蠢欲动。朱莉娅搬到这里的一年半之中，索耶每个星期四都带比萨来，但从来就没有上楼叫她下去跟他们一起吃比萨过。

"谢谢，不用了。"她退了一步，准备关上门。

索耶微微地歪着头："要不是我很了解你，我还真的会以为你是觉得尴尬，所以才不好意思下来呢！"

这句话奏效了，朱莉娅停下动作："尴尬？我为什么要觉得尴尬？"

"因为我现在知道你是为了我而做蛋糕的。"

朱莉娅轻蔑地哼了一声："我从来就没说过我是为了你而做蛋糕的，我说的是：我是因为你才开始做蛋糕。"

"所以你真的说过嘛！"索耶说。

朱莉娅看着他的眼睛。没错，她真的说过，不管她多么想否认这件事，这毕竟是真的。他们在一起的那个晚上，两个人肩并肩地躺在学校足球场上，看着天上的星星。朱莉娅以前从没有像那样看过星星，而在那天晚上之后，就更没有像那样看过星星了。那晚，索耶讲了关于他妈妈的故事。他妈妈会在夏日的午后烤蛋糕，不管他在哪里，蛋糕都会让他回到她的身边去。糖粉就像花粉一样飘荡在空气中，变成一种召唤他回家的信号，他可以感觉得到，他甚至说，他真的能够看到。

朱莉娅就是从他身上学到了这一点：蛋糕有召唤人的魔力。

“不过呢，我觉得我说的是：我是因为‘像你这样的人’才开始做蛋糕的，毕竟，你是我的目标顾客。”朱莉娅好不容易才挤出了这些话。

索耶一脸根本不相信她的表情，但还是露出了微笑：“转得挺不错的。”

“谢谢你的夸奖。”

他的视线越过了朱莉娅的肩膀，往公寓里面瞧。他从来没有进过朱莉娅的公寓，朱莉娅此刻也没有邀请他进来的意思。索耶从小家境就很不错，但朱莉娅并不是。她在巴尔的摩的家还蛮体面的，风格独特，混合着波希米亚不受拘束的风味，那才是她现在自身性格的写照，绝对不是像现在这间贫乏的小公寓，她不想让索耶看到这间公寓的样子。

“这里面好香，”索耶说，“真希望能住在你的厨房里。”

“空间不够，而且我只有星期四才会在这里做蛋糕。”

“我知道，打从你搬进来，斯特拉就告诉过我了。不然你以为我为什么都是星期四过来？”

朱莉娅根本从来都没怀疑过为什么，他就是这么厉害。“我这边有客人，所以不能下去，你跟斯特拉好好地享用吧。”她关上了门，背靠在门上，用力地深呼吸了几次。过了一会儿，她才发觉好像没有听见索耶下楼的声音。她连忙转过身，把耳朵贴在门上。难道他还站在那边吗？又过了好一会儿，才听见他轻轻转身下楼发出的细微声音。

朱莉娅站直了身子，走回到客厅去。“真是抱歉。”

“如果你在忙，我可以改天再过来。”埃米莉说。

“说什么傻话。”

“所以说，如果我妈妈这么受欢迎的话，应该大家都很喜欢她啰？”

朱莉娅迟疑了一下，还没开口，外头又传来了敲门声：“不好意思，又来了！”

“你跟谁在一起啊？”朱莉娅才打开门，斯特拉就立刻质问。斯特拉的脸形较宽，有张比较像异国人士的脸蛋，配上杏仁形状的双眼与深色的直眉毛。她身上穿了一件日本浴衣式的浴袍，深色的头发往上盘成了一个发髻，有一些散落的发丝仍是湿的，沾在她的脖子上。“索耶说你这里有别人？你跟谁在约会吗？你为什么没有告诉我？到底是谁？”

“不关你的事。”朱莉娅故意这么说，因为这样一定可以把斯特拉气得半死。她还没有原谅斯特拉把蛋糕的事情告诉索耶，而且斯特拉在三年前跟索耶睡过之后，就没有再跟谁在一起，现在要是她觉得朱莉娅在跟谁交往却没有告诉她，她一定更无法接受。

朱莉娅关上了门，但她才刚踏进客厅，敲门声又响起了，这次是一直敲个不停，斯特拉现在一定气到头发都要竖起来了。“她如果没有看到你，是不会停的。”朱莉娅对埃米莉说，“你介意见见她吗？”

埃米莉鼓起了勇气，跟着朱莉娅走到走廊上。

朱莉娅才刚拉开门，斯特拉便急躁地开口：“我是不会离开的，除非你——”但她一看见朱莉娅身后站着的埃米莉，便戛然停止了。

“这位是万斯·谢尔比的外孙女。”朱莉娅介绍了起来，“埃米莉，这位是斯特拉·费里斯。”

斯特拉惊讶得一句话都说不出口。

“埃米莉来这里是想要知道以前她妈妈住在这里时的事情。”

斯特拉很快地恢复了正常：“噢！埃米莉！真高兴认识你。索耶跟我以前都是你妈妈的朋友，下来跟我们一起吃比萨吧，我去拿学年纪念册给你看。”

斯特拉说完便把身子侧向一边，而埃米莉几乎没有考虑，就立刻蹦蹦跳跳地跑下楼去了。埃米莉优雅的神情、身高、瘦弱的身体，让人似乎很容易就忽略了她其实才十几岁而已，不过她偶尔还是会有些这个年纪的少女才有的举动。

在斯特拉也转身准备下楼之前，朱莉娅一把抓住了她浴袍的袖子："千万别提她妈妈做的那件事。"

斯特拉觉得自己受侮辱般地回应："你有毛病啊！我是那么坏心的人吗？"

埃米莉在楼下热切地等待着她们下楼。两个人都走下来之后，斯特拉就领着她们往厨房的方向走，浴袍随着她走路的动作夸张地摆动着。

索耶站在厨房里，双手插在口袋中，背对着门口看着窗外，听见她们进来的声音才转过身。当他见到埃米莉时，便扬起了眉毛。

"你好！这位非常漂亮的年轻小姐是谁啊？"他故意装出了一种很礼貌的腔调，好像站在眼前的是一位戴着白手套的高贵大小姐。索耶和斯特拉的成长环境就是这样教导他们的，在陌生人面前必须表现得格外彬彬有礼，这些小动作就能透露出他们优越的家教。

"这位就是朱莉娅正在招待的客人，索耶，所以你可以不用再摆臭脸了，这位是埃米莉，是达尔茜•谢尔比的女儿。"斯特拉故意将最后几个字说得特别用力。

索耶毫无惊慌失态的模样，只是朝埃米莉伸出了手："你好。"埃米莉与他握了握手，甚至还咯咯地轻笑了几声，但即使这样，朱莉娅也不觉得埃米莉的举止有什么失态的地方。

"朱莉娅，趁着比萨还是热的，我们赶快吃吧！"索耶走向了厨房餐桌，替朱莉娅拉开了一把椅子，不给她考虑的时间。

斯特拉拿出了饮料跟餐巾纸，四个人就随意地吃起了素食口味的比萨。朱莉娅故意吃得很快，这样她才能够快点离座；索耶既随兴又轻松，一直朝着朱莉娅微笑，似乎知道她在打什么主意；斯特拉坐在餐桌旁边，仪态既自在又优雅，仿佛她身上穿的是迪奥的正式礼服而不是浴袍；埃米莉则是用满怀期待的眼神看着他们三个人。

“那么，你们认识我妈妈吗？”埃米莉似乎无法再多等一秒钟似的，迫不及待地开了口。

“我们跟她很熟，”斯特拉说，“达尔茜跟我是同一个团体里的好朋友。”

“莎莎芙拉吗？”埃米莉问。

“没错，那时候索耶跟我们团体里一个叫作霍莉的女孩约会，所以他也是我们名义上的男性成员之一。”

“你们跟朱莉娅不是朋友吗？”

“那个时候我跟任何人都不是朋友。”朱莉娅说。

埃米莉转过头，一脸好奇地看向她。埃米莉的嘴唇上还沾着比萨的酱汁，朱莉娅微笑着把餐巾纸递给她。“为什么啊？”埃米莉一面擦嘴，一面问。

“青春期本来就有很多痛苦，我们都很了解。莎莎芙拉的人只是让他们自己表面上看起来很轻松愉快，而我，就活得比较真实。”

“莎莎芙拉的人平常都做些什么？社区服务？公益募款？”

斯特拉大笑了起来："我们不是那种团体，我去拿纪念册给你看。"她把比萨的饼皮丢回盒子里，就离开了厨房，没几分钟，她随即像一阵风似的又回到厨房里。她大概是世界上唯一一个可以不必翻箱倒柜，或打电话问爸妈，就能立刻顺利找到自己的纪念册的人了。"我们在这里。"她把这本封面是绿色跟银色，还写了"战斗猫咪们之家"几个字的纪念册放在埃米莉面前，一页页地翻阅并开始介绍。"这些就是莎莎芙拉的成员，当然啰，你妈就是站在正中间的那一个，我们每天早上上课之前，都会聚在学校前面的阶梯那里聊天。这张是你妈在返校日那天照的，这一张是她当选舞会皇后的照片。这个是索耶在足球队的照片。"

索耶摇摇头："其实我很少踢足球。"

斯特拉看了他一眼："那是因为你不想弄伤了你那张漂亮的脸吧。"

"很有说服力的借口。"索耶说。

斯特拉翻到下面一页："这个就是朱莉娅。"

那是一张朱莉娅坐在足球场旁看台座位的最上面一排，独自吃午餐的照片。那个地方是朱莉娅的专属空间，不管是在上课前、午餐时间、逃课的时候，有时候甚至连晚上，她都会待在那儿，那是她的安全堡垒。

"你以前头发好长哦！而且全都是粉红色的！"埃米莉说着，一边把脸贴近纪念册一些，"你擦的是黑色的口红吗？"

“是啊。”

“那个时候，根本没有人知道该怎么跟朱莉娅相处。”斯特拉说。

“其实我不会伤害任何人。”朱莉娅微笑着摇摇头说。

“对其他人来说大概是吧。”索耶喃喃地说着。朱莉娅则把长袖上衣的袖子拉下来了一些。

“我们要升三年级的时候，朱莉娅的爸爸就把她转到寄宿学校去了，”斯特拉对埃米莉说，朱莉娅默默地转回来看着她们，“之后，她好长一段时间都没有回来，等到她真的回来的时候，大家都认不出她来了。”

“我认得。”索耶说。

斯特拉翻了个白眼：“你当然认得。”

埃米莉现在已经全神贯注在眼前的纪念册上，一页又一页地翻阅着，只要看到有妈妈的照片，就会停下来多看几眼。“你们看！”埃米莉说，“妈妈戴着这个手链！就是这个！”她举起了手腕给大家看。

朱莉娅却直直地凝视着埃米莉，不知道为什么心里涌上了一股熟悉的思念感觉。她不自觉地伸出手，把埃米莉前额上的头发稍微拨到旁边去。埃米莉似乎不觉得有什么奇怪，但当朱莉娅的眼光看到桌子另外一端的两个人时，却看见索耶跟斯特拉都用一种古怪的眼神瞪着她，好像她的脖子上长出了另一颗头似的。

“这个跟我妈妈站在一起的人是谁啊？”埃米莉指着照片里一个相貌优雅、深色头发、穿着套装打领结的年轻男孩，“妈妈的好多照片里面都有他。”

“那是罗根·科菲。”朱莉娅回答。

“原来这就是他说的那个人。”埃米莉身体往后倾，露出了笑容，“我今天早上遇到一个叫作温·科菲的男生，他提到他的叔叔就是罗根·科菲，而且他好像很意外我不知道他是谁。”

哦！完蛋！这可不妙！朱莉娅想着。

“罗根·科菲是她的男朋友吗？”埃米莉问。

“我们都在猜，不过他跟达尔茜都否认。”朱莉娅小心翼翼地回应着，“基本上，他只是一个害羞又神秘的男孩，你妈一直想要帮助他走出他的小框框。”

“他还住在这里吗？你们觉得我过去找他谈我妈妈的事会不会不方便？”

但他们却是一阵沉默，没有人愿意开口把事实告诉埃米莉。好不容易朱莉娅才开口：“亲爱的，罗根·科菲很多年以前就过世了。”

“哦！”埃米莉也感觉到气氛变得不太对，虽然心里不太情愿，但还是合上了纪念册，“我想我该回家了，谢谢你们让我看纪念册。”

斯特拉挥了挥手：“你拿去吧，那都是二十年前的往事了，我可不想再被它提醒自己有多老。”

“真的可以给我吗？太谢谢你了！”埃米莉站了起来，朱莉娅也随即站起来，陪她走到门口，跟她道晚安，目送她离去，直到她的身影消失在隔壁那片黑压压的树荫里。

当朱莉娅转身进到房子里，斯特拉已经站在那儿，手捂着嘴：“好啦！发生了什么事？”

“什么意思？”

“你对她的态度为什么要故意表现成那样？”

“我哪有故意怎么样？”朱莉娅皱起眉头，“你为什么要这样看着我？”

“因为我觉得很惊讶啊！我是说，拜托，你可是世界上最没有母爱的人！”斯特拉说完便笑了起来，但看到朱莉娅的表情之后马上停了下来，“哎呀，我没有恶意啦。”

其实朱莉娅已经很习惯别人这样说她了，但即使她已经习惯，每次听到这样的话仍会觉得不好受，这大概是已经三十六岁了，却还没有打算要和任何人分享自己的生活所必须付出的代价吧。朱莉娅其实明白斯特拉并没有恶意，她也知道当她在巴尔的摩的那些朋友说“你太重视你的自我了，如果你当了妈妈，大概会比你在青少年时期当孩子还要酷吧”的时候，他们其实也没有恶意。

“我们去后院喝酒吧！”斯特拉说。

“不了，谢谢你。”

“朱莉娅……”

“我知道你这里有甜食！”索耶的声音从厨房传了过来，伴随着他开关橱柜的声响。

斯特拉翻了个白眼：“这家伙，不管我把贺喜氏迷你巧克力藏在什么地方，他都能找到。”

“给他吃吧，以免他跑来搜刮我的厨房。”朱莉娅说着便朝楼梯的方向走，“我还有工作要做。”

埃米莉回到家之后，就坐在阳台上，把纪念册放在大腿上，一页页地仔细翻阅。当天稍早，她把整个房间里所有的橱柜、抽屉都翻遍了，试着想要找到一些……东西，不管是什么都好，一些可以得知她妈妈在这里生活过的蛛丝马迹。她开始起了疑心，感觉好像有什么她应该要知道的事情，却没有人告诉她。但是整个房间里，除了床尾那个蒙了一层厚厚的灰的木板上面刻了妈妈的名字之外，没有其他东西可以证明达尔茜在这里住过。没有任何个人用品，没有照片，没有旧信件，甚至连一条围巾或是不小心掉落的一只耳环都没有。最后埃米莉只好去找朱莉娅。她一开始还觉得这么做好像有点奇怪，但现在她很高兴她去找了朱莉娅，因为她得到了这本纪念册，虽然她心中还是有很多疑问。罗克丝雷女子学校的校训之一就是，学生之间没有种族阶级的差别，没有谁是特别优越的，也不会举办什么选举。但她的妈妈竟然曾经是舞会皇后？

埃米莉想起以前妈妈从来不让她去购物中心，因为那个地方总是上演着公开的竞争，无时无刻不在较量哪个人比哪个人拥有的更多或更好。妈妈常说，时尚绝对不是决定一个人价值的因素之一，所以可想而知，罗克丝雷女子学校的学生都必须穿制服上学。然而，在眼前这本纪念册里，她妈妈穿着的都是当时最流行的服装，甚至总是顶着沙龙吹整出来的流行发型。

也许她对自己年轻时的模样感到尴尬，或是她觉得过去的流行后冠有损她提倡环保亲近乡村的形象。

即使是这样，都不足以构成她从来不回穆拉比的理由吧。

有些声音划破了宁静的夜空，于是埃米莉抬起了头。那是从隔壁后院传来的声音，饱含了女人的笑声以及玻璃杯碰触的声音。

埃米莉把阳台小餐桌上的落叶都清理干净，心满意足地坐在小餐桌前，轻松地靠着椅背。星星在树叶的缝隙间闪烁，很像圣诞树上忽明忽灭的灯光。她开始觉得周遭的空洞已经有一部分被填补了起来。她带着太多期待搬到这里，虽然遇见的事情并不都是完美的，但已经在渐渐好转了，至少她已经跟隔壁邻居成了朋友。

她深吸了一口气，感受夏天夜晚的美好，渐渐地觉得有点睡意了。

她原本只是想稍微闭一下眼睛的，但她立刻就睡着了。

当埃米莉睁开眼睛的时候，周遭还是暗的。她眨了眨眼睛，想要知道现在到底几点，还有她到底睡了多久。

她低下头，发现纪念册不知道什么时候已经掉到阳台地面的落叶上了。她觉得背很酸痛，弯下腰捡起地上的纪念册，当她重新坐直身体时，突然皮肤一阵刺麻。

那道光又出现了！

那道传说中可能是鬼魂的光。

埃米莉愣住了，看着这道光在外公家后院老旧凉亭的更远处。它却没有像上次那样消失，而是在那儿徘徊不去，在树与树之间闪烁不定地飞蹿着，一直没有离开。

难道……它也在看着她？

埃米莉很快地看了一下隔壁的房子，灯光已经熄灭了，表示现在除了她以外，没有人看见这道光。

她又转回去看着这道光，它到底是什么？

她站了起来，轻轻缓缓地走回房间里，把纪念册放在床上，安静地待了一会儿。突然，她也不知道自己想到了什么，就这么站起来，然后跑出房间。她赤着脚在硬木板上的跑步声，在寂静的夜里显得更响，所以在下楼梯还有经过外公房间时，她把速度稍微放慢了一点点，让脚步声小一点，以免吵醒外公。跑到厨房后门时，发现门被锁住了，她匆忙地摸索了一会儿，还是打开了门锁冲了出去。

那道光还在！她立刻朝着它跑过去，穿过凉亭冲进后面的树林里。那道光很快地撤退，这时她听到了踩在落叶上的脚步声。

脚步声？

鬼魂是没有脚步声的。

埃米莉在那片只有朦胧月光的黯淡树林中追逐着那道光线，不时地伸手拨开挡在眼前的树枝。跑了大约五分钟之后，她开始想到她根本不知道自己会去哪里，也不知道这片树林的尽头在什么地方。当那道光线消失了之后，埃米莉终于真的开始担心了，她搞不清楚自己到底在做什么。幸好往前多走几步之后，就走出了这片树林。她上气不接下气地站在原地好一会儿，才被脚底的刺痛感提醒自己还是光着脚的。她抬起脚检查了一下，脚跟受了伤，留下了斑斑的血迹。

突然有一声关门的声响，在一片寂静中更是明显。

她猛地抬起头，看看四周的环境，才发现自己在小镇大街上的住宅区尽头，她人站在公园里面，前方就是那些老旧的红砖宅邸。外公家后院的树林应该是跟其他邻居家的树林混在一起的，像座巨大迷宫一样，曲曲折折地通到这个地方来，尽头就是这个有新月形风向计的演奏台。

她不停地左右张望，又回头看看那片树林，那道光刚刚应该是跑到这里了，没错啊。

她一跛一跛地选择了比较远的路，顺着人行道走回家。她的脑袋里一片混乱，刚刚她竟然大半夜里在树林里狂奔，追逐着一道被称作“鬼魂”的光线。这实在太不像她会做的事了。

当她走回外公家的时候，想起前门是锁着的，所以她必须绕到后门去。才走到房屋的转角处，就看到了光线。

后院的灯被打开了。

看来万斯外公一定是听到她跑出去的声音，所以开了灯在等她。埃米莉叹了口气。这样大半夜地跑到外面去，还把他给吵醒了，现在她要怎么跟外公解释？她步履蹒跚地爬上后门的门廊，却在门口差点被某样东西绊倒。

她弯腰捡起来一看，是个医药箱。

背后又传来一阵落叶的沙沙声，埃米莉回过头，惊讶地倒抽了一口气。那道白色光线很快地消失在树林里，好像它刚刚一直没有离开过。

她也很快发现，其实万斯外公整夜都没有醒来过。

隔天早上，温从卧室的窗户往外望，看见万斯·谢尔比正走在人行道上，往小镇大街的商业区尽头走去。如果用合乎科学原理的眼光来观察万斯这个人的话，就会发现他是个相当有趣的样本。温通常不太用合乎科学原理的眼光去观察事物，他早已明白，不要期待从任何人的身上找到证明，就算是他自己，也不会去证明任何事情。但是万斯·谢尔比给人的感觉像只合掌螳螂，似乎天生就适合抓取些东西，藏匿并且庇护这些东西。他一定不希望温对埃米莉有兴趣，那会是一件很不幸的事情，却无可避免。

“温！”他的爸爸在楼下叫他，“天已经亮了，我们出发吧。”

温走出房间，走下长长的大理石阶梯，到门廊处，爸爸已经在那里等着他。他已经不像小的时候那么讨厌跟爸爸一起出门了，虽然他仍经常觉得这样做很无聊。

摩根·科菲喜欢一大清早阳光一出来时就出门，到街上去跟商店老板或游客打招呼。从温五岁开始，摩根就把他加入这个固定行程，无视在温心里这根本就像苦行一样的痛苦。温猜想爸爸是为了让大家都认识他，也让温知道其他人对他会有什么样的期待。他们每天都去不一样的餐厅，而摩根会跟每一个人打招呼。对温来说，他只是喜欢每天天一亮就可以离开家的机会。但是必须跟爸爸一起出门，大概是必须付出的小小代价。

“准备好了吗？”摩根站在门口看着他。

“如果我说还没呢？”温回答，而摩根已经打开门。

摩根回过头仔细地打量他，从红色的领结到脚上的船形平底鞋。“你看起来已经准备好了。”

“那就是准备好了。”

摩根深吸了一口气，压抑住自己的怒气：“你少跟我耍花样。”

的确，温自己也觉得这个时间就开始跟爸爸对抗，是有一点太早了。

他们走到外面的人行道上时，万斯已经不见了，对一个巨人来说，要在这么短的时间内就消失无踪，还真不是件容易的事。这天早上，摩根决定去威尔却小馆吃早餐。他们进入餐厅之后，摩根很快地环视了一下整间餐厅，然后带着温坐在靠近门口的座位。摩根喜欢在人们进入餐厅时向他们打招呼，他尤其喜欢瞄准那些观光客，跟一些他不认识的人打招呼，而温总是诧异地看着他这么做。表面上，摩根·科菲是如此满足于那种与世隔绝的生活方式，但事实上，他非常乐于认识各式各样新鲜的人。这一点让温多少充满了希望，认为到最后他爸爸一定可以理解他为什么要坚持自己的计划，这也是这些日子以来，他们早晨还继续共同出门的真正意义：表面上看起来是要跟外人建立公共关系，但事实上，是他们父子之间互相接纳的过程。

温不晓得他们在餐厅里待了多久，不过他猜想应该还不算太久，因为连早餐都还没有送上来，他就看到埃米莉一个人在外面走着。

埃米莉双眼直视着前方，经过了这间小餐馆，阳光照在她的身上。她的四肢都相当修长，这一点肯定是她的万斯外公遗传给她的，只是在万斯身上看起来似乎过长了，但在埃米莉身上看起来就……非常完美。

温转过身看看爸爸是否在注意他，幸好没有，而且摩根不知道什么时候早已离开座位，他现在走到房间的另外一端去，跟某个人握手了。温再次俯身靠向窗边，看着埃米莉走远的身影。温再看了爸爸一眼，确定他没注意后，便把餐巾从大腿上拿起来，轻轻地放在桌上，把椅子往后退，悄悄地从门口溜了出去。

他保持了一小段距离，跟着埃米莉走，注意到她今天早上穿着夹脚拖鞋，膝盖上还贴着绷带。她走到杰氏烧烤前的长椅处停下脚步，温也跟着停了下来。她并没有进店里去，这让温觉得很奇怪，她看起来挺好的，不像昨天早上那样不舒服。所以，她应该是在等人吧，大概是在等她外公吃完早餐出来。这样的她看起来既迷人，又有点孤单得令人怜惜。

温所站的位置只跟埃米莉隔了两三间商店，因此当伊内兹和哈丽雅特·琼斯这对姐妹从他身后走过来，并同声向他打招呼时，埃米莉也听见了，并且抬头往他这里看。

“你好！温！”

温望着埃米莉的双眼，然后才百般不情愿地回头去看伊内兹和哈丽雅特。她们是一对已经上了年纪却还未婚的姐妹，住在小镇大街上，就在科菲家的隔壁。这对姐妹不管去哪里都共同行动，穿着相称的服装，共同提一个皮包。很多年以前，科菲家的人想在两栋房子之间铺一条车道，这样他们就不需要每次停车时都得绕到隔壁巷子，才能把车开进房子后面的车库里。琼斯姐妹同意他们这么做，但有附加条件，就是科菲家的人每个月的第三个星期二都必须邀请她们到家里喝茶。因此，从那次开始的三十多年来，这对年长的琼斯姐妹每个月同一天的下午四点到五点之间，都会到科菲家去做客。

“你好，琼斯小姐。”他先朝伊内兹点点头，然后又转向哈丽雅特点点头，“你好，琼斯小姐。”

“我们发现你在看那边的漂亮小姐。”伊内兹说。

温非常希望她别再说了，因为埃米莉可以清楚地听见他们所说的每一个字。

哈丽雅特突然倒抽了一口气，抓住她姐姐的手臂：“姐姐，你知道那是谁吗？”

“真的是她吗？”伊内兹也抓住了妹妹的手臂。

“没错！就是她！”哈丽雅特回答。

“你们两位今天怎么会这么早就出门了？”温问，试图转移话题。

伊内兹继续说：“她长得真的跟她妈妈好像啊！”

“没错，没错！”

“让我护送两位回家吧？”温再次打断她们，“我要往那边走。”他做了个礼让女士优先的手势，试图把她们送走。

“她妈妈还真是够不要脸的，竟然把她送到这里来。”伊内兹还是不肯放弃，继续说着，“这样对待一个小孩，对吗？”

哈丽雅特摇摇头，她们两个人就这么对埃米莉指指点点：“她永远都不可能适应这里的！”

“而且她那个外公要怎么照顾她啊？他根本连自己都照顾不来了吧！”

“我也不知道，姐姐，”哈丽雅特说，“我也不知道。”

温再次做出请她们离开的手势：“女士们，我们可以走了吗？”

伊内兹用她那皱巴巴、长满疙瘩的手指指着温：“温，你可不要变得跟你叔叔一样啊！别像他一样被这张漂亮的脸蛋给蒙骗了！那真是一场悲剧！”两姐妹同时用同情怜悯的眼神看着他，“你想看她就看吧，但是要离她越远越好！我们也会这么做，因为我们要支持你的家人，对吧，妹妹？”

“一点也没错，这样是最好的。”

说到这里，她们两个终于转身，朝着她们家的方向离去。两个人各伸出一只手，钩住手提袋的一个提把，手提袋夹在她们两个之间，像两只牛共享一个牛轭一样。

温闭上了眼睛一会儿，才回头去看埃米莉。

她的表情充满了怀疑，不过温知道这不能怪她。

他把手插进口袋里，尽量维持轻松且若无其事的态度，朝她走了过去："嗨！又见面了。"

埃米莉没有回应，只是一直看着琼斯姐妹的身影，她们两人仍在人行道上摇摇摆摆地走着。

温实在很讨厌这对姐妹那些没教养的言谈举止。"你外公呢？我刚刚好像看见了他。"

他开口，想把埃米莉的注意力从那对姐妹身上移开。

"在里面。"

她说："我在等他。"

"为什么不进去跟他一起吃早餐？"

"我不知道那样做好不好……所以我想在这里等他就好。"

她装作很仔细看着他的样子，但实际上只是匆匆地瞥了他一眼："你通常都一大早就穿得这么正式吗？"

"这是某种传统。"

他指了指长椅："我可以坐下吗？"

埃米莉点点头，等温坐下之后，就问："你是从哪里来的？"

他跷起脚，想办法让自己表现得不要太急躁、太可疑。

对温来说，让别人发自内心地喜欢他，就像天性一样自然，但是他现在很紧张，因为有太多事情将取决于他现在的表现。“这里，我是本地人。”

埃米莉迟疑了一下，似乎他回答的是另外一个完全不相干的问题一样。“不是啦，我是说昨天跟今天，你刚才是从哪儿来的？”

温笑了起来：“哦！我跟我爸出来吃早餐，每天早上都会来。”

“这里所有的人都是到小镇大街上来吃早餐的吗？”

“也不是所有人。你的脚怎么了？”

温问，但他的视线却不是停在埃米莉的脚上，而是她那对蓝色的眼珠上。她跟他原先想象的不一样，完全不一样。

“我的脚？”

她稍微移动了一下右脚，看到上面贴着的绷带：“哦……我赤脚在树林里跑步，所以割伤了。”

“你下次应该先穿鞋子。”

埃米莉抬起头，温对她微笑着。

她微微垂下眼皮：“谢谢你，我会的。刚刚跟你说话的那两位女士是谁？”

温有些抱歉地叹了口气：“伊内兹和哈丽雅特·琼斯姐妹，她们是我的隔壁邻居。”

“她们是在谈论我吗？”

温很快地思索了几种答复方式，不过最后还是决定直接说：“对。”

“她们知道我是谁，”埃米莉说，“她们认识我妈妈。”

“对。”

“为什么她们说‘我永远都不可能适应这里’？”

温摇摇头：“理会那两个人说的话其实是浪费时间，不过如果你真的想知道，我会告诉你。我保证。”

“听起来她们不喜欢我妈妈。”

温假装掸一下袖子上的灰尘，但其实他的袖子上根本什么都没有。他知道现在自己看起来很冷静、沉着，但事实上，他紧张得心脏都快跳出来了。“如果你希望我告诉你这个故事，我会照做。”

拜托！他要怎么跟她说？“我觉得你最好知道这件事，但是，我不确定是不是应该由我来告诉你。你妈妈早就应该告诉你，再不然，至少你外公现在也应该告诉你了。”

“告诉我什么？她们提到了你叔叔，是跟他有关系的事吗？”

“对。你跟我，我们之间是有故事的。”

他身体微微地前倾，好像暗藏玄机似的故弄玄虚：“只是你还不知道而已。”

埃米莉好奇地侧着头：“听起来很奇怪。”

“你等着瞧，事情会越来越奇怪。”

一个穿着短裙高跟鞋、打扮很俗艳的老女人从他们眼前走过。温和埃米莉同时转头，看着这个女人走进杰氏烧烤。这时温看见万斯·谢尔比在里面，而且正在看着他们两个。只要认识万斯的人都知道他一点都不可怕，但被他这么高大的人用如此犀利的眼神看着，多少还是让温有点不知所措。难道万斯知道温在做什么？埃米莉似乎没有注意到她外公的眼神，因此当温突然站起来准备离开时，她很惊讶。

“我想我该走了。”温说。

“什么？等一下，别走啊！你不是要告诉我什么故事吗？关于我妈妈跟你叔叔的故事。”

“下次见到你的时候，我再告诉你。再见，埃米莉。”他说完就走开了。这一段路程中，他非常努力地压抑自己想回头看她的冲动，一直到他走到餐厅门口，要进餐厅之前才忍不住转头看了她一眼。她也正看着他。

已经回不了头了。

关系已经建立起来。

埃米莉，她开始好奇了。

朱莉娅刚烤好当天要贩售的蛋糕，正在黑板上写蛋糕的名称。这时店里只有四个客人，万斯·谢尔比是其中一个。他独自坐在座位上，等待这个老人早餐团里的其他老朋友到达。他并不像一般人那样用咖啡杯喝咖啡，而是用放咖啡杯的浅碟，因为浅碟比咖啡杯的杯口大得多，这样不但比较容易喝到咖啡，浅碟对他的大手来说也比较好拿。朱莉娅本来想过去跟他谈谈埃米莉的事情，但仔细想想还是算了，这些事情跟她没有什么关系，况且她只要在这里再多待几个月就会离开，没有必要把自己卷入太复杂的事情当中。她还在这里的这几个月里，可以当埃米莉的朋友，帮助她适应这个小镇，至于其他的事情，还是少碰为妙。

万斯似乎在看着店外面的什么东西，紧紧蹙着眉头。

朱莉娅在黑板上写下："本日蛋糕：牛奶巧克力棒蛋糕、奶油核果蛋糕、雪茄卷柠檬饼干、香草茶马卡龙。"写完之后，她把黑板放回原位，转过身去看到底是什么东西吸引了万斯的注意力。

她才刚转过身，店门口的铃声就响了，朱莉娅的前继母贝弗莉·戴尔走了进来。

还好不是索耶。

不过也差不多糟糕。

“朱莉娅！”贝弗莉穿了双白色细低跟鞋，摇摇摆摆地走到柜台前面，“我有几百年没看到你啦！我老是想要早点起来，不过我又不是那种习惯早起的人，你一定也记得吧！昨天晚上我就跟自己说：‘贝弗莉，你一定要设定好闹钟，起个大早去餐厅见朱莉娅。’然后呢，看看我！现在不就在这儿了吗？”

“恭喜你。”朱莉娅说，心里暗自庆幸还好有柜台挡在她们两个之间，否则贝弗莉一定会上前拥抱她，而贝弗莉身上的Jean Nate香水味浓到连大象都会被熏死，她可不想领教。

“我看到你还穿着长袖的衣服，”贝弗莉摇着头说，“真是辛苦你了，这种大热天的，穿长袖一定很不舒服。”

“这是棉质的，所以还好。”朱莉娅一面说，一面把袖子又拉下来一些，紧紧盖住她手上的疤痕。

“我了解，女人身上有疤痕总是不太好看。”贝弗莉身体往前倾，靠近朱莉娅，“我的额头这边也有一个小小的疤痕，我不想让别人看见，所以我都要我的发型设计师伊冯娜用我的刘海儿盖住它。”

朱莉娅微笑地点点头，等着贝弗莉说出她真正的来意。

当爸爸第一次把贝弗莉带回家的时候，朱莉娅才十二岁。

那时候他告诉朱莉娅，因为她长大了，所以应该有一个女性的长辈在她身边，陪她谈女孩之间的事情，好像他把贝弗莉带回家都是为了朱莉娅好。一开始，贝弗莉的确表现得非常关心朱莉娅，所以朱莉娅也觉得有贝弗莉在身边应该还不错。但接下来，贝弗莉和朱莉娅的爸爸结婚，朱莉娅开始感觉到爸爸的注意力无情地转移到了最需要关心的人身上，而那个人就是贝弗莉。于是朱莉娅开始每天板着脸、发脾气，到了后来，她索性把头发染成粉红色，甚至开始自残，但这些都没有办法挽回爸爸的注意力，他完全被性感的贝弗莉吸引了，那个一头蓬松金发，总是穿着深V领低胸上衣、短裙、高跟鞋，甚至连穿短裤也搭配高跟鞋的贝弗莉。她很会做讨好他的事情，煮东西给他吃，帮他点烟，在他看电视时帮他按摩肩膀，等等。但只要贝弗莉得不到她想要的东西时，她就不会再做这些事情，态度一百八十度转变，这种时候，朱莉娅的爸爸就反过来开始讨好她，而这一切看在朱莉娅眼里，实在令她痛苦不堪。

贝弗莉和朱莉娅的爸爸一直到四年多以前才分手。朱莉娅每年圣诞节都会固定打电话给爸爸，那一年，爸爸以他一贯温柔又简洁的方式，在电话里告知朱莉娅他们离婚的事情："贝弗莉是个太活跃的女人，我给不起她所有想要的东西。"

朱莉娅后来发现，所谓贝弗莉想要的东西，就是有钱的男人。而朱莉娅的爸爸一直都不是那种很有钱的男人，虽然以他中学辍学的教育程度，他已经算是非常有出息的了。才三十岁，他已经靠自己的力量买下了自己的房子，也开了餐厅，而且他一直都很擅长管理自己的财产，这也是他过世之后，朱莉娅发现他竟然欠了那么一大笔债时会如此震惊的原因。她能想到的唯一理由就是，贝弗莉把他的财产挥霍殆尽，等到她发现他再也没有钱时，就离开他，去跟一个叫作巴德·戴尔的人在一起，这个人才刚在镇上开了他的第二家围巾店。

朱莉娅记得爸爸刚过世的时候，她在葬礼上碰见了贝弗莉。那时贝弗莉看起来苍老了一些，但她还是有那种让人觉得她很漂亮的能力，即便事实上她并没有那么漂亮。那时她对朱莉娅说："你爸爸过世了真令人难过，不过如果他还有钱剩下的话，记得告诉我，我应该分到一些钱才对，你不觉得吗？我们在一起的二十年里，有那么多美好的回忆。"而且她还是当着巴德的面讲出这些话的。

当朱莉娅卖掉爸爸的房子，付完抵押的借款之后，把剩下的一些钱拿去缴餐厅的抵押款时，贝弗莉非常生气，她一直坚持她应该拿到一部分的钱。但很快地，当她了解朱莉娅是准备留在这个小镇，等经营餐厅一阵子把欠款付清之后，再把餐厅卖掉赚一点钱时，她又换了一副嘴脸，每隔一段时间就来餐厅跟朱莉娅攀关系，提醒朱莉娅她理所应当分到一些钱，好像这是她们两个共同的计划似的。

"这个时间你们店里总是这么悠闲吗？"贝弗莉问，一面招手叫了一个女服务生过来。"我要外带两份早餐特餐，我要拿到巴德的店里，给他一个惊喜，他绝对不会相信我竟然这么早起。”

“这里很快就会客满了。”朱莉娅向她保证。

“希望如此啊，在我看来，你根本就不够努力招揽客人上门来吃早餐，而且你也做太多甜点了吧！”她指着黑板说，“这些甜点每天都会卖光吗？如果有剩下的话，那你就是在浪费钱！”

“这些甜点从来没有剩下来过。贝弗莉，我现在要出门了，请问你到底有什么事？”

“你少来了！你哪有什么地方可以去啊？你每天就是上班跟回家，其他什么地方都不会去，跟你爸爸一模一样。”

朱莉娅仍然很努力地保持微笑。以前她还能接受别人这么比较她和爸爸，但现在，她只想大声尖叫：“才怪！我做得比他好太多了！”

“我知道再过几个月你就要把这里卖掉了，我听说夏洛特对买下这间餐厅很感兴趣，我只是想要跟你说，我觉得卖给她不好。”

“哦？”夏洛特是餐厅的日班经理，也是接手这间餐厅的最好人选，因为她不但懂，而且也是真的关心这间餐厅的经营，这一点对朱莉娅来说是很重要的考虑因素。她刚刚回到穆拉比的时候，只要能够卖到好价钱，卖给谁她都不介意。但她在这里待了一阵子之后，觉得应该把餐厅交给一个真心爱它的人，这样才算对过世的爸爸有个交代。这就是朱莉娅，只要待在一个地方越久，她就会越来越心软。

"我觉得你可能会用比较便宜的价格把餐厅卖给她，只是因为她在这个地方工作了很久，但是你要知道，重点就是要想尽办法赚到最多的钱啊！"

"谢谢你宝贵的意见，贝弗莉。"

女服务生拿了装着两个保丽龙餐盒的提袋出来，她把袋子递给贝弗莉，而贝弗莉连道谢都没有便接过袋子。

"我会再来找你，"贝弗莉说，"我们必须好好计划一下，让这一切完美又合法地结束，懂吗？"

朱莉娅没有回话，但是她心里一点都不想把卖掉餐厅的钱分给贝弗莉，不管贝弗莉发现的时候会有多生气，反正到时候朱莉娅不会留在这里亲自处理这一切了，这样才能让贝弗莉真的相信她拿不到钱。如果现在跟贝弗莉争论，只会让朱莉娅留在这里的时间过得更加悲惨，而且说不定还会影响到生意。

朱莉娅和女服务生看着贝弗莉离开。这个女服务生是新来的，朱莉娅连她的名字都还没记住，她还把贝弗莉的账单拿在手上，怔怔地看着贝弗莉离开的身影。

"算了，没关系，"朱莉娅说，"她从来都不觉得自己应该付钱。"

女服务生把账单揉成一团，朱莉娅则走向门口。

才刚刚想到这个人而已，现在索耶就真的出现了。

朱莉娅揉了揉额头，今天怎么会从一大早开始就这么倒霉？

就算是这么早的时间，索耶已经容光焕发又精神抖擞，朱莉娅忍不住怀疑他可能并不需要睡眠，或是他根本是故意醒着，整夜神采奕奕地踱步，思索着如何更加迷人、更加闪闪发光，去得到他想要的一切。

索耶与朱莉娅四目相接，立刻微笑着说：“朱莉娅！你今天真可爱！爷爷，她是不是很可爱？”索耶询问他正搀扶着、帮助其走进大门的那位老先生。

老先生抬起头并微笑着，他有一双跟索耶一样的深邃蓝色眼睛，亚历山大家的男人就是如此吸引人的目光。“你真的很可爱啊！朱莉娅，那撮粉红色头发让你看来更有活力啰。”

听他这么说，朱莉娅露出了微笑：“谢谢你，亚历山大先生，请好好享受您的早餐！”

“朱莉娅！等我一下，”索耶说，“我有话想跟你说。”

朱莉娅心里所有的警告标示都亮了起来，整个人像是被闪亮的烟火给包围了。“抱歉，我要走了。”她说，连索耶的爷爷都还没来得及走进餐厅，她就已经快速地闪身而去，走出了餐厅。

她顺着人行道走着，准备回家。刚才有一瞬间，她觉得好像看到埃米莉在街上，但现在又不见人影了。

朱莉娅知道，其实她大可以开车去上班，但现在她必须定期缴交餐厅抵押的欠款，导致其他的花费都很吃紧，在这样的状况下，汽油费就变成一种奢侈的支出。有时候这样走路回家，会让她想起高中时代走路上学的情景，当时她爸爸还买不起汽车给她开，因此她每天都带着嫉妒的眼光，看着那些开得起车的同学，尤其是那些莎莎芙拉的成员，开着他们的宝马或雪佛兰，经过她的身边。

她必须不停地告诉自己：现在做的这些牺牲，最后一定会值得的。另外一个地方，有一个完全不同的生活正在等着她，在那里她可以埋藏自己过去的回忆。等到她回到巴尔的摩，她就会回到原先的生活，只和她愿意联络的朋友们联络，那些朋友只认识现在的她，而不知道过去的她是什么样子，这样干净利落的友谊是最好的。她回去之后就要重新找个地方住，把之前打包起来的家当都搬过去，然后再找一个完美的地点，开一间她梦想已久的烘焙坊。她已经在别人的烘焙坊里工作了很长一段时间，等到她开了自己的店，她可以想做什么就做什么，就算她把整个橱窗都摆满紫色的饼干，也没关系。她已经想好了店名，就叫作“蓝眼女孩烘焙坊”，虽然朱莉娅自己的眼睛是棕色的，不过那不重要，因为那并不是在说她自己。

“朱莉娅！”索耶的声音从背后传来。

她觉得一股凉意从背脊一直蹿到脖子，于是她加快了脚步。但是索耶还是很快地赶上了她，与她并肩走着。

朱莉娅很快地瞥了他一眼：“你刚刚该不会是跟在我后面跑过来的吧？”

他的表情有点愤慨，好像被人家抓到他在做什么没教养的事情似的：“如果你愿意等我的话，我就不必跑了。”

“那你要干吗？”

“我说过了，我有话要跟你说。”

“说啊。”朱莉娅说。

“不要在这种状况下说。”他抓住了朱莉娅的手臂，让她停下脚步，“从你回来之后，我一直都刻意跟你保持距离，因为我想这应该是你想要的。当我听到你要搬回穆拉比的时候，我真的感觉到……终于有希望了。但是当我再度见到你，你却用那种足以杀了我的眼神看我的时候，我就知道，大概还太早了。”

“我并没有要搬回来。”朱莉娅说，用力地挣脱索耶的手。

“但我这么做根本就是对我们的关系帮倒忙，”索耶继续说了下去，当作朱莉娅没有说过话一样，“这件事真的拖太久了，我一定得跟你谈谈，朱莉娅，我有事情要告诉你。”

“你到底要告诉我什么？”她问。

他沉默不语。

朱莉娅试着开玩笑地带过：“该不会又是跟‘我是因为你而做蛋糕’这件事有关的吧？”

“我不知道，你说呢？”

他们就这么沉默地看着对方，最后朱莉娅才开口：“我没有什么话要跟你说，而且我觉得你也讲不出什么我想听的话。”

索耶丝毫不受影响地说：“这个星期六跟我一起吃晚餐。”

“我星期六有事。”朱莉娅想也不想地说。

“哦？”他把手插进口袋里，被这个出乎意料的答复吓了一跳，他是个不习惯被拒绝的男人，“跟谁？”

“我想带埃米莉去湖边。”她把闪过脑中的第一个念头顺口说了出来。

“你还真不是普通地关心那个女孩。”

“这让你觉得很惊讶吗，索耶？”她厉声问，“是吗？”

她看得出这个问题伤到了他，但对他说出这种话也没有让朱莉娅自己觉得好过一些。索耶迟疑了一会儿，才又开口：“你是不是永远都不打算原谅我了？”

“我很久以前就已经原谅你了，”朱莉娅说着，同时转过身走开，“但这不表示我已经忘记了。”

他的声音从背后传了过来：“朱莉娅，我也从来没有忘记过。”

十六岁那年，朱莉娅觉得她的不快乐已经沉重到让她喘不过气了，这些痛苦是很多年来一点一滴慢慢累积起来的：青春期、爸爸再婚、暗恋全校最可爱的男生、倒霉到跟达尔茜·谢尔比同班……虽然如此，朱莉娅在高中之前都还是有朋友的，她一直都是个好学生，也一直都行为合宜。但那种渐进的沮丧感逐渐地笼罩了她，感觉就像什么人把床单抖开，然后床单飘落下来完全盖住了她一样。高中二年级时，她放弃了与她的继母贝弗莉较劲，她开始觉得自己快要消失了，那一头粉红色的头发和黑色的妆，都只是为了显示自己的存在感。但由于她的装扮太特殊，又一天到晚板着脸，所以原本的朋友们都逐渐远离她。朱莉娅也不以为意，如果失去这些朋友能让爸爸多注意她一些的话，她觉得无所谓。

但是没有用。

有时候她会听见贝弗莉叫爸爸不要理她，说她这种样子只是青少年的成长过程，是正常的叛逆期，总有一天会过去的。可想而知，不管贝弗莉说什么，她爸爸都照做。

她的不快乐和自我厌恶感完全击溃了她。

然后她就开始自残了。

当时正在上世界历史课，世界历史课的老师霍恩先生在白板上写东西，朱莉娅坐在教室里的最后一排，达尔茜·谢尔比就坐在她前面几个位置的地方。她听见达尔茜跟朋友窃窃私语的声音，于是便停下在笔记本里涂鸦的动作，抬头看她们。达尔茜不知道说了些什么，然后从皮包里拿出某个东西，几秒钟之后，一小瓶除蚤粉末掉到走道上，滚到朱莉娅的脚边停了下来。

达尔茜和她那群朋友笑了起来，霍恩先生转过身来看她们。

霍恩先生问她们到底什么事情那么好笑，不过没有人回答。朱莉娅只是低着头，看着地上的除蚤粉末瓶子，就在她那双冒牌马汀大夫靴子前面。

好不容易霍恩先生终于转回头去，而他才一转身，朱莉娅就把手中那支削得尖尖的铅笔，重重地刺进自己的前臂，用力划了一道又深又长的伤口。当下朱莉娅并没有意识到自己做了什么，只是看着小血珠从伤口中冒出来，心里居然有一种怪异的满足感，她松了一口气。

一开始，她只是随便手边拿到什么，就用什么割自己。渐渐地，她开始思索什么样的工具比较好，于是改用除毛刀片，并且把刀片藏在床垫底下。每次她用刀片割自己的手臂时，都有种强烈且戏剧化的兴奋感觉，像是把自己从一个完全空洞又没有希望的深渊里猛然拉出来，回到现实的世界。割伤自己不只让她重新有了感觉，而且让她感觉很好。不知道什么时候开始，她意识到自己已经无法停止自残了，如果哪天没有割伤自己，就很难度过那一天。不过她一点也不在乎，她是真的完全不在乎。没多久，她的手臂上就已经布满了深深浅浅的新旧伤口，像一张愤怒的蜘蛛网。因此朱莉娅总是穿着长袖的衣服，不管天气有多热，都不会露出手臂。

她的自残行为持续了约莫一个月之后，爸爸和继母终于发现了。是贝弗莉先看到那些伤口的。有一天早上朱莉娅刚洗完澡走出浴室，身上除了裹着一条浴巾之外，什么都没穿，她继母敲了敲门，然后轻快地走进房间，嘴里说着："不用管我，我只是要来拿个小夹子……"

她看见朱莉娅手上的伤口，愣了一下。

当天晚上朱莉娅的爸爸下班之后，进到朱莉娅的房间里。他的脸上写满了痛苦与担心，小心翼翼地慢慢靠近她，好像动作太大就会把朱莉娅给弄碎了一样。他想知道到底发生了什么事情，朱莉娅恨透了这个问题，他怎么可以不知道她到底发生了什么事。

二年级的课程很快就结束了，学期结束之后，整个暑假，她爸爸和继母都不让她离开他们的视线。虽然朱莉娅终于得到了爸爸的关心，但她一点也不开心，反而很痛恨他们剥夺了唯一能让她觉得好过一点的事情。

那个暑假她过得痛苦不堪，甚至开始希望学校快点开学，那样她就可以离开他们两个到学校去了。而且，新的学期开始，就表示她又可以再见到索耶，那可爱的索耶。但是，就在穆拉比高中开学的前几天，朱莉娅的爸爸告诉她，他们要把她送到寄宿学校去。爸爸说那是一所很特别的学校，会特别辅导有问题的青少年，而且他们第二天就要开车送她去巴尔的摩的那所学校了，他只给她一天的时间准备。他一整个暑假都瞒着她偷偷计划这件事，最后竟然只给她一天时间做准备！

那天晚上，她从洗衣间的窗户偷爬出去。如果爸爸想要她待在这里的话，没关系，但是她才不要去什么鬼寄宿学校。问题是，朱莉娅也不知道自己可以去什么地方，所以最后她还是回到学校里，回到她最常坐的看台座位上——那个她最喜欢的秘密基地。

她一个人在那里默默地待了几个小时之后，突然看到索耶出现了。那时已经过了午夜十二点，但他就这么突然出现了，绕着跑道走着。那天晚上的月光很明亮，加上他穿着白色的短裤跟白色的 Polo 衫，非常醒目，所以朱莉娅可以很清楚地看到他。

朱莉娅没有移动，所以她真的不知道是什么原因让索耶抬起头往她的方向看，但他就是抬起头了，朱莉娅差点不能呼吸，就像每次在学校里发现他看着她的时候一样。

他们就这样对望了好长一段时间，然后索耶穿过跑道，朝着她，走上了看台的座位。

索耶以前从来没有靠近过她，但是在学校的时候，他常常在看她。其实很多人都会看她，所以这也没什么好奇怪的，但索耶的眼神总是那么慎重，让朱莉娅觉得他是真的在看着她。朱莉娅经常会想，或许是他这种眼神的关系，才让朱莉娅对他有些异样的感觉。

他走到朱莉娅的前面，问："你介意我坐下吗？"

朱莉娅不置可否地耸耸肩膀。

他坐下，但两个人好长一段时间都没开口说一句话。

"你常常这么晚了还到这里来吗？"最后索耶开口问。

"不是。"

"我也觉得不是。因为我整个暑假天天都在这里散步，但从来没有看过你像之前一样坐在这里。"朱莉娅很想知道他为什么要三更半夜在这里散步，但她紧张到不敢问。

"要开学了，你准备好了吗？"

朱莉娅突然站了起来，靠索耶这么近，让她的心都变轻了，似乎随时要飘走一样，更准确地说，他的陪伴让她的整个世界都变得轻飘飘的，但朱莉娅知道这只是种可怕的错觉而已。“我要走了。”

“你要去哪里？”朱莉娅走下看台，黑色靴子踩出又重又响的声音，这时索耶的声音传来。

“我不知道。”

“我陪你走。”索耶说完，就站起来跟着朱莉娅。

“不用了。”

“这么晚了，我不能让你自己一个人走。”

朱莉娅跨过最下面一层座椅，开始横越跑道，往足球场走。她回头看了一眼：“不要跟着我。”她走到足球场中间的时候，又回头看了一眼，“我不是说了不要跟着我吗？”

“我不能让你一个人走。”

朱莉娅停下脚步，转过身看着他：“你这个人到底是怎么回事？你不要那么……那么……”

“怎样？”

“不要对我那么好！”她蹲了下来，然后盘腿坐在球场上，“你走开，不然我就要一直坐在这里。”

这句话一点效果都没有。“不要坐在我旁边，不要……”当索耶坐在她身边的时候，她叹了一口气。两个人并肩坐在五十码线的地方。

“你到底怎么了？”索耶问。

她望向远方：“我爸明天就要把我送到寄宿学校去了。”

“你要离开？”他不可置信地问。

朱莉娅点点头。

索耶拉扯着身边的草皮，最后他终于说："我可以跟你说件事吗？"

"除了再见以外什么都别说。"

"你少在那里自以为聪明了。"这句话让朱莉娅忍不住摇摇头。整个暑假，爸爸跟贝弗莉都对她过分地小心翼翼，现在突然听到有人会因为她的态度这样说她，实在有点吃惊。"过去一年来，我常常早上一醒来就很希望可以快点到学校，因为我知道在学校里可以见到你，我会猜想你穿什么衣服；我也喜欢午餐时间，因为我可以坐在自助餐厅里，望向窗外，看见你坐在那个看台上。我整个暑假都在找你，你到底去了哪里？"

朱莉娅惊讶地张开了嘴，而且她想在他的手臂上狠狠揍一拳。他已经有一个叫作霍莉的女朋友，这个女孩除了是莎莎芙拉的成员，跟达尔西·谢尔比是一伙的这点以外，整体来说，还算是个很不错的女孩。而且他们两个已经在一起好长一段时间了，其他人甚至都把他们当成一个共同体：索耶与霍莉，已经成了一个单数名词。"你到底是怎么回事？"朱莉娅说，"你跟霍莉是天生一对，你们很相配！"

"我只是想跟你说，我很抱歉从来没有跟你说过话，其实我一直都很想跟你说话。我一直都很想……"他的视线停在她的嘴唇上，朱莉娅这才惊觉到他们两个靠得有多近，而且索耶还渐渐地越靠越近。

就在他的嘴唇快要碰到她时，朱莉娅别过了头："走开，索耶，回到你那个纯真又完美的世界去。"

她的眼泪开始不听使唤地掉下来，在那张涂满深色化妆品的脸上洗出两条泪痕。眼泪一直掉个不停，她就一直伸手抹脸，把整张脸搞得更是乱七八糟。老天！索耶为什么不干脆走开，让她一个人面对丑陋的现实就好了？

索耶很镇定地脱下身上的白色 Polo 衫，递给朱莉娅："拿去，这个给你用。"

她虽然不太愿意，却还是接过了那件衣服，用那件衣服来擦脸。衣服上有种新鲜植物的味道，闻起来很像花朵的茎。

她好不容易停止哭泣之后，看见手中那件衣服，立即把衣服揉成一团，那件衣服被她毁了，她觉得很尴尬。"对不起。"

"别管那件衣服了，我一点都不在乎。倒是你，你没事吧？"

"我不知道。"她的眼泪又开始涌了出来，"我不想被送到那个什么学校，但我爸他不要我了，他只要贝弗莉。"送她去那所学校一定是贝弗莉的主意，她为什么不能闭嘴，当作没看见那些疤痕就好了？

"我想那一定不是真的。"索耶说。

朱莉娅只是摇摇头，像索耶这样的人是不可能了解的。

他又靠过来一些，伸出手，将她粉红色的头发轻轻拨到耳后去："我都忘了你没有化妆的时候是什么样子了。"

"我不化妆见不得人。"

"不，你很漂亮。"

朱莉娅不相信他。更精准地说，是她不能相信他。“去死吧你，索耶。”

“随便你怎么想，但我是不会说谎的。”

“你当然不说谎，因为你是个完美的人。”她停顿了一下，又转过头看他，“你觉得我很漂亮？”

“我一直都这么觉得。”

“那这些呢？”朱莉娅拉起了长袖衬衫的袖子，让索耶看她手上的那些伤痕。她爸爸和贝弗莉像在保护刚学走路的小孩一样，把她房间里所有尖锐的东西都收走了，所以她手上大部分的伤都只剩下疤痕，但是当她真的很焦虑的时候，还是会用指甲刮自己的手。“你觉得这也很美吗？”

索耶有点退缩，而这正是朱莉娅想要他表现出来的反应。这就是证据，证明朱莉娅就是一个不可爱的人。

“老天！这是你自己割的吗？”

朱莉娅把袖子又拉了下来：“对。”

她以为索耶会就这么离开，但他并没有。他们又沉默了好长一段时间。最后朱莉娅觉得累了，就索性躺在草皮上，把四肢都放松。索耶看着她，然后也缓缓地躺下，和她一起望着天空。

那天晚上的夜空美得不可思议，接近满月的月亮，满天星星像随意散落的钻石。朱莉娅从来没有离开过穆拉比，不知道巴尔的摩的天空是不是也跟这里一样。

索耶的肚子突然咕噜咕噜地叫了起来，他忍不住笑了：“午餐吃了一个蛋糕之后，我整天都没再吃过其他东西了。”他有点不好意思地说。

“你午餐吃蛋糕？”

“有机会吃蛋糕我就一定吃。说出来你可能会笑我，不过没关系，我还是跟你说说。你知道有些人非常爱吃甜食吧，而我有感知甜食的能力。我小的时候，就算我在镇上最偏远的角落玩，只要我妈妈把蛋糕从烤箱里拿出来，那瞬间我就可以立刻感觉到。我可以看到味道在空气中飘荡的样子，所以我只要循着那个味道回家就可以了。如果你把这件事告诉别人的话，我绝对不会承认我说过。”

要说出自己有这种能力还真是一件令人惊讶的事情。朱莉娅忍不住转过头看他，才发现他又在凝视着她了。“你真的很迷人，”朱莉娅说，“不过你自己大概早就知道了吧，就连你看着别人的样子都那么迷人。”她静静地看着索耶好一会儿，在月光下，看着他那吸引人的容貌跟赤裸的上半身。“没错，你一定知道你自己有这种魅力。”

“我对你来说，也很有魅力吗？”

“是啊，没错。”难道他真的以为她是个绝缘体吗？

索耶用手肘撑起了半边身体，自上而下地看着朱莉娅，为什么她一直不知道他到底看到了什么？为什么会不知道他为何用这种眼神望着她？“朱莉娅，我可以吻你吗？”

她一点也没有迟疑地回答 :“可以。”

于是索耶用手小心地脱下她的长袖衬衫，她觉得很奇怪。衬衫底下还穿了一件挖背背心，但当她的手臂完全露出来时，她还是不自在地扭动了身子，试图要把手臂遮住。但接下来，索耶做了件不可思议的事情。

他亲吻了她的手臂。

之后，朱莉娅就完全投降不抵抗了。

他不但看见了她，而且接受她，甚至想要她。在那一瞬间，朱莉娅觉得她的生命中，再也找不到第二个人会这样全心接纳她的一切。只有索耶。

那天晚上他们发生了关系，并且在足球场上待到破晓时分。清晨时，索耶陪她走回家，并且互相许下承诺会一直保持联系。但这个承诺，最后的结果是，只有一个人遵守。朱莉娅被送到马里兰州的柯里尔少年感化院，但她相信家乡还有索耶在等她，所以她应该可以撑过这一段日子的。

现在回头看，她觉得可以原谅索耶，毕竟把自己的幸福寄托在别人的手里，这一点是她的错。

不过在当时那种情境之下，似乎是可以理解的，是索耶让她在忍受了那么长久的痛苦后，第一次体会到真正的幸福是什么滋味，那时候的她怎么可能不心动呢？

但有时候朱莉娅也会想，或许是从那天晚上开始，她同时也失去了真正的幸福。

从那时候开始，她就一直在找寻真正的幸福。

到处寻找，除了穆拉比。

那天下午，因为没有别的事情可做，也没有人陪她说话，万斯外公一直待在他的房间里，朱莉娅也不在家，于是埃米莉开始打扫房间。她一直打扫到整个人看起来像被灰白色的霜给盖住了一样，脏兮兮的。她先从自己的房间开始打扫，把房里的每一样东西都擦拭得干干净净，但因为她找不到梯子，所以没办法爬到天花板上去清理那盏吊灯。自己的房间弄干净之后，她开始转向其他的房间，把窗帘都拉开，使光线照进每一个角落，这些房间看起来都好多年没有见过阳光了。一开始，感觉像是一场探险之旅。可能是自从昨天晚上追逐穆拉比之光后，让她觉得冒险挺有意思的，所以她打开了每一扇房门，去探索每一个未知的角落，想了解这座房子过去的故事。但很快地，她了解到这座房子的背后可能暗藏着许多悲伤的故事。

有一个房间，墙壁上是蓝色帆船图样的壁纸，床的两侧还装着安全扶手，显然曾经是个小男孩的房间，说不定是万斯外公小时候住的房间，也说不定万斯外公曾经有过兄弟呢？如果是这样，那这个小男孩现在如何呢？另有一个房间，里面的床铺是一般正常床铺的两倍长，还有一个梳妆台，看得出曾经有位女性住在这里。一定是万斯外公跟外婆曾一起住在这个房间里，但外婆呢？所有曾经住在这里的人，都到哪里去了？

埃米莉开始觉得有种幽闭空间的恐惧感，被这房子的历史压得有点喘不过气来。她想要成为这里的一分子，但她妈妈却什么都不曾告诉她。什么都没说过，到底是为什么？

她走回自己房间的阳台，去呼吸新鲜空气。她踢开脚边的落叶，然后觉得干脆把阳台落叶也一并清理干净。她把所有的落叶都先扫到栏杆旁边，集中成了高高的一座小山丘，然后她把扫帚放到一旁去，直接用手捧起一大堆的落叶，扔到阳台外面去，落叶的味道闻起来像是用来保护土壤的覆盖物，每一片叶子的形状看起来都像是有人用手工剪纸剪成的。她又捧了一大把落叶，再次往楼下丢，但这次她站在那儿看着落叶翩翩地落下，一直到落叶掉到楼下某个人的头上，她才发现有人站在她家的门廊阶梯处。

“朱莉娅！”她朝着楼下叫，“嗨！”

朱莉娅抬起头朝着她微笑，落叶卡在她的头发里：“我们好像都很无聊。”

“我真高兴你来了！我有事情想告诉你。”

她跑下楼，冲到前门去，很开心终于有人可以跟她讨论昨天晚上发生的事情。朱莉娅站在门廊处，手里抱着两个大大的咖啡色纸袋，落叶还在她的头上。

“我昨天晚上又看见那道光了！”埃米莉兴奋地说，“那不是鬼，朱莉娅，我跑去追它，它有脚印！”

她以为这个大发现会让朱莉娅也觉得惊喜，但结果却不是如此，朱莉娅似乎不太高兴：“你去追它？”

“是啊。”

“埃米莉，不要这么做，”朱莉娅以温和的口吻说，“穆拉比之光是无害的。”

埃米莉还来不及问朱莉娅为什么不觉得这是个大发现的时候，背后传来了纱门打开的嘎吱声。她回过头，看见万斯外公蹒跚地慢慢走出来。

他身上穿的不是早上出门吃早餐时的那套衣服，看起来他的穿着讲究到区分早上穿的衣服跟下午穿的衣服。昨天晚上追穆拉比之光穿过树林，回到家之后，埃米莉几乎整夜都睡不着，所以她听见了外公出门的声音。她本来想在餐厅门口等他吃饱，再跟他一起走回家，但是温打乱了她原本的计划。她跟着温去他陪他爸爸吃早餐的小餐馆，看着他走进餐厅，然后消失在人群中。之后埃米莉就直接回家，在家里等外公，但是外公回家之后，却只把她的夹蛋三明治放在厨房料理台上，就又回房间去了。

“朱莉娅，”万斯开口，“我就觉得我听见了你的声音。”

“我带了礼物来给你们。”

朱莉娅把手里的纸袋递给万斯，万斯则谨慎小心，一副好像接过的是装满食物的圣杯般的神情。“今天天气这么热，我想你们两个应该都不想要进厨房煮东西吃吧，所以我带了这个来，你们可以一起吃。”朱莉娅这么做，是考虑到了埃米莉的状况，她希望可以多制造机会让埃米莉和万斯相处。埃米莉心里很感谢朱莉娅，但她觉得朱莉娅这么做大概也帮不上忙。

但万斯外公看了看袋子里的东西之后，出乎埃米莉意料地表现出了高度的兴趣。“埃米莉，你一定会喜欢这个的！朱莉娅店里的烤肉是镇上最好吃的，因为她店里用的是传统的烟熏房，那是现代化的电烟熏房比不上的。我已经在流口水了，朱莉娅，你要进来一起吃吗？”

“不了，谢谢，我要走了。”

“你真的是个好邻居，谢谢你。”万斯说完，就转身进屋子里去，留下埃米莉跟朱莉娅两个人站在门廊上。

“从今天早上吃完早餐回来之后，刚才是他第一次踏出房间。”埃米莉惊讶地说。

“只要有烤肉，他就会出来了。”

“原来如此，我会记得的。”

“对了，”朱莉娅说，“你这个星期六想和我一起去松林湖边吗？那是个像你这种年纪的孩子们夏天都喜欢去的地方。你在那边说不定可以认识一些以后会上同一所学校的朋友。”

被当作团体中一分子的感觉实在是很不错，今天早上那两位老女士说的一定不会是真的，她应该可以适应且融入这个地方。“好啊，当然好。”

“很好，那明天见，现在快进去跟你外公聊天吧。”完全不再提任何关于穆拉比之光的事情，朱莉娅挥挥手要埃米莉快点进屋去，然后就转身走下前廊的阶梯了。

埃米莉转身回到屋子里，她本来打算直接回房间，让万斯外公可以安静地享用烤肉，但仔细想想之后，她还是决定再试一次看看。当她走到厨房时，又听见衣物烘干机关上的声音，万斯外公从厨房旁边的洗衣间走出来。他真是超乎寻常地热衷于检查烘干机，次数频繁到有些可疑，因为当天下午，洗衣店的人才刚把他放在门廊的一袋脏衣服收走。

万斯看到她，就停下了脚步。“埃米莉，”他清了清喉咙，“那个……嗯……你房间里的壁纸图样改变了吗？”

“改变？”她问。

“它有时候会这样，会自己改变。”

这话听起来就像是在哄骗小孩：“月亮是起司做的，对流星许愿，房间里有魔法壁纸……”万斯外公大概以为她还只是个小女孩，故意说这些逗她笑而已。“没有，还是紫丁香。不过我会继续注意的。”埃米莉故意以幽默的口吻回答。

万斯却很严肃地点点头：“那好吧。”

接着，两个人之间又出现了一阵沉默。埃米莉看了一下四周，看见他把纸袋放在厨房角落那张吃早餐用的桌子上。“你现在就要吃了吗？”埃米莉终于问道。

“我想现在吃，”他说，“你要不要一起吃？”

“你不介意吗？”

“当然不会，坐吧。”他从橱柜中拿出了盘子和餐具，放在桌子上。然后他们面对面坐着，一起把东西从纸袋中拿出来。袋子里面是各种尺寸的保丽龙餐盒，还有几个汉堡面包和两块蛋糕。

万斯把所有餐盒的盖子都打开，他那长到有点惊人的手指节很明显，而且他的手还有些抖。

“这是什么？”埃米莉看着其中最大的餐盒里面的食物，好奇地问。

“烤肉。”

“这不是烤肉，”埃米莉说，“烤肉是把热狗跟汉堡放在烤架上面烤。”

万斯笑了起来，埃米莉不禁也跟着微笑。“哈哈！这真是对烤肉的不敬啊！孩子，在北卡罗来纳州，烤肉是指烤猪肉。把热狗和汉堡拿去烤，在这里只能算是在室外烹饪而已。”万斯带着浓厚的兴致解释着，“在北卡罗来纳州，有两种烤肉酱：莱辛顿式和北卡罗来纳式。像这个。”他兴奋地找出了装着烤肉酱的容器，拿给埃米莉看，还不小心洒了一些在桌上。“莱辛顿式的酱汁是以糖和西红柿做基底的甜酱汁，有些人称其为‘红酱’，用来蘸切块或是切丝的猪里脊肉。朱莉娅的餐厅做的就是莱辛顿式的烤肉。不过这里还有很多北卡罗来纳式的烧烤店，用的是比较稀、比较辣，以醋和胡椒为基底的酱汁，他们通常会用整块的猪肉。不过不管是哪一种烤肉店，他们都会有炸玉米饼和凉拌卷心菜沙拉。然后，如果我没弄错的话，这个应该是牛奶巧克力棒蛋糕，朱莉娅做的牛奶巧克力棒蛋糕是最棒的。”

“就是外面卖的那种牛奶巧克力棒做的吗？”

“没错，把那种巧克力棒融化，倒进面糊里面做的。意思是‘欢迎’。”

朱莉娅昨天早上拿来的蛋糕仍然放在料理台上，埃米莉看了那个蛋糕一眼。“我以为苹果堆蛋糕的意思才是‘欢迎’。”

“其实所有的蛋糕都有‘欢迎’的意思，”万斯说，“不过，椰子蛋糕例外。有丧事的时候，人们才会准备椰子蛋糕和炸鸡。”

埃米莉疑惑地看着他。

“有的时候还会有焗烤花椰菜。”他又附加了一句。

埃米莉看着万斯拿起了装着烤肉的容器，叉起了几块猪肉放在汉堡面包上，淋了一些酱汁上去，盖上卷心菜沙拉，又把另一片汉堡面包盖在最上层，然后放在盘子里给埃米莉。“烤肉三明治，北卡罗来纳州式的。”

“谢谢。”埃米莉拿起那个奇怪的三明治，禁不住泛起了笑容。他真的是个很好的人，埃米莉喜欢跟他待在一起，而且他让她觉得自己好渺小，让她觉得这个世界上除了她自己的烦恼跟悲伤之外，还有好多其他的事物。“朱莉娅她人真好。”埃米莉说。

“朱莉娅是个很棒的人，她的父亲一定很以她为荣。”

“我刚刚在跟她说有关穆拉比之光的事情。”埃米莉说。既然朱莉娅对她的大发现没有什么兴趣，希望万斯外公会比较有兴趣。“我晚上都会看到它们。”

万斯拿着炸玉米饼的盒子准备递给埃米莉，听到这话之后，手就停在半空中：“你看到了？在哪儿？”

“在房子后面的树林里。”埃米莉一面说，一面伸手接过外公手中的盒子。

“埃米莉，你住在这里的这段时间里，我对你只有一个要求，”他非常严肃地说，“就这么一个要求，离它们远一点。”

“可是我不觉得那是鬼魂，我觉得是有人故意在装神弄鬼。”

“没有人在故意做这些事，相信我。”

埃米莉通常并不是一个很好辩的人，不像她妈妈达尔茜那么热爱充满激情的滔滔辩论。但现在，埃米莉必须很努力地压抑自己，才能克制自己不要顶嘴说“昨天晚上有个医药箱被留在了后门，就是一件故意做出的事”。

“你妈小的时候，也会露出像你现在的这种表情。”他说，“她很固执，我的达尔茜。”然后他立刻别过了脸，好像突然发现自己说得太多了。这时候，那种奇怪的紧绷感又回到他们两个之间，像是一个迟到的老朋友一样，一面道歉，一面硬生生地加入他们的聚餐。

埃米莉用叉子玩弄着盘子里的炸玉米饼。“你为什么不愿意谈她的事情？”

万斯的目光还是没有回到她身上，只说：“我觉得一片混乱，我不知道该说什么。”

埃米莉点点头，但她并不完全了解外公的意思。也许，就像关于他的所有东西一样，他的悲伤也比别人的都巨大，大到没有人可以看见边境在哪儿。万斯外公和女儿之间的关系一定是很复杂的，不过，她妈妈跟所有人的关系都一样很复杂。她是一个很难被理解的女人，总是精力充沛、愉悦敏捷，但就像香水瓶中喷出来的细小水雾，你必须是个容器，才能让一丝丝的香气停留在你身上，可是就算如此，它仍然很快就消失无踪影了。

埃米莉不打算逼他，同时她也要自我建设，不能因为他的闪避而感到伤心。毕竟，在妈妈过世她无处可去的时候，外公还愿意收留她，这一点她已经很感激了。所以她打算去找其他人谈她妈妈的事情，希望能知道更多关于她妈妈的过去。也许她可以去找莎莎芙拉的成员们，也或许她可以再见到温，询问他关于他叔叔和她妈妈之间的关系。他说过，下一次见面的时候，他就把这些历史告诉她。

她喜欢这个想法：再见到温。

他们安静地吃完了烤肉。吃完之后，万斯外公又去检查烘干机，好像只不过吃顿饭的时间，就会有什么东西出现在烘干机里面一样。但他当然什么都没找到，所以他就回房间去了。埃米莉回到楼上，把落叶清理干净，然后就坐在阳台上，等待穆拉比之光出现。

在穆拉比的第二天，就这样结束了。

当天稍晚，万斯又缓慢地走出房间，要在睡觉之前，最后检查一次烘干机。他停在楼梯口，抬头往上看，楼上一点声音都没有，没有脚步声也没有扫帚刮地板发出的声音，埃米莉应该是已经去睡觉了。

有人重新住进这座房子里，是一件很奇特的事情，他都快要忘记那是什么感觉了。但埃米莉的出现，让整个空气震动的频率都变得不一样，就像周围有什么音乐演奏着，只是他听不太清楚。他其实觉得很意外，埃米莉的出现竟然能够填补那么多的空洞跟寂寥，只是他不知道该怎么照顾这个孩子比较好。“被需要”跟“长太高”很像，除非有人在旁边，否则本人都不会意识到那是个问题。

万斯从幼儿园开始，就已经长得比其他的孩子都高，那是他有印象以来，第一次发现自己长得有多高。虽然他比同年纪的孩子高大，但他毕竟还是个孩子，即使他的家人都是正常高度，他在家里仍然算是最矮小的。一开始，有一些同学会嘲笑他，但很快这些孩子就发现，或许和一个比他们高出那么多的人打架不是个明智之举，尤其是这个人高大到光是走过他们身边时所引起的风，就能像秋风扫落叶一般，把他们全都打倒。

他的家人全都过世了，万斯是谢尔比家族里唯一还在世上的人，因此他继承了谢尔比家族所有的财产。万斯知道自己不该是那个得到一切的人，他不应该独享所有的财产，还有谢尔比这个姓氏。他本来应该有一些正常的兄弟姐妹，这些人一定可以有比万斯更好的成就。其实万斯曾经有兄弟姐妹，他姐姐房间里的壁纸总是粉红色的旋转糖果图样，但姐姐十一岁的时候在松林湖里溺死了。他也有过一个弟弟，六岁的时候因为爬到前庭的树屋里，不小心坠落而死。在那之后，万斯的父母很努力尝试想多生几个孩子，但是都没有成功，他们就只剩下万斯。万斯的身高，高到可以直接踩到湖底，所以绝对不会淹死；他的手臂可以直接够到树枝，所以他也不需要爬树，不会有坠落的风险。

万斯二十几岁的时候，父母便过世了，他觉得他在父母亲即将过世的脸上看到了失望的神情。他们家的财产，将全数由这个巨人继承，万斯会怎么处理这些财产呢？他们一定觉得万斯这辈子都不可能结婚了，谁会愿意嫁给他呢？

万斯到了三十二岁都还一个人住，也很少到外面走动，直到他遇见了莉莉。莉莉是街角苏利文家族的亲戚，某个周末，她来美国探望苏利文家的人。如果用一种颜色来形容她，她会是明亮的绿色；如果用一种气味来形容她，那她像是全新的纸张味道。她个性开朗、聪明伶俐又无所畏惧。苏利文家的那些男孩子，曾经故意把球丢进万斯家的庭院里，然后在外面嬉闹，看谁有胆量冒着被穆拉比巨人吃掉的危险进去把球拿出来。当他们把这件事告诉莉莉的时候，她简直气坏了，她揪着他们的耳朵，把他们抓到万斯家，不但进了庭院，还走上了门廊去敲门，要他们当面向万斯道歉。当万斯出来应门的时候，莉莉惊讶得松开了手，男孩们就一溜烟地跑掉了。过了几个小时莉莉都没有回家，这些男孩才哭着跟妈妈说莉莉被穆拉比巨人吃掉了，于是苏利文太太便到万斯家去查看，却看见万斯和莉莉两个人坐在门廊阶梯上喝茶聊天，笑得非常开心。她停下脚步，欣赏着眼前那美好的景象，明白他们之间有微妙的情愫正在滋长，然后就安静地离开了。从来没有人能让万斯笑得那般开怀。

莉莉毕业之后，就和万斯结婚了，然后她就在穆拉比小学当老师，教二年级的小朋友，直到她怀了达尔茜。那是一段幸福又美好的时光，她不让万斯待在屋子里，坚持他们两个必须一起去杂货店买东西，一起去看电影，一起去看小联盟的比赛。镇上的人的确对万斯充满了好奇，不过那是由于他老是躲在家里。一旦他从房子里走出来，面对外在的世界，穆拉比的人们很快就接纳了他。他本来就住在一个充满了奇怪事物的小镇里，所以他也只不过是另一个奇人而已。万斯对大家的善意充满了感激，所以他也加入镇上的公益活动，帮忙募集建造游乐场、战争纪念碑的资金，还有奖学金等。

当莉莉过世的时候，他也差点活不下去，那时候达尔茜只有十二岁。莉莉的过世，就像一场大雪覆盖了他们的世界，把整个世界都变得寒冷又寂静。万斯是靠着记忆中的莉莉才得以活下来的，思念着她那令人明快的鲜绿色、她的快活与灵巧、她对所有事物的坚定信仰，尤其是对万斯的信任，就是靠着思念着这一切，万斯才撑了过来。但是达尔茜呢？她是如何撑过来的？万斯根本不晓得，而这成为他这辈子最大的遗憾。

万斯以为，一个人一辈子只能承受一次那样的崩溃，直到他得知他的女儿也过世了。

当达尔茜的朋友梅里打电话来通知他达尔茜车祸身亡的消息时，他一句话都说不出来。挂上电话之后，他爬着上了二楼，来到达尔茜以前住的房间，但他没有力气再下楼，所以他就在二楼待了一个星期。房间里的壁纸变得灰暗潮湿，像暴风雨前的乌云密布一样。他想死了算了，活着还有什么意思呢？所有让他愿意活在世界上的理由都消失了。

当住在隔壁的朱莉娅终于找到他的时候，他已经太久没有进食，根本连站都站不起来了。他在医院里待了一个星期，他的脚突出病床一大截，而且要用三张毯子才足以盖住他的身体。

万斯好不容易出院了，回到家之后，发现梅里留了好多通电话留言给他。她说达尔茜有一个女儿，那孩子需要一个地方住。梅里因为要搬回家乡加拿大，所以不能再照顾她了。她雇用了一个私家侦探，调查埃米莉父母两方的家族之中有没有比较亲近的亲人可以收留埃米莉，而他找到了万斯。

万斯自己知道，他这一辈子都是个很被动的人。他的身高让他很害羞、自闭，遗产是父母留给他的，是他的太太找到了他这个人，一直都是莉莉在照顾他，处理所有的事情。而达尔茜，从十二岁开始，就几乎是自己打理所有的事情。现在，终于轮到他了，他也该要往前跨一步，去照顾这个孩子了。

到目前为止，他实在没有把埃米莉照顾得很好。关于过去发生的事情、穆拉比的事情，达尔茜全都没有告诉过埃米莉，万斯实在太害怕告诉她任何达尔茜不想让她女儿知道的事情。达尔茜离开之前，要他发誓什么都不能讲、什么都不准提，也许有一天这些事情就会消失了，达尔茜当时是这么说的。他在太多方面，都让他的女儿失望了，所以这次他决定要好好地守住承诺，保密到底，而过去的二十年里面，他也的确对这些事情只字未提，可是现在，他真的不知道该怎么办。埃米莉才刚到，就已经吸引穆拉比之光的注意了，她一定想知道全部真相。

万斯走进了黑漆漆的厨房里，但他并没有先去洗衣房检查烘干机，而是直接走到后门，并打开了门。的确，就像埃米莉说的，穆拉比之光就在后院的树林里，一动也不动，像在看着这栋房子一样。

万斯走到门廊上，让外面的东西可以看到他，那道光立即消失了，他听到有人倒抽一口气的声音，还有楼上阳台的脚步声。他走出了低低的门廊，抬头往上看。

埃米莉站在那儿，还在瞪着树林看。

她没有看见他，所以他很快又进到屋子里。

他已经犯过一次错了。

这次绝对不能再犯。

松林湖果然就跟它的名称一样，是个在茂密松树林中的湖泊。它看起来像一个很深的、蓝色的大碗，里面装满了水，好像可以被不小心打翻，让整个湖的水都倒进附近的乡间绿地里。朱莉娅开着她爸爸的老旧福特卡车，载着埃米莉来到拥挤的湖边，人行道的上面有个停车场，她们好不容易才把车子停进仅剩无几的其中一个车位。朱莉娅已经好久没有来过这里，上一次应该是和爸爸还有前继母贝弗莉一起来的，她都忘了这座湖有多美。她和埃米莉才刚下车，就立刻感受到属于夏天的气味和声音：潮湿的沙子、椰子油、汽船的引擎、孩子们的笑声，还有音乐声。

“好热闹啊！”埃米莉说，“我已经开始喜欢这里了。”

“我现在想起来了，你妈以前也很喜欢这里。我听说过莎莎芙拉的人会在这附近一个像小海湾的地点聚会，整个夏天，这里都是她们的天下。”她一面说，一面把海滩包甩到背上，带着埃米莉穿过这个又热又湿黏的停车场。

她们走在木板搭成的人行道上，直接往湖边去。因为人实在太多了，她们甚至没办法并肩走，朱莉娅必须时不时地回过头，看埃米莉有没有跟上。埃米莉一路上都带着笑容紧紧跟着，半途中还在路中间停下来脱掉鞋子，才又跑着赶上朱莉娅。

她们最后决定在一个小海湾跟人行道之间的位置停下来，湖的这一边沙滩上有一些房屋，这些大房子的外墙都是玻璃帷幕，透过玻璃就可以把整片闪烁的湖景尽收眼底。朱莉娅从海滩包里拿出两条浴巾，铺在沙滩上。埃米莉则用手挡住阳光，好奇地观望四周："你和索耶约在这里见面吗？"

"没有啊，为什么这么问？"朱莉娅反问，同时脱下了白色短裤，露出了里面的红色比基尼，但是她的上半身除了红色比基尼上衣外，仍穿着一件丝质的长袖罩衫。

"因为他正朝着我们走过来。"

朱莉娅立刻转过头去看，索耶果然正从沙滩的另一边朝着她们两个走过来。不管在什么地方，就算在拥挤的人群之中，还是一眼就能看到索耶。他越走越近，加上灿烂阳光和金色沙滩的衬托，他整个人光彩夺目，俨然是个阳光之王。

"他真的很棒，"埃米莉以仰慕的语气说，"从第一眼见到他，我就觉得他说起话会有那种南方的口音，我不知道为什么。"

"有些男人，你根本不需要跟他说话，就能分辨出他是南方人。"朱莉娅和埃米莉就这么一同望着他逐渐走近的身影，完全无法移开视线，"他们会让你想起许多美好的事物，像野餐啊，在夜里戴着闪闪发亮的宝石啊。南方的男人会主动替你开门，就算你对他们大吼大叫，他们仍愿意拥抱你，而且他们无论何时都会维持着他们的尊严，保持绅士风度。不过，你还是要小心他们跟你说的话，因为他们说话的那种方式，会让你深信不疑，觉得他们说的一切都是真的。”

“哪种方式？”埃米莉终于转过头看朱莉娅，好奇地问。

“我希望你永远都不会明白。”她说。

“你曾经被那种方式迷惑？”

“是的。”朱莉娅轻柔地说，这时索耶已经踏上了她铺在地上的浴巾。

“你们好，小姐们！”

“嗨！索耶。”埃米莉坐了下来。

朱莉娅也坐了下来，和埃米莉并肩席地而坐，然后把她的短裤塞进海滩包里：“你在这里干吗？”

“哦……我不知道，朱莉娅，”索耶回答，“猎熊吧？”

她抬头瞪了他一眼：“这句话有别的含意吗？”

索耶没理会她的这句话，自顾自地坐在她的脚边。他看着她的时候，她可以从他的太阳眼镜看见自己的投影。他到底在做什么？他为什么表现得一副跟她很熟的样子？她离开之后的十八年里，他们都没有说过话，加上回到这里的一年半，她老是不理他，让他碰软钉子。这些事情应该足够让他知难而退，而不是跟着她一起到湖边来，甚至坐在她的浴巾上，就在她赤裸的腿旁边。

但是，他现在就在这里。

而这一切都是因为她告诉斯特拉，她是为了索耶才做蛋糕的。

笨！蠢！蠢透了！

“我姐姐这个周末到镇上来玩，”他说，“她带她的女儿一起来的，住在湖边的家庭小木屋里，我来看她们。”

“所以说，不是因为我告诉你我会带埃米莉过来，你才来的吗？”朱莉娅怀疑地说。

“这么说未免也太简单了。”

“任何事情对你来说都很简单吧，索耶？”

“也不是任何事情都很简单。”在朱莉娅还没来得及回话之前，他用下巴轻轻指了她背后那个方向，“那就是我的侄女英格丽德！”他接着朝那个少女喊了一声。

朱莉娅和埃米莉不约而同地回头看，那是一个红色头发的漂亮少女。她听到索耶的叫声之后，就马上转了个方向，朝他们走过来。朱莉娅隐约记得索耶的姐姐也有一头红色头发。

“这位是朱莉娅·温特森。”他向他的侄女介绍。

英格丽德露出微笑：“我记得你这一撮粉红色的头发，我跟我妈妈来这里的时候，偶尔会在街上看见你。”她说，“还有，我还蛮喜欢你的头发。”

“谢谢，”朱莉娅说，“这位是埃米莉，她才刚搬来。”

“海湾那边有一些孩子在开户外烤肉派对，他们问我要不要去，我要去问我妈妈。你想一起去吗，埃米莉？”英格丽德问。

埃米莉一脸迷惑地看着她：“那是什么？”

“什么意思？”

“那是一个社团吗？”

“那是一个派对。”英格丽德用疑问的眼神看了埃米莉一眼，然后就转身离开，“我马上回来。”

埃米莉还是一脸疑惑。

“你把事情想得太复杂了，”朱莉娅说，笑着拍拍埃米莉的手臂，“其实你只需要说：‘我很乐意参加！’”

“就像这样，”索耶也说，“朱莉娅，星期一晚上你愿意和我一起出去吗？”

“我很乐意！”朱莉娅接着演下去，“懂了吗？很简单的，那只是一个派对而已，难道你以前在学校里都没有参加过派对吗？”

“嗯，我帮我妈妈策划过几次派对，大部分都是募款性质的活动，有时候一些社区服务的社团会在学期结束的时候办期末派对。”

“你上的是什么学校？”

“罗克丝雷女子学校，我妈妈帮忙募款成立的。学校的宗旨是关心社区活动与全球议题，当义工是我们的必修课程之一。”

这些话再次暗示达尔茜这辈子可能真的做过一些好事。埃米莉上次也提到，她妈妈对于实现自己的人生目标，行动上是非常积极投入的。虽然听起来很不可思议，但达尔西一定是在离开穆拉比之后，个性改变了很多。“这个派对没有任何特殊目的，就只是好玩。”

埃米莉露出了犹豫的神情。

朱莉娅又笑了：“没事的！我会一直在这里，你想回家的时候就来找我，不要太有压力。”

英格丽德很快就又走回来，问：“你准备好了吗，埃米莉？”

埃米莉站在那儿，挤出了一个微笑，然后就跟着英格丽德走了。朱莉娅看得出她还是很不自在。

“谁猜想得到，达尔西竟然会教出一个这么有教养、有礼貌的孩子？”索耶说。

“她真的是个讨人喜欢的孩子。”

“你对她真的很好，而且，回答你上次问我的问题：不，我一点都不惊讶。”

朱莉娅不自在地耸耸肩，现在只有他们两个在一起，朱莉娅明白她已经无处可躲，没办法不听索耶即将要说的事情：“我觉得应该有人可以帮助她，直到她完全适应为止。我还记得我在她这个年纪的时候是什么感觉，而且说真的，我现在深深地感激当时的自己是那样子的。”

索耶只是静静地打量着她，好一会儿都没有回话。她真希望他能把太阳眼镜拿掉，她实在不太喜欢从镜片里看到自己那种坐立不安的样子。

朱莉娅想，在他的身边会觉得很紧张是自然反应吧？青少年时期的同学，永远都会让你想起那些尴尬又后悔的事情。这就是人生中不公平的事情之一，你可以努力往前进，开始变得优雅又快乐，但只要你一见到高中时期的同学，立刻就会变回当年那个人，再也不是现在的自己了。当她在索耶身边的时候，她就变回了那个旧的、叛逆的朱莉娅，那个有着中学辍学、靠卖烤肉为生的父亲的朱莉娅，那个把什么东西都搞砸了的糟糕女儿。索耶从来没有做过什么让朱莉娅这么看轻自己的事，但她就是会不由自主地这么想。她有很多事情可以怪罪在索耶身上，但是这件事真的不是他的错。

“你为什么不把罩衫脱掉？”索耶终于开了口。

“你对所有女生都这么说吧？”但索耶没有回应，所以朱莉娅又说，“你明明知道为什么。”她伸手去拿海滩包，想拿水出来喝，但索耶抓住了她的手。

他抓住了她的手，把她的袖子慢慢往上拉，朱莉娅必须非常忍耐，才能忍住不把手抽回来，她必须提醒自己：“索耶以前就看过了。很多人都看过，我总不可能一辈子都藏得好好的。”

他的大拇指轻轻滑过这些疤痕，有些像铁丝一样细，有些则像蟹足肿般又粗又凸。他现在的动作是如此温柔，温柔得让朱莉娅感到心痛，只有一点点痛。

“那么你在她那个年纪的时候，都去找谁帮忙？”

“没有人，我记得是这样。”她把手从他的手中轻轻地抽了回来，“我不想让这些晒到太阳，不然看起来会更丑。”

“你难道从来没想过可以去找你爸或是你的继母吗？”

“我爸根本就不知道该拿我怎么办，而贝弗莉，她觉得她的工作就是照顾我爸，而不是当我的妈妈，但是，是她说服我爸把我送到寄宿学校去的，我一直都觉得很感激，离开这个地方真的是拯救了我，改变了我的生命。”

“所以你现在迫不及待地想再次离开。”索耶说。

“只剩六个月了。”

他在她面前慵懒地躺了下来，把手放在耳边当枕头：“那么，我几点去接你比较好？”

“接我干吗？”朱莉娅找到了她的水瓶，拿出来喝了一口。

“星期一的约会啊，你接受我的邀请了，我还有目击证人。”

朱莉娅哼了一声：“开什么玩笑？”

“我是认真的。”

“才怪。你去骗其他女人吧，你的魅力对我来说是没有用的，我现在有强大的力场可以把它反射回去。”

“拜托，你不晓得我火力全开之后是什么模样。”

“你唬不了我的。”

“我当然唬得了你，所以我现在要停下来了。朱莉娅，我真的得跟你谈谈。”索耶说，“但不是现在。”他转个身躺平，手臂上和脚上的金色毛发像棉花糖一样闪闪发亮。

“这不是由你来决定的。”朱莉娅说，但是他并没有回话。她等着索耶自己走开，他不但没有任何动作，反而像在那儿睡着了。

朱莉娅从包包里拿出了一本书，尽可能地移到离他最远的地方去，开始觉得有点同情自己，因为在她心里的某个部分，居然很享受他陪在身边的感觉。

她想，心里的那个部分，应该会永远停留在十六岁的时候，停留在那个时候，在一切都改变之前。

她们越接近派对的场地，埃米莉就越紧张。如果不是先前那两个老女人说了那些话，她一定不会想这么多，但是她现在非常担心其他人会用什么样的眼光看她，她不停地告诉自己，根本没有什么理由让她不能融入这里，她现在只不过是初来乍到的紧张而已，过一阵子就没事了。

在小海湾的后面有一个由树林形成的小洞，派对的人群就散布在这个小洞四周的沙滩上。这里播放着音乐，一些孩子手中拿着塑胶杯装的饮料，有几个男生在玩橄榄球，横冲直撞地阻碍到别人行走。派对里也有几个大人，其中一个正在烤肉架前面烤肉，看起来像派对的主办人，他的身材高大，黑色头发，声音洪亮，看起来就是个喜欢群体活动且活泼外向的人。

她们走到派对的中心，人群比较多的地方时，英格丽德就让埃米莉一个人活动。埃米莉走到派对的边缘，洞后面那一片大树林边，她面对着树，用力地深呼吸了几次，告诉自己不需要感到恐慌。

朱莉娅说过，这里是莎莎芙拉夏天聚会的地点。现在埃米莉自己也看得出，青少年们一定都很喜欢来这个地方，眼前的树干上面就有很多刻痕，大多是姓名和姓名的缩写。有一个刻痕特别吸引她的注意，那是一个大大的爱心，里面写着“D.S. + L.C.”。埃米莉猜想 D.S. 可能是达尔茜·谢尔比的缩写，她微笑了起来，或许曾经有一个男孩很喜欢她妈妈，喜欢到在这棵树上面刻上了他们的名字缩写。她妈妈长大后就没有约过几次会，仅有的少数几次约会，都是跟工作上认识的男人出去，而且关系也都维持得很短暂，很快就结束了。达尔茜一直不想有认真的感情关系。不过关于这一点，她对埃米莉倒是相当开放，她总是这样对埃米莉说：“你必须勇于把自己的需要和期待说出口，这样就不会有人受到伤害。”就埃米莉所知，妈妈唯一一段认真的感情就是跟埃米莉的爸爸，但就算是这一段关系，也没有什么浪漫的开端。他们是在一场跟渔民的对峙中认识的，他们坚决反对渔民猎杀海豚，一同在海上待了十天，而埃米莉就是这十天的成果。两年后，埃米莉的爸爸有一次为了海洋守护保育协会的任务出海，目的是要阻止非法的捕鲸行为，却不幸地在船难中身亡。埃米莉的爸爸妈妈没有结婚，埃米莉对爸爸一点印象都没有，对妈妈来说，爸爸就跟她生命中大部分的回忆一样，是悲伤且不宜被提起的。

埃米莉站在那儿看着树，背对着派对的人群，突然之间，她觉得背后有一种奇怪的感觉，有一股温度像缎带一样，从背后慢慢地缠绕住她的身体。埃米莉吓了一大跳，本来想要用力挣脱，把这不知道是什么的东西甩掉，但想到现在附近有那么多人，她不希望在大家面前表现得那么可笑。她忍耐了一下，却发现这种感觉其实不糟，一点也没有不舒服。她闭上了眼睛，这种感觉甚至相当……舒适。

不知道什么东西将她转过身来，埃米莉睁开了眼睛。

是温·科菲。

他穿着一条长度及膝的泳裤，因为泡过水而变成深色，紧贴在他的大腿上。他的头发还在滴水，身上有一股温暖的湖水味道。

埃米莉清了清喉咙：“你没穿套装，我差点认不出你来了。”

他的嘴角微微上扬，有点被逗乐了：“这是另一种套装。”

“但是没有领结。”

“戴着那个不好游泳，我试过了。”

埃米莉的视线从他的嘴唇移到他的下巴，然后看着水沿着他赤裸的胸膛往下滴。她突然觉得有些尴尬，很快地把视线重新移回他的眼睛。看起来他似乎是从水中爬出来之后，直接走到她面前的。但他是怎么知道她在这里的？他在水里游泳的时候，怎么可能看得到她？越过他的肩膀，埃米莉看见有些人正在看他们两个，同时窃窃私语着。温似乎一点也不在意，他显然已融入这个群体，如果要说他现在很在意什么东西的话，他唯一注意的就是埃米莉。

“这里的人都是同一所学校的吗？”埃米莉问。

“有些只是夏天来这里度假的游客，秋天一到，他们就会离开了。”温说，视线始终没有离开过她的双眼，“有一些是这里的居民，所以，是的，就是同一所学校。”

“穆拉比高中？”

“是的。”

“这个秋天，我也会转进这所学校念高年级。”

“我知道，我也是。”他用双手把湿透的深色头发往后拨，这个动作让埃米莉差点停止了呼吸，“不要误会，不是我不想见到你，只是我必须问，你在这里做什么？”

“这里？”埃米莉问，“你是说这个派对吗？”

“对。”

“我想试着融入这里。”

“没有用的，你必须先准备好。”

“准备什么？”埃米莉才刚问出这个问题，就有一个穿着橘色泳装、深色头发的女孩走了过来，站在温的身边。

“你就是埃米莉·贝内迪克特吧？”这个女孩用一种有些好

奇但又混合着嫌恶意味的语气问道。这种语气，就跟温第一次见到埃米莉的时候一样，只是这女孩的敌意更重了一些。

“是的。”埃米莉还来不及开口，温就先代替她回答，“埃米莉，这位是我妹妹凯莉。”

“我没有邀请你。”凯莉很直接地说，“你会搞砸我的派对。”

“我……我是跟英格丽德一起来的。”埃米莉说，她的脸因尴尬而发热。

“请你离开。”

温终于把视线从埃米莉的脸上移开，转而用责备的眼神看了他妹妹一眼：“凯莉，不要这么没礼貌。”

“我才没有，我是很认真的，她必须离开。”凯莉指了指背后。温转过身去看，那个看起来像派对主办人的高大男人，现在已经离开烤肉架，慢慢地朝着他们走过来。

温低声咒骂了一句。“我们走。”说完，他就抓住埃米莉的手臂，拉着她沿着树林走，离开了派对。他们一直走到另一端的沙滩上，到了一个从那个洞穴已经看不到他们的地方时，温才停了下来。

埃米莉揉着手臂被温抓过的地方，被他碰触过的地方感觉很温暖。“对不起，”埃米莉说，她有点被这几分钟之内发生的事情吓到了，“我不知道那是个私人派对。”

他们两个人面对面地站在喧闹的沙滩上，周围的热气和嘈杂声在他们身边回荡着。“那不是私人派对。”

埃米莉花了几秒钟才反应过来，那不是个私人派对，那就表示，他们不欢迎她。“噢。”她好不容易说。

“你外公告诉你了吗？”温似乎突然转了话题。

“告诉我什么？”

“关于你妈妈和我叔叔的事情，那你就能明白刚刚为什么会发生那样的事了。”温用下巴点了点那个洞穴的方向。

埃米莉完全无法理解为什么她被赶出派对，会跟她妈妈和他叔叔的事情有关：“其实，我一直很希望可以再遇到你，那我就可以问你了，你上次说下次见面的时候就会告诉我。”

“对，我的确那样说过，总觉得‘下次见面’应该是很久以后的事情。”温犹豫了一下，才继续说，“我叔叔十几岁的时候就自杀了。”

埃米莉完全没预料到他会突然说这个，所以一时也不知道该如何反应，她所能想到的最恰当的回应就是：“我很遗憾。”

“他是因为你妈妈才自杀的。”

埃米莉的身体因震惊而颤动了一下，她立刻想到了树上刻的那组姓名缩写：D.S. + L.C.。

达尔茜·谢尔比和罗根·科菲。

“他们当时在谈恋爱。”温很靠近地看着埃米莉，“或者应该说，是我叔叔爱上你妈妈。我叔叔的家人全都反对他们两个在一起，但他违背了家人的意思，也违背了我们家族长久以来的传统。结果你妈却再也不理他，伤透了他的心，好像他为她做的所有事情、所有的牺牲，根本都不算什么。”

埃米莉拼命地想要厘清这一切：“等一下，你是说你叔叔的死是我妈妈的错？你是在怪她吗？”

“埃米莉，所有人都觉得是她的错。”

“你是什么意思？什么叫所有人？”埃米莉的声音开始提高。

温也注意到她的情绪变化，他调整了一下泳裤腰间的拉绳，然后把手叉在腰后：“抱歉，我应该想想怎么用更婉转一点的方式告诉你，要告诉你这些比我想象中的难多了。”

“不然你想象中的是怎么样？”埃米莉发起脾气，“你以为可以说服我，说我妈妈必须为你叔叔的死负责吗？我告诉你好了，我妈妈是个完美的人，她绝对不会做任何伤害别人的事情，不可能！”

温突然回过头往后看，好像感觉到有什么事情正要发生。“我爸还在找我，来这里。”他牵起她的手，带她远离松林湖，往松树林里面走。

埃米莉仍然光着脚，她必须小跑才能跟得上温的速度，快速的脚步使得地面的沙子随之飞舞：“我们到底要去哪里？”

“去别人看不到的地方。”他回答，就在那一瞬间，她踩进了松树林的地面，地面是凉爽的，空气里是浓浓的松香味。这个环境让她想起了圣诞节绿色的槲寄生树环，以及红色的玻璃装饰品。才离开湖边没有几步的距离，就好像一下子来到了一个完全不同的世界，一个完全不同的季节。

“我没有穿鞋子。”埃米莉拉住了温。

温转过身：“你好像常常不穿鞋在树林里走动。”

埃米莉没有笑，只是问：“你为什么要这么做？”

“我是在帮你，信不信由你。”

“帮我什么？”埃米莉激动地挥动双手。

“适应。”

埃米莉嘲弄地冷笑了一声。如果要适应这个地方，就等于要她相信他说的话，关于她妈妈的事情，那她宁可永远不要适应。

在埃米莉还没来得及转身回到沙滩上之前，温又说：“好，至少，你必须知道我现在说的这些：大家都知道你妈妈是个骄纵又残忍的人，而我叔叔则是容易上当又害羞的人。她为了证明自己多有影响力，就利用了他对她的痴心，骗他说出我们科菲家族的秘密，没多久，整个小镇都知道了这个秘密。后来我叔叔因为不仅失去了她，更内疚于伤害了我们家族，所以他就自杀了。而你妈连道歉都没有，就搬离穆拉比了。我知道你很难接受这个事实，不过这一切应该可以解释为什么这里的人对你都是……那种态度。”

“哪种态度？”

他那深色的、弯曲如拱桥的眉毛微微扬起：“你难道没有注意到吗？”

埃米莉迟疑了一下。

“你注意到了。”

埃米莉用力摇摇头，她很气温，他竟然对她说出这些话，但她更气自己，她竟然还待在那里把话听完了："你根本不认识我妈妈，但是我认识她、我了解她！不管是谁，她都绝对不可能见死不救的！"

温的眼神变得温柔且充满同情，很明显，他是因为埃米莉受了伤害而感到难过，而不是因为自己说出那些话而难过。难道这就是他之前提过的，他们两个之间的故事吗？

"再说，我为什么要信任你？"埃米莉质疑他，"我为什么要相信你说的话？"

他耸耸肩："你大概不应该相信我，大概也不应该跟我有任何交集。我很意外你外公居然还没有叫你离我远一点，不过，他很快就会说了。记住我现在说的话。"

突然刮起了一阵风，吹动了周围的树梢。松树的针叶像瀑布一样纷纷落下，绿色的、咖啡色的叶子飘落在他们周围。埃米莉透过身边这一大堆的松树针叶看着温，在他身上感受到一种很奇特的魅力。这个奇怪的男孩到底是谁？他到底想要做什么？

"你叔叔揭露的秘密是什么？"她忍不住问。

温沉默了好一阵子，似乎在内心交战，最后他的嘴角终于微微扬起，露出一个带着深深哀愁的笑容，打破了沉默："就算我告诉你，你也不会相信的。"

他那么轻易地说出别人的秘密，却不愿意说出自己的。像这种虚伪的人，他说的话根本就不值得在意，但刚刚那些话却还是徘徊在埃米莉的脑海中，让她非常愤怒。

她僵硬地转过身，走回沙滩上，走回夏天里。

她穿过了沙滩，往朱莉娅那里走过去。朱莉娅两腿交叠坐在浴巾上，阅读手中的书，索耶躺在她的腿边，像一只橘色斑纹的大猫咪。

埃米莉走到朱莉娅面前，挡住了阳光。朱莉娅抬起头，把手中的书放到旁边去："埃米莉？怎么了？"

"没事，如果可以的话，我想回家了。"她现在迫不及待地想冲回家，立刻就跟外公谈谈妈妈的事。他是她现在身边唯一一个跟妈妈真正有过交集的人，他会告诉她温说的都是骗人的。

索耶坐了起来，拿掉了太阳眼镜："你好像很不高兴。"

"我没事。"埃米莉勉强挤出了一个微笑。

"我妹妹对她很无礼，我道歉。"温的声音突然从后面传过来，埃米莉吓了一跳转过身，她根本没有注意到他跟着她走了过来，他露出一副很抱歉的表情。

索耶站了起来。像索耶这么英俊的人，生起气来实在很令人印象深刻。他跟温差不多高，但比温壮多了。"你妹妹说了什么惹埃米莉不高兴的话？"

温还没有回答，朱莉娅先开了口："那是你的派对？"

"是我妹妹的生日派对。"

“老天！”朱莉娅说。她抓起了海滩包，把她的浴巾、书、水瓶全都一股脑儿地塞进去，然后站起来，“我真的不知道，来吧，亲爱的，我们回家。”

“我可以送她回去，”温说，“我顺路，而且反正我也得在天黑之前回到家。”他朝埃米莉伸出手，埃米莉想也没想就牵住了他的手。她很快地反应过来，发现不对劲，想把手抽回来，但他握得很紧。他的手掌又温暖又干燥，像刚脱掉手套一样。

“我要带她回家。”朱莉娅说。

“真的没关系。”

索耶往前站了一步：“温，我不觉得这是个好主意。”

温凝视埃米莉一会儿之后，才说：“那就顺你们的意思。”他松开了埃米莉的手，而埃米莉居然有点想念让他牵着手的感觉，这太不可思议了。

朱莉娅用一只手轻轻搂住埃米莉，带着她离开：“走吧。”

“需要我陪你们回去吗？”索耶在背后大声问。

“不用，”朱莉娅停顿了一下，然后回过头看他，“不过，谢谢你。”

朱莉娅带着埃米莉穿过沙滩，走向停车场，一路上，两个人一句话都没说。她们两个坐上车，黑色的座椅因为日晒而发烫，朱莉娅立刻把钥匙插进钥匙孔中要发动车子。虽然埃米莉一点都不想相信刚刚听到的那些话，但朱莉娅的反应，似乎也间接证实了温说的话是真的。

“温说他叔叔是因为我妈妈而自杀的！”埃米莉无法压抑地脱口而出。

朱莉娅安静地发动引擎，她显然不想做出什么反应。

“那不是真的，对不对？”

“不管那是不是真的，他都不应该告诉你。”朱莉娅转过身，面对着埃米莉，轻轻碰触她的手臂安抚她。

埃米莉差点崩溃，她很喜欢朱莉娅像妈妈一般对待她，但一下子她实在是无法承受了：“他说我妈妈很残忍。”她说着，推开了朱莉娅的手。

这让朱莉娅有点退缩：“这些事情，是你外公应该告诉你的；不是我，更不应该是温。”她静静地看了埃米莉好一会儿，她的温柔同情，她真心想让埃米莉好过一点的心意，都清楚地写在她的眼里，“我花了好久时间才了解，我们必须自己决定要拿什么来定义自己。这些话现在你听起来可能没有什么意义，但有一天你会了解的，好吗？”

埃米莉不情愿地点点头。

“好，那么，”朱莉娅开始倒车，“我现在就送你回家，让你跟外公好好谈一谈。”

“很好，你回来了。”埃米莉才刚打开大门，万斯外公就已经缓缓地从房间里走出来。她有点意外万斯外公居然会自己走出房间，她原本已经打算要拿烤肉去引诱他了。“我在想，你可能需要一辆车，这样你随时想去湖边就可以去，不需要一天到晚关在家里。我正好有，你知道的，车子，我是说车子。”

“万斯外公……”

“其实我不开车，我没办法开车，因为我的脚太长了，不过你外婆有一辆车，来吧，我带你去看看。”

前一天晚上他们吃烤肉的时候还是尴尬地沉默着，现在这又是什么状况？他带着她穿过厨房，要走出后门的时候，由于万斯的肩膀比门还要宽，因此他必须侧着身子走，才能穿过门走到屋子后面的门廊上。她跟着他走到屋子侧边的车库，那个老旧的车库看起来似乎多年没有人使用过，甚至连车库的门也是许多年没有打开过了。车库前面原本该有的车道痕迹已经完全看不出来了，四周都长满了高大的杂草，看起来就像一座小孤岛，遗失了与大陆本岛的连接干道，孤零零地矗立在蔓草之间。

万斯将车库的门往上拉开，阳光照进车库里，还可以看见空气中的尘埃在飘荡，但没办法清楚地看到车库的内部。万斯伸手摸索电灯开关的位置，开了灯，里面的日光灯发出了嗞嗞的声音，闪烁了好几次，好像很不情愿似的，最后才勉强愿意正常地亮了起来，照亮了里面的车子。

“这是一九七八年的奥斯摩比锋芒汽车，”万斯说，“现在被灰尘盖住了，不过它原本是咖啡色的。如果你不介意开这种老车的话，我就找人来维修检查一下。”

埃米莉看着那辆车：“我妈妈以前开这辆车吗？”

“不是，她满十六岁的时候，说想要一辆敞篷车，所以我买了一辆给她。”他停顿了一下，“如果你不想要这辆，我可以再想办法。”

“不，”埃米莉立刻说，“我喜欢这辆，它看起来像辆强壮的肌肉车。”

“肌肉车？哈！莉莉一定会喜欢你这种说法。”

她转向他：“莉莉是谁？”

万斯似乎有点震惊：“孩子，莉莉是我的妻子。难道你妈妈从来没有提起过她吗？”

“她什么都没有告诉过我。”埃米莉把头发塞到耳后，现在就跟他谈谈，“万斯外公，今天在湖边有一个派对，我去了之后，才知道是科菲家举办的派对，然后我就被要求离开了。”

如果愤怒是一种具体可见的东西，那么它看起来应该就像一个两米五高的男人，突然站直了身子耸立在面前一样那么惊人。“他们要你离开？”

“嗯，没有说得那么直接。”埃米莉说，她仍然觉得很丢脸，“不过很明显，科菲家的人不喜欢我，嗯，除了温以外吧，我想。其实我也不确定他是怎么想的。”

“埃米莉！我不是跟你说过，我只要求你一件事，离他们远一点！”

温说得没错，他说万斯外公很快就会这么说了。“你是要我离穆拉比之光远一点，你没有说要离科菲家的人远一点，我真的不知道我做错事了。”

万斯深呼吸，长长地叹了一口气，摇摇头：“你说得对，这一切的确都不是你的错。”他望着那辆车好久之后，才把灯关掉，“我一直怀抱着一丝希望，希望在事情过了这么久之后，时间已经抚平了这些伤痕。”

“是因为我妈妈吗？”埃米莉有点畏缩地说，“温今天告诉我一些事情，我根本没有办法相信。他说我妈妈很残忍，但那是不可能的，妈妈是个很好的人，她是很好的人，对不对？我知道你不想谈她的事情，但是求求你，请你告诉我真相。”

“达尔茜年轻的时候，的确是一个很难搞的孩子。”他一面说，一面把车库的门拉下来，“又固执又骄傲，她真的会仗着自己的影响力，去伤害别人。但是她其实也是个快乐、开朗、有好奇心的孩子，这些特质是遗传莉莉的。莉莉过世的时候，她才十二岁。”他若有所思地望向远方，有点尴尬地、很快地伸手抹了一下眼睛，“我自己根本不知道要怎么照顾她，我所能想到的唯一方法，就是把她想要的都给她。一开始她会测试我，会跟我要一些非常奢侈的东西，只是要试试看我到底能够包容她的胡闹到什么地步。但是我对她的要求总是有求必应，从不拒绝，所以很快，她拥有的所有东西都是最好的。她再长大一些之后，就开始以嘲笑别人为乐，取笑别人没有她拥有的东西。有时候，她真的可以做得非常残忍，朱莉娅就是她常常欺负的对象。”

埃米莉此时的感觉，就像上楼梯时突然踏空了一步一样：“我妈妈常常欺负朱莉娅？”

万斯缓慢地点了点头，虽然不是很愿意这么说，但还是补充了一句：“当然还有其他人。”

埃米莉感觉到自己在抗拒这一切，她想把一切都推开。万斯外公现在说的人，绝对不可能是她妈妈，她妈妈是那么善良，那么博爱，她的愿望可是想拯救全世界。

“她当时是她那个社交圈中的女王，她说的话就像圣旨一样。她对那些人有着极大的影响力，她喜欢的人，他们就会接受；她讨厌的人，他们也会一起排挤那个人。”万斯继续说，“她挑中了一个害羞又敏感的男孩，叫作罗根·科菲，她要大家都接受这个人，所以大家都照做了。”

“温说他自杀了。”

“是的。”

埃米莉顿了一下，考虑着要不要把想问的话都问出口，因为她已经不确定自己到底想不想听了。

“我妈妈跟这件事有关系吗？”

她屏着呼吸，不安地等着，直到万斯终于开了口：“有。”

万斯内心似乎在挣扎，不知道应该如何启齿。他抬头看着天空，好一阵子之后才说：“温是怎么跟你说的？”

“他说罗根爱上我妈妈，但他的家人不赞同他们在一起。他说罗根为了跟我妈妈在一起，破坏了家族多年以来的传统，但我妈妈其实只是为了引诱他透露科菲家族的秘密而已。”

万斯叹了一口气：“科菲家族近年来已经变得比较活跃了，但你得知道，他们以前是非常排外的。达尔茜一向很重视自己在他人心中的地位，这全都是我造成的，是我让她予取予求，给她所有她想要的东西。我以为让她拥有得越多，她就会越快乐。所以当科菲家的人不愿意让她加入他们的社交圈，反对罗根和她在一起时，她非常生气。不只是生气而已，简直要气炸了。莉莉过世之后，达尔茜就一直很难控制自己的情绪，她经常胡乱发脾气。科菲家族从前就有一个怪癖，到现在都还有，就是他们从来不在晚上出门，真的从来不出门。但罗根为了达尔茜，竟然不顾一切破例在晚上出门。有一天晚上，她把镇上大部分的人都集中到公园里那个演奏台前面，宣称她要表演节目给大家看。她有副美妙的嗓子，大家都以为她要唱歌，但结果，她是让罗根站上了演奏台。”

埃米莉等他继续说下去，不可能仅仅是这样而已。“这一点都不合理，”她说，“只因为我妈妈叫他晚上出门，他就自杀？这就是所谓的大秘密？根本就是荒谬至极，这是我这辈子听过的最荒谬的事情了！”

“传统对科菲家的人来说，一向都是很重要的。”万斯说，“罗根又是一个很敏感、很忧郁的年轻人。他自杀之后，整个科菲家族差点搬出穆拉比，他们家族是穆拉比小镇的经济支柱，如果他们搬走，穆拉比就毁了。那次事件等于是最后一根稻草，在那之后，再也没有人想跟达尔茜来往，因为她差点毁了科菲家族，也等于是差点毁了穆拉比这个小镇。她做了一件没有人愿意原谅她的事情，我就算花再多钱，也弥补不了她的错误。”

埃米莉离万斯越来越远，然后她才意识到自己正在一步步往后退。

“这二十年来，我一直没有提过这件事。”万斯继续说，“我本来也不想告诉你，因为我觉得你还是不要知道比较好，但显然科菲家的人并不这么想，我真的很抱歉。”

埃米莉仍继续往后退。万斯只是静静地看着她一步步退后，好像他早就预料到她会这样，他早就习惯所有人都将离他而去。埃米莉一句话也没说，转身走回屋子里。

她走回自己的房间，呆呆地站在那儿，完全不知道接下来该怎么办。来这个地方真是个天大的错误，她早就应该想到，妈妈之所以不跟她说这个地方的事情，一定是有什么理由。这个地方就是不对劲，从她一开始抵达这里，她就感觉得到一定是有什么东西不对劲。这里的人居然会因为打破传统而自杀，只因为在夜晚出门就自杀！还有这个大家记忆中的达尔茜・谢尔比，根本就不是她的妈妈！

她站在那里想着这些事的时候，突然听见微弱的、像拍动翅膀的声音，好像有什么东西在她的房间里蠢动着。

她很快地抬起头，环顾四周。她简直无法相信自己眼睛看到的东西。她转了一圈，差点站不稳脚步。

壁纸上的紫丁香全都不见了，变成了一大群小蝴蝶，什么颜色都有。

她发誓，从她的眼角余光中，她绝对看见其中几只蝴蝶正在拍动翅膀。这些，根本就不是图案了，它们是真的充斥了整个房间，好像被固定在壁纸上不能动令它们很生气，它们想飞出壁纸，飞出这个房间，飞出这个小镇。

她走向床旁边那面墙，把手贴在墙上。

暂且不管她到底相不相信眼前的景象，她觉得自己完全可以体会这些小蝴蝶的感觉。

她把手放下来，慢慢地退出了房间，然后一鼓作气地冲到楼下。万斯才刚从庭院走过来，正准备进厨房。

“我房间里的壁纸，”埃米莉上气不接下气地说，“你什么时候换的？”

万斯露出了微笑：“第一次总是特别难以接受，你会习惯的。”

“那个壁纸看起来很旧了，你是怎么让它看起来那么旧的？你怎么能这么快就贴好？还有，你怎么让它……让它……动的？”

“不是我弄的，它是自然发生的。”他像个魔术师一样挥动双手，“那是从我姐姐住进去时开始的，没有人知道为什么会那样，那也是这栋房子里唯一会那样的房间。所以如果你不想待在那里，可以搬到别的房间。”

埃米莉摇摇头，就这么短短一天之内，发生的疯狂事情实在太多了！“万斯外公，我已经不是小孩子了，我知道壁纸不会自己改变图案的。”

但万斯没有反驳，只是问：“它变成什么图案了？”

说得好像他不知道一样！“蝴蝶，一大堆疯狂的蝴蝶！”

“你就这么想，那个房间只是反映了普遍的真相。”万斯外公说，“我们看世界的角度永远都在变，那是随着我们的心情而改变的。”

埃米莉深深吸了一口气，试着想冷静一点地谈这件事：“很感谢你刻意让这一切看起来像魔法一样，我相信你一定花了很多心血在这上面，但我真的不在乎什么图案，我可以重新刷油漆吗？”

“没有用的，”万斯耸耸肩，继续说，“你妈试过了。油漆没办法附着在壁纸上，也没办法把它撕下来。”

埃米莉愣住了。为什么这个小镇里的每个人都不愿意让步，一定要这样逼她？对她妈妈的事情也是，对这个……壁纸的事件也是。“所以你是说，我被困在一个有情绪的房间里了吗？”

“你可以搬到别的房间。”

埃米莉把身体靠在红色的大冰箱上，她现在已经无力到连靠自己的力量站着都很困难了。万斯外公只是静静地望着她。她一直没注意到外公还在那里看着她，直到他倾斜了一下身子，好像是左边的臀部在痛，她才稍稍回过神来。“我还在等有人来告诉我这一切都是骗我的，只是在耍我而已。”埃米莉终于开口。

“我完全理解你那种感觉。”他平静地说。

埃米莉抬起头，看着他的眼睛：“会好吗？”

“总有一天。”

这不是她想要听的答案，但她得接受这一切。

毕竟，她还能有什么选择？她已经没有地方可去了。

这个事件发生在大约七十年前，那一天正好是二月的满月，人们将二月满月的月亮称为“雪月”。那时的松林湖湖面结了一层厚厚的冰，水生植物被冰封住，看起来像化石一样，孩子们在湖面上溜冰。那天晚上，小镇大街上有一栋民宅突然起火，起火的那栋房子，就正好坐落在科菲家的别墅旁边。

火焰从房子的窗户窜出来，没多久，消防车也抵达了。因为天气太冷，车子发动不起来，必须动用小镇里最强壮的六个人去帮忙推消防车，才能将消防车顺利地推到起火的民宅旁。镇上的居民都聚集在民宅对面的公园里，他们裹着毯子靠在一起，白色的雾气从他们的口鼻中呼出，大家都屏气凝神地望着那栋着火的房子。那一年万斯才四岁，当时他的身高还没有构成家人的烦恼，其实当时万斯的爸爸还很骄傲，因为自己有个高大健壮的孩子。那天晚上万斯戴着一顶红色的帽子，帽子顶端还有一颗毛球，他跟姐姐共享一条毯子，姐姐站在他的背后，一直玩他帽子上的毛球。

在场的每个人都看着火焰消长，从黄色、金色到蓝色、橘色，在这么寒冷的天气里，看着这些颜色的变化，让每个人都想起了夏天的感觉，大家都希望这黑暗、无情的冬日赶快过去，期待温暖的气温可以终止关节的酸痛，不必再忍受冷冰冰的马桶，还有干燥得像碎纸片般剥落的皮肤，有些人甚至痴迷到竟然想靠近那栋着火的房子，满身是灰的消防员除了救火之外，还得忙着把这些民众拉离火场。

一开始只有一个人看到，然后接二连三，在场的所有人都看见了，他们看的不是着火的房屋，而是隔壁科菲家的别墅。他家所有的仆人，都从靠近火场的那一面墙的窗户伸出头来，把各式各样他们所能找到的液体往隔壁倒，企图阻止火焰蔓延到科菲家的别墅。他们拿出的东西包括花瓶、还装着桃子跟果汁的玻璃罐、一个孩子房间里装着水的玻璃水晶球，还有早餐没喝完的一杯茶。

整个小镇的居民都惊异地看着那幕景象，然后他们才慢慢开始理解，这是因为科菲家族的人一步都不肯离开房子，忠实的仆人们为了救他们，才会出现这种匪夷所思的举动。

这场火好不容易被扑灭了，幸好科菲家的别墅并没有受到影响，只有庭院边缘几株本来就已经被冻死的杜鹃花被火势波及。隔天早上，流言就传开了，说隔壁的火灾发生时，科菲家的人全都躲到地下室去，他们宣称宁可被烧死，也绝对不在晚上出门。

小镇里的居民一直都知道，科菲家的人讨厌夜晚，所以从不在晚上出门，但他们从不知道状况竟然有这么严重。那天晚上之后，穆拉比的居民们才真正开始好奇，甚至传出很多说法，也许他们晚上不出门并不是单纯地不喜欢出门……很可能是，他们不能够出门。

达尔茜从很小的时候开始就很喜欢听这个故事，有时候，万斯得要讲两遍给她听，她才肯乖乖去睡觉。达尔茜一向跟妈妈比较亲近，跟爸爸就没有那么多交集。这种状况很可能是因为在达尔茜还是小婴儿的时候，万斯表现得太过小心翼翼了，他不太敢去碰触这个宝宝，因为跟他自己的身高比起来，这个宝宝实在小得不像话。他很怕自己一不小心就会踩到她，或是在抱她的时候，会一个不小心就把她摔到地上之类的。所以当万斯发现科菲家的故事可以吸引达尔茜到他身边来时，他开心得不得了。那时候，他根本不知道自己正在埋下悲剧的种子。等到达尔茜十几岁的时候，她开始对科菲家族异常着迷。他不希望这样的事情发生在埃米莉身上。

那天晚上，埃米莉去睡觉了之后，万斯搬了把椅子，坐在后门口的门廊上等着，一只手里拿着手电筒，另一只手里握着酢浆草，给自己勇气。这天正好是七月满月的日子，七月的满月称为"公羊月"，是属于年轻人和野性热情的日子。

穆拉比之光的存在已经有好长一段时间了，镇上流传着各式各样版本的传说。但自从那次大火之后，就有谣言说穆拉比之光其实就是科菲家的鬼魂，那些过世的科菲家人，化成光在夜里自由地窜动，弥补他们活着的时候的遗憾。这个谣言就这样一直流传下来，直到今天，如果有外地人问起穆拉比之光，小镇里的人们还是会这样跟他们解释。

当那道光终于出现在后院的树林里时，万斯站了起来，打开手电筒。

"回到你该去的地方吧，"他坚定而温和地大声说，他知道那道光能听见他说的话，"我知道是我女儿对不起你，但你不能带走埃米莉。"

星期一下午稍晚，朱莉娅去邮局领了一叠信件，然后步行回家，一路上不停地翻动着手中的邮件。

她走到谢尔比路的转角时，再次把整叠邮件最上面的那张明信片拿了起来。

她还是无法相信自己刚接到的消息。

这张明信片是她在巴尔的摩的好朋友南希写来的，因为朱莉娅住在这里的期间不能再额外负担电话费用，所以南希大概每个月都会写明信片来，告诉她他们那群朋友之间发生的事情。那是一群精力旺盛的年轻教授，他们喜欢聚在一起喝喝鸡尾酒、天南地北地闲聊，说了很多话，却从来没有真正深入的交谈。朱莉娅猜想这些人高中时，在学校里应该都是像达尔茜·谢尔比那群人一样，是最受欢迎的那种人，而他们大概觉得朱莉娅跟他们是同一族群的人，这点让朱莉娅多少有些开心。但眼前这张明信片所捎来的消息，却让她心情跌到了谷底。南希在上面写着她已经结婚了，朱莉娅甚至不晓得她在跟谁交往，就突然收到她结婚的消息。南希还提到他们的朋友德文搬到了缅因州，托马斯则调到芝加哥去工作。南希在信上保证，一旦她结束希腊的蜜月旅行，回到美国之后，就会尽快把所有细节详细地告诉朱莉娅。

蜜月旅行。

希腊。

朱莉娅当然知道自己不在的期间，不可能所有事物都维持不变，但她真的没有想到一切会改变得这么多，而且还是同时发生的。她一直以为那里还有很多东西在等她回去，但现在看起来，等到她离开穆拉比回到巴尔的摩时，那里可能几乎已经没有任何朋友了。那里的一切可是她计划中的一部分，是让她能够继续前进的动力。

朱莉娅重新振作起精神，至少她还有那个蓝眼女孩烘焙坊的梦想。毕竟，那个烘焙坊才是她现在努力的最积极目标，是她愿意忍受被囚禁在这个地狱般的小镇两年的理由。跟没有相同成长背景的人交朋友，本来就是一件很冒险的事情。这种带有一大段空白的友谊，是既薄弱又充满变数的。朱莉娅一直都了解这一点，不管怎么样，这些人之间毕竟没有同样的历史可以将他们紧密地联结在一起。

所以她可以忍受这一切。

反正，她也忍受过失去更重要的东西。

她听见泼水的声音，于是抬起头看人行道，看见埃米莉在万斯家前面，她的脚边摆着一个装满肥皂水的水桶，手里拿着一块海绵，面前停着一辆大型的老旧车子——不管埃米莉怎么努力刷洗，就是拒绝变干净的一辆车。埃米莉看起来已经费了好大一番工夫了，但是，清洗这辆车一定是件令人感到很挫折的工作。

朱莉娅把明信片塞进邮件当中的一本目录里，走向埃米莉。从星期六下午把埃米莉送回家之后，就没再见过她，不晓得她有没有和外公好好地沟通过，万斯是否已经把所有的事情都告诉她了？她停在离埃米莉几步远的地方，说："这车子不错。"

埃米莉抬起头，她那一头漂亮的金发，一如往常地四处披散飘逸不受控制，一半在小小的马尾里，一半在她的脸上。"万斯外公把这辆车给我开，他的技师明天早上会来把车开走，不过我先把它从车库里推出来，这样我才能把它洗干净。"

"我不晓得万斯还留着这辆车。"朱莉娅走到车子旁边，俯身从脏脏的窗户玻璃往里面看，"这是他太太的车子，对不对？"

"对。"

朱莉娅静静地看着埃米莉刷洗车盖，过了好一会儿才又开口："你跟你外公谈过了吗？"

"嗯。"只是简单的一个字，就给了朱莉娅所有她想知道的答案了。埃米莉用手臂将脸上的一些发丝拨开，继续刷洗车子："我不知道事情会变成这个样子，但我妈妈早就知道了，我想这应该就是她无论如何都不肯回这里来，以及绝口不提这里的事的原因，我开始觉得她一定不希望我来这里。”

朱莉娅的视线从埃米莉身上移到车身上，又移回埃米莉身上。朱莉娅想着，如果她在埃米莉这个年纪时就有这么一辆车的话，她当时一定会做那件事。老天！她居然到了现在还在想那件事情。“准备离开了吗？”

埃米莉似乎吃了一惊，她没想到朱莉娅竟然这么快就看穿她的想法。但她还是耸耸肩：“我没有其他地方可以去。”

“嗯，如果你愿意多待一阵子，这个周末就是穆拉比烤肉节了，烤肉节在这里算是很大的节庆，会有一个游园会，你想跟我一起去吗？”

埃米莉没有抬头看她，只是淡淡地说：“朱莉娅，你不需要这么做。”

“做什么？”

“这么努力要当我的朋友。我妈妈以前对你非常过分，所以你不需要对我好。”

哦，糟糕！“看来万斯连这个都告诉你了？”

“他说我妈妈以前常常嘲笑你，她到底做了什么？”埃米莉终于抬起头，迎上朱莉娅的视线。那种眼神真诚到足以融化最坚硬、最顽固的心。

朱莉娅摇摇头：“你不需要知道，那些事情跟你没有关系。”

“拜托，请你告诉我。”

“埃米莉，那个时期我的状况一直都很不好。”朱莉娅说，

“不过，如果你真的那么想知道，我可以告诉你。那时候我除了一头粉红色的头发、全黑的衣着、黑色的唇膏之外，还戴了一条镶了铆钉的皮质颈圈，看起来就像狗的颈圈一样，我每天都打扮成这样去学校。你妈会带狗饼干到学校来，在走廊上看到我的时候就用狗饼干丢我。有一次，她还带了除蚤粉给我。如果她身上什么东西都没带，她就会直接对我学狗叫。”她停顿了一下，沉浸在这些过去的回忆里，这些事情她已经好多年都没有想起过了，“但说实在的，是我给了她那么多可以嘲笑我的理由，你也看过我过去的照片，这一切大概都是我自己招惹的吧。”

“才不是！不要把一切不合理的事说得好像很正常一样，没有哪个人可以随便去伤害别人的尊严。”她摇着头，“这是我妈妈教我的，你相信吗？”

“嗯，事实上，”朱莉娅说，“我相信。”

“你之前告诉我，我妈妈很受欢迎。”

“她的确是很受欢迎。”

“但却没有人真的喜欢她？”

朱莉娅仔细思索了一下：“罗根·科菲就喜欢她。”

埃米莉手中的海绵掉进她脚边的水桶里：“关于我妈妈对你做过的一切，我真的很抱歉。”

“亲爱的，我绝对不会拿你妈做过的事情来责怪你，而且也没人有资格这么对你，你跟你妈妈以前的样子完全不一样。说真的，我开始相信你就是你妈妈后来变成的那种好人，所以或许你留下来才是对的，把这一切证明给大家看。”

埃米莉似乎是在思考朱莉娅说的话，两个人都沉默了好一阵子，突然被车门关上的声音打断。她们同时转过身去，看到索耶站在一辆白色凌志油电混合车旁，这辆车就停在朱莉娅家门口，和朱莉娅的车子停放在一起。

他拿下太阳眼镜，把眼镜挂在衣领上，然后朝她们走过来。

“他是来接你去约会的吗？”埃米莉问。

朱莉娅转身看着埃米莉：“什么约会？”

“他邀请你星期一晚上跟他一起出去啊，我们在湖边那天说的。”

朱莉娅仰起头，呻吟般地说了一句：“哦！该死！”

埃米莉笑了起来：“你忘记了吗？你竟然忘记你跟他有约会？”

“大概吧。”朱莉娅看着埃米莉，也跟着微笑了起来。很开心，至少埃米莉觉得这件事还挺有意思的。

“你们好，小姐们！”索耶的声音传了过来。

“嗨！索耶！朱莉娅没有忘记你们要出去约会，”埃米莉说，“她只是……有点迟到了，不过那是我的错啦，她本来已经要回家换衣服了，是我叫住她来看我的车子的。对吧，朱莉娅？”

朱莉娅疑惑地看着埃米莉，然后才明白埃米莉是想要帮她，才这么说的：“没错。星期六的烤肉节游园会，你想一想，再告诉我你的决定，好吗？”

“我会的。”

朱莉娅转身，抓住索耶的手臂，拉着他走到隔壁：“她以为你是来接我去约会的，”她贴近索耶，并压低了声音，“她以为我忘记了，所以才说一大堆借口来帮我脱困，我们就顺着她的话演下去，知道吗？”

“没问题。”索耶温和地回应，并跟着她一同走上斯特拉家门口的阶梯，“不过，我的确是来接你去约会的，而且显然你真的忘记了。”

他们进了屋子，朱莉娅把手中的邮件放在门廊处的小茶几上。“我不打算跟你去约会。”她说。

“你在埃米莉面前答应我的，而且她刚刚还那么努力帮你说话，你这样是在给她树立什么样的典范？”

“你太卑鄙了，反正就在这里等到她进屋为止。”

索耶走到客厅的窗户旁，拉起了窗帘：“看来得等好一阵子了，那部车脏得不像话。”

朱莉娅露出了微笑：“不过她好像很喜欢它。”

“星期六你带她回家的时候，状况怎么样？她现在看起来已经没事了。”

“她在很努力地接受这些事情。她外公终于告诉她，以前她妈妈在这里时的一切事情。我想下次她再遇到科菲家的人对她无礼的话，应该就会比较有心理准备了。”

“她的个性和达尔茜真是一点也不像。”他把窗帘放下，走向斯特拉那张条纹的丝质沙发——那张她不让任何人坐的沙发，然后坐了下去，还跷起了二郎腿，将两只手臂顺着沙发的靠背舒展开来。朱莉娅实在无法克制自己的视线一直跟着他，他就是如此完美。“你应该晓得，我在这栋房子里待得越久，她就越容易认为我们在做什么见不得人的事情吧。”索耶说。

“比如什么事情？偷斯特拉的家具吗？”

“你这是在装傻。”

“而你是在卖弄小聪明。”

他耸耸肩膀：“如果事情真的像我说的那样，我是无所谓啦。”

“注意点，索耶，你现在的言谈举止就跟你十六岁那时没什么两样，亏我还觉得这些年你好像进步了不少。”

“这就是了。”索耶似乎很得意地回应。

“什么？”

“这就是我要跟你谈的事情。”

她根本就是自掘坟墓：“不要，斯特拉随时都会回来。”

“一个小时之内她是不会回来的。”他目不转睛地看着朱莉娅，让她没办法再找借口躲开，“你说你已经原谅我了，那是真的吗？”

“我不要说，我不想谈这件事情。”她固执地摇摇头。

“为什么？”

“因为那是我一个人的！索耶！”她忍不住提高了声音，“那是我的回忆跟我的懊悔，不是你的！我才不要把这一切告诉你，反正你从来都没有在乎过，不是吗？所以你现在也别想知道。”

她说的每一个字像花圈般串联在空气之中，她觉得自己似乎可以看见它们真的存在。

索耶站了起来，有那么一瞬间，朱莉娅还以为他要朝着她走过来，因此慌乱地往后退了几步，他却朝着斯特拉客厅里的那个壁炉走了过去。他停在壁炉的前面，双手插在口袋里，眼神空洞地望着空空的壁炉：“霍莉和我没办法生孩子。”

对于话题突然改变到这件事上面，朱莉娅愣了一下。索耶和霍莉大学一毕业就结婚了，朱莉娅的爸爸也把这件事告诉了朱莉娅，听到消息时，她的确有些心痛，但一点也不觉得意外，毕竟索耶和霍莉从中学时期就开始交往，结婚也是意料中的事情。但真正让她意外的是，当她回到穆拉比时，却听说他们两个结婚不到五年就离婚了。包括朱莉娅在内的所有人，都觉得他们两个应该会一辈子在一起，而朱莉娅更是无法忘记，他们在十几岁时，索耶曾经为了维持他和霍莉的关系所做出的那些事情。

“最讽刺的是，没有办法生孩子的原因，是我。”索耶继续说了下去，“我大学二年级那一年长了水痘，留下了一些不寻常的后遗症。朱莉娅，你知道吗，我其实并没有平静地度过后来的日子，我不停地想起我们之间发生的事情，还有我是怎么伤害你的。在你人生中最糟糕的时刻，我的恐惧和愚蠢不但加深了你的痛苦，同时也毁了我这辈子唯一能当父亲的机会。这就是我要告诉你的事情。你回来之后，我第一眼见到你，就知道你仍然记挂着那些过去，知道我在你眼里，仍然是那个蠢到无药可救的男孩。所以，我想，也许让你知道这些事情，会让你觉得好受一点。”

“让我觉得好受一些？”朱莉娅不可置信地反问。

索耶耸耸肩膀：“因为我得到了应有的报应。”

这么多年以来，这是朱莉娅第一次发现，或许过去发生的那些事，同样把索耶的人生搞得一塌糊涂，他只是比较善于隐藏自己真正的情绪而已。“你疯了吗？”她怒气冲冲地问，“你怎么会认为这些事情会让我好受一点？”

“不会吗？”

“当然不会啊！”

索耶仍然望着壁炉，平静地说：“我看过一些报告，里头说堕胎不太会影响女性往后受孕的情况，那是真的吗？”

朱莉娅迟疑了一下：“好像是吧。”

“那就好。”索耶的语气极为温柔。

长久以来，朱莉娅都认为这些回忆跟情绪全是她一个人的，她从来不觉得索耶真的在乎，也没有资格知道她内心深处真正的想法，以及她真正的希望。“你这浑蛋！我就是想要一直生你的气，你为什么非要来破坏这一切？”

索耶嘴角泛起一丝似笑非笑的微笑：“因为我喜欢跟漂亮女

人说我不孕。”

就在那时，前门突然打开，斯特拉回来了。她每次从花店下班回家时，身上总会带着康乃馨的香味，这股香气像一只兴奋的小宠物一样，总是领先她一步冲进室内。

“我就跟你说她随时会回来。”朱莉娅说。

“我打扰到你们了吗？”斯特拉似乎在期待什么，仔细地看着朱莉娅和索耶的反应，“我可以等一下再回来，其实我也可以不用回来，要我整晚消失都没问题。”

“你完全没有打扰到我们，晚安。”朱莉娅说完，就转身走上楼，回到她自己的小公寓里去。

“晚安？”斯特拉问，“现在还不到五点！”

朱莉娅将门锁上，直接回到自己的卧室。她坐在床边，然后和衣倒下，看着天花板上那道长长的黄色阳光。

她突然必须做一个很重大的决定，一个她曾经以为这辈子都不需要做的决定。

回到穆拉比，再次把她的规划搞得乱七八糟了。

待在马里兰州的柯里尔少年感化院里的前六个星期非常难熬，那里有一些很凶悍的女孩，朱莉娅大部分的时间都躲在宿舍床上哭泣，把所有打电话的时间配额都用来打给索耶，但他家的女佣总是回答说他不在家。朱莉娅仍在气爸爸把她送到这里来，所以不愿意打电话给爸爸，当爸爸打电话来时，她也不愿意跟他说话。她的治疗师不会强迫她做不愿意的事情，一开始必须接受治疗课程让她觉得很不舒服，但渐渐地，她开始期待这些治疗课程。

事实上，第二个知道她怀孕的人，就是她的治疗师。

当朱莉娅发现自己怀孕的时候，简直欣喜若狂。因为她以为，怀孕了就表示她可以回家，跟索耶在一起了。他们就可以结婚，两个人共同生活，把孩子抚养长大。索耶可以让她从此过着幸福快乐的日子，他可以把过去的那些不愉快都抹消，朱莉娅一直这样相信着。因为，索耶是真的用心在看着她，他是世界上唯一会这样看着她的人。

她还是持续不断地打电话到索耶家去，直到把女佣烦得受不了，才终于跟索耶通话，但是索耶的语气却完全出乎她的意料。

“朱莉娅，你不要再打电话到这里来了。”他用粗鲁的口吻说。

“我……我很想你，你到哪儿去了？”

一阵沉默。

“这个地方好可怕，”她继续说，“他们竟然要我接受药物治疗。”

索耶清了清喉咙，然后说：“朱莉娅，也许你应该接受他们的治疗。”

“不，我不要。”朱莉娅微笑了起来，想着把这件事告诉索耶，将会是多美好的事情，“那会伤到宝宝。”

又是一阵沉默。好一会儿之后索耶才问：“什么宝宝？”

“我怀孕了，索耶，我要告诉我的治疗师，然后再告诉我爸，我很快就可以回家了。”

“慢着，慢着，”这次索耶很快地接了话，“你说什么？”

“我知道你很惊讶，我也是啊。不过，难道你看不出来吗？这真是世界上最美好的事情了，我可以回家，我们就可以在一起了。”

“是我的孩子吗？”他问。

朱莉娅突然感到心里一阵紧缩与刺痛，像被细细的铁线紧紧勒住了心一样：“当然是你的啊。那夜是我的第一次，你是我的第一次。”

索耶又沉默了好长一段时间，久到朱莉娅几乎以为他已经挂掉电话了。最后他才终于开口：“朱莉娅，我不想要孩子。”

“嗯，现在才说已经太晚了。”朱莉娅仍努力平静地微笑。

“会吗？”

“你这是什么意思？”

“我才十六岁！”索耶终于忍不住咆哮了起来，“我不能现在就当爸爸！而且我跟霍莉在一起，现在发生这种事，怎么可能美好？根本就是我人生中最糟糕的事情！我有我的人生计划！”

朱莉娅的心再一次揪紧刺痛，又一次，直到她的心好像已经完全被缠紧，让她都无法呼吸了。“你和霍莉在一起？”其实朱莉娅知道他一直都和霍莉在一起，但那天晚上在足球场边发生那件事情之后，经过他那种热情的目光和爱抚之后，她以为他会跟霍莉分开的。

他怎么可以在那件事情之后，还若无其事地和霍莉继续在一起？

“我一直都跟她在一起，你知道的啊，而且我们大学毕业之后就会结婚。”

“但是那天晚上——”

索耶很快地打断了她的话：“你那天心情不好。”

“所以说，不只是这个宝宝，”朱莉娅的声音微弱到几乎连自己都听不见，“你也不要我了？”

“对不起，我真的很抱歉，我以为你知道。”

你以为我知道？朱莉娅的双眼开始泛起了泪水，呼吸变得沉重不堪，她必须非常用力才能继续呼吸。

他本来应该是拯救她的。

“我会想办法的。”她说，并且准备挂掉公共电话了。索耶不想要孩子没关系，但她想要，她会自己想办法来照顾这个孩子的。

但索耶似乎误会了她的意思：“那就好，这样是对的，朱莉娅。我知道这很困难，但在你察觉到以前，就会结束了。只要你去堕胎，这一切就都没事了。我寄一些钱给你吧。”他松了一口气，语气开始变得极为温柔。朱莉娅感觉身体里产生了一股强烈的愤怒和恨意，这股恨意强烈到好像冲出了身体，甚至在话筒的这一端发出一些沙沙的声音。

堕胎？他竟然要她去堕胎？他自己不想要那个孩子，竟然也不想让她留下孩子。她怎么会笨到以为自己跟这种人坠入了情网？他根本就是个冷血动物。“不用了，我自己可以处理。”

“让我做点什么吧。”索耶说。

“你做得够多了。”朱莉娅说完，便挂上了电话。

接下来告诉她爸爸的情形更糟。当朱莉娅的治疗师要她打电话给爸爸时，她爸爸以为她是在感化院时怀孕的，所以要她立刻回家。但她坦承事情是发生在穆拉比的。虽然爸爸一直追问到底是谁的孩子，她都不愿意松口。最后，大家终于达成共识，要她继续留在柯里尔少年感化院，反正，她不是这里唯一怀孕的女孩。

怀孕第三个月开始，朱莉娅开始害喜，无时无刻不疯狂地想要吃甜食，这种感觉强烈到无法控制，有几次她真的以为自己就要发疯了。治疗师告诉她，想吃平时没那么爱吃的东西，只是怀孕的正常现象，但朱莉娅知道并不单纯是这样而已。肚子里的这个孩子，肯定是遗传到了索耶那种对甜食的特殊感知能力。如果朱莉娅白天没有吃甜食吃到心满意足，晚上她就会偷偷溜出宿舍，到自助餐厅里面去找甜食吃。朱莉娅就是在这个自助餐厅里，做了生平第一个蛋糕。只有一直做蛋糕，才能真正安抚肚子里的宝宝，所以没有多久，朱莉娅的蛋糕就越做越好吃了。除了她本人跟肚子里的宝宝以外，她做出来的蛋糕对学校里的其他学生也产生了一些奇妙的作用。每天晚上她做蛋糕的时候，香甜的味道会慢慢地飘出厨房、穿过走廊，进到其他学生的房间里。只要闻到这味道，即使是一天到晚做噩梦的人，也会突然梦见她们慈祥的祖母，或是小时候欢乐的生日派对等这类愉快的回忆。

到了怀孕的第五个月，治疗师开始和朱莉娅讨论孩子领养的问题。一开始朱莉娅坚决反对让别人领养她的孩子，甚至连讨论这件事都不愿意。但每次治疗课程时，治疗师都问她："你打算怎么独力抚养这个孩子？"所以朱莉娅开始害怕了。她的确不知道自己该怎么独力抚养孩子，唯一的选择，就是把孩子给她爸爸抚养。但当她跟爸爸谈这件事的时候，爸爸想都没想就拒绝了，只因为贝弗莉不喜欢孩子。

日子一天天过去，春天终于到了。那天朱莉娅正在上法文课，突然一阵强烈的痛楚和恐惧朝她袭来，她捧着肚子痛到连站直身体都没办法，她开始分娩了。这孩子来的速度非常快，根本还来不及将朱莉娅送到医院，她在救护车上就把孩子生下来了，是个女儿。她可以感觉到这孩子的沮丧、没耐心，所以这孩子自己急着投奔自由，朱莉娅根本阻挡不了她，不管她有多么想要这个孩子，她都没办法让孩子继续跟她紧紧相连。她的女儿显然已经有了自己的意志、自己的计划，那都是她女儿想要的，她没办法左右她女儿的想法。生出来之后，这个小女婴开始对每个人发出号啕的哭声，似乎在抱怨她这一路挤出来是多么辛苦，活像个穿着花呢套装的老太太，只要有人愿意听，就会不停地抱怨搭火车到城市的旅途有多闷热、遥远，辛苦得不得了似的。在救护车里，怀里拥着这个哇哇大哭的小女婴，朱莉娅满足地露出了微笑。她的女儿好漂亮，有索耶的金发跟蓝色眼睛。

隔天，朱莉娅的爸爸赶到马里兰医院去探望她，那是她最后一次请求爸爸把她和女儿一起接回家。

爸爸站在病床的床尾，头上戴着一顶棒球帽，一副就是不该出现在医院里的样子，他显得既害羞又不知所措，但他还是拒绝了。从那一刻开始，朱莉娅就完全放弃和爸爸真心地沟通了，他们两个的关系永远也回不到从前。

要让女儿被别人收养，是朱莉娅有生以来最痛苦的决定。现在孩子真的生下来之后，朱莉娅更确定自己根本无法独力抚养她，基本上，她连该怎么养活自己都不知道了。她恨贝弗莉不想收留这个孩子，也恨她爸爸那么懦弱，但她心里最恨的，还是索耶。如果索耶真的爱她，如果索耶一直在她身边帮助她、支持她的话，那她就可以留下孩子了。他曾经是这世界上唯一一个全心接纳她的人，是她曾经确信自己这辈子唯一会用生命去爱的人，不论发生什么事情都不会改变。但现在，一切都变了。

随后有人告诉朱莉娅，有一对住在华盛顿特区的夫妇收养了她的女儿，朱莉娅只得到了两张照片，一张是医护人员替宝宝拍的档案照片，一张是朱莉娅在医院的病床上抱着宝宝的照片，她是那么温暖、柔软，闻起来会令人联想到幸福的粉红色。朱莉娅立刻就把照片收进看不到的地方去，因为光是看到这两张照片，都会令她心痛不已。一直到多年之后，朱莉娅大学毕业准备搬家时，才在笔记本里重新看见这两张照片。

朱莉娅花了好长的一段时间，才重新振作了起来。出院之后没多久，她就又开始自残。在这种状态下，显然朱莉娅仍然没有办法回家，于是学校里的治疗师花了好大一番工夫，说服朱莉娅继续留在柯里尔，参加感化院举办的暑期课程。暑期课程结束之后，朱莉娅却还是没有勇气回穆拉比，所以她爸爸同意她干脆留在柯里尔把高中的课程上完。

来年，她申请上了当地的一所大学。虽然自从生了孩子之后，她有好一段时间没有再做蛋糕，但那几个月的练习，已经让她的技术熟练到可以在一家小面包店里打工，有了这份打工的薪水，她就能跟父亲共同负担她的大学学费。到了这个阶段，朱莉娅接受的心理治疗已经让她康复了不少，可以比较平静地面对回忆，不至于每次想起索耶的时候，就要在自己的手臂划出一道愤怒的伤口才肯罢休。这时候，她也想起了索耶曾经跟她说过的故事，那个看见妈妈烤蛋糕的小男孩，顺着蛋糕的香味回家的故事。这个故事成了一种象征，她的女儿遗传到了爸爸的甜食感知能力，于是朱莉娅开始希望有一天，她烤的蛋糕也能把女儿带到她身边。等到那一天，她要亲自跟女儿解释，为什么她必须放弃抚养她。至少，她希望蛋糕的香气能把她的爱传递给她的女儿。

不管她的女儿到底在哪里，她的爱都会传递过去。

将近二十个年头过去了，朱莉娅还是以这样的方式呼唤着她的女儿。想象着女儿正在世界上的某一个地方生活着，是支撑朱莉娅活下去的力量，如果不这么做的话，她实在不知道该怎么继续生活下去。

而索耶，竟然也过着她从来没想象过的生活。

她明白自己应该把这件事告诉索耶。

她以为过去在穆拉比的生活已经够糟了，但接下来的六个月大概会像在地狱般折磨人。

朱莉娅听到一阵轻轻的脚步声接近她的门口，她睁开眼睛，才惊讶地发现天色竟然已经暗下来了，天际间是一片蓝黑色，第一颗星星也升起来了。她站了起来，走向房间门口。

“朱莉娅？”是斯特拉的声音，“朱莉娅，你还好吗？你安静到让我有点担心，你是在等索耶离开吗？他已经离开了。”一阵沉默之后，“好吧，如果你有事找我，或是想找人聊聊的话，我就在楼下。”

她听见斯特拉走下楼的脚步声。

她把头靠在墙上，静止了好一会儿，然后才走出房间到了走廊上。她停在阶梯口的门前半晌之后，还是走进她自己的小厨房里。

蜂鸟蛋糕——打开厨房的灯时，她决定了接下来要做个蜂鸟蛋糕。那是用香蕉、凤梨、胡桃做内馅材料，上面铺一层香滑起司糖霜的一种蛋糕。

她要把这个蛋糕做得轻盈到像可以飞起来一样。她打开了厨房的窗户，飞到她女儿的身边去吧。

这辆车的配备竟然还是八声道卡匣式的播放器音响。

方向盘非常巨大，几乎就跟装在邮轮上的舵差不多大。

汽车内部有股咳嗽药水的味道。

埃米莉爱极了这辆车。

隔天，当汽车维修员把车子送回来的时候，埃米莉迫不及待地坐上了驾驶座，但很快她就发现，她根本不知道自己想去哪里。她越是仔细考虑，就越发现自己其实并不想离开穆拉比。不过她绝对不会告诉任何人，绝对不会让任何人知道她不想离开穆拉比。在这个妈妈曾经犯了一大堆错，再也不回来的小镇里，她竟然很奇怪地开始有种莫名的舒适感觉。在波士顿的达尔茜，给她的人生设下了一种几乎不可能达到的高标准，埃米莉觉得自己永远也不够努力、不够在乎别人、不够全心付出，有时候，埃米莉很讨厌那样的标准，用那么高的标准审视自己，只是更让她觉得自己是个很糟糕的人而已。但结果她却发现，就算是妈妈自己，也没有办法达到那种标准。至少在穆拉比的时候她就做不到。

埃米莉一直坐在车子里，直到车内的温度太高了，她才下车。她不能到隔壁去拜访，因为朱莉娅一早就出门了；她也不想现在回到屋子里去，因为万斯外公正在午睡，而且她房间里新的蝴蝶壁纸让她觉得紧张，她可以发誓，那些壁纸上的蝴蝶绝对在动，但她真的不知道它们怎么可能会动。埃米莉漫无目的地走到后院去，树丛多年没有修剪过了，又密集又杂乱，从埃米莉站着的地方，几乎看不见后院里的小凉亭。四周张望了一下之后，埃米莉突然觉得，去追逐穆拉比之光的那天晚上，穿过了这片树林，竟然只有脚跟轻微割伤，实在是一件不可思议的事情。

她也想到，他们从湖边回来后，她就再也没有看见穆拉比之光出现在这片树丛里了，其实她有点失望。在这个充满奇异事情的小镇里，只要能够搞懂一件事情，她就觉得很安慰了。

埃米莉四处晃了一下，实在找不到什么事情可以做，所以她干脆动手整理后院。她捡起地上大大小小的枯枝，到车库里去找除草机，但是找不着，只找到了几把剪树枝用的大剪刀。所以她拿着剪刀回到凉亭边，开始修剪这些恣意生长的黄杨木树枝，还吓到了一只躲在树荫下的大青蛙。

埃米莉不疾不徐地修剪着凉亭周边杂乱的树枝，渐渐地，凉亭的柱子跟网格栏杆终于重见天日，而那只肥胖的大青蛙则一直跟着她。

她将一把大树枝抛到旁边地上的时候，有一枝小树枝掉到青蛙的身上，埃米莉笑了起来，俯身去把青蛙身上的小树枝拿起来，就在这时，她看到了——

一个大大的爱心，爱心里面刻着“D.S. + L.C.”。

这颗爱心就刻在凉亭中的一根柱子背面，很靠近地面的地方，就像湖边的那棵树一样。

她用手指轻轻地滑过这颗爱心的痕迹，罗根·科菲来过这个后院。她不知道为什么自己的眼光会突然移到树林边，只是觉得有种直觉要往那个方向看，但就在那儿，树林边缘的其中一棵树干上，又有一个相同的刻痕。

“D.S. + L.C.”。

她把手中的大剪刀放在凉亭的阶梯上，朝着那棵树走了过去。青蛙跟着她跳了几步之后，就停下来了。她看见稍远的一棵树上又有相同的刻痕，然后接着又一棵，这些刻痕连成了一道路标指示径，让人很难不跟着它们走下去。每隔三四棵树，就会出现一个爱心，里面刻着他们的姓名缩写，有一些比较难辨认，但埃米莉坚持在树林里跟着记号走，走了大概十五分钟之后，她终于走出树林，见到了阳光。

这就是那天晚上，她追着穆拉比之光，最后抵达的地方——小镇大街上的公园。

埃米莉望向演奏台，在演奏台的基底处，靠近阶梯的地方，又出现一个相同的爱心跟缩写。

她走向演奏台，蹲在那个刻痕前面，轻轻地抚摸它。

为什么这些记号会连接到这里来？难道是跟那天晚上，她妈妈把罗根·科菲带到这个演奏台上的事情有关系吗？

她又站了起来，环顾整个公园。白天的公园里到处都是人，有些在吃午餐，有些在做日光浴，有些则在跟他们的狗玩接飞盘的游戏。

突然，她看见了温·科菲。

他就在公园的中央，跟几个成年人站在一起，其中一个男人就是上次在湖边派对中负责烤肉那位高大男士。埃米莉上次还没有察觉，不过今天从那男人的深色头发、亚麻材质的夏装，还有正式的领结来看，他应该是温的亲戚。那些成年人指着街道上一个正在竖立起来的大型节庆招牌，但温的头却转向完全不同的方向，朝她看了过来。

不知道为什么，埃米莉立刻躲到了演奏台的后面，但她刚躲好就立刻后悔了。她是怎么了？在这么小的一个镇里，他们两个总不可能永远都不碰面，但是埃米莉不希望温以为她是在跟踪他。不过她现在一看见他就躲起来，岂不是让自己的举动更加可疑了吗？

她等了几分钟之后，才鼓起勇气挺直身子，准备走到演奏台的另一边去。这里可是个公共的公园，她绝对有权利出现在这里，就跟温一样。

她才走到演奏台的另一边，就忍不住惊呼出声。

温就站在这里，面对着她。他的一边肩膀斜斜地靠在演奏台的柱子上，双手轻松地插在口袋里。

“你是在躲我吗？”他问。

“没有啊，”她不假思索地回答，“我是说，我不知道你在这里，我甚至也不知道我会在这里，我在外公家后院看到了这个符号，就一路跟着它们，不知道怎的，就通到这里来了。”她指着那个爱心刻痕。

温的身体一动也不动，只把视线往下看那个爱心：“镇上到处都有这个符号。我叔叔过世之后，我爷爷曾经想把所有的刻痕都磨掉，不过很快他就发现这些刻痕多到他根本磨不完，还有很多是他根本就找不到的。”

“达尔西·谢尔比和罗根·科菲，这是他们姓名的缩写吗？”

温点点头。

“不管别人怎么想，但她真的不是这个人。”埃米莉又指了指那个符号，脱口而出，“她离开这里之后，就再也不是这个人了。”

“我知道。”温说。埃米莉睁大了眼睛，温只是耸耸肩膀：“我们上次碰面之后，我上网搜寻了她的名字，找到好多关于她的资料，我看到她在波士顿帮忙募款创立的学校，也在学校的网站里看见你的照片。”

这句话令埃米莉有点坐立难安，双颊都发热了。她希望网站上放的不是圣诞节募集食物那个活动的照片，那张照片里的她，表情看起来像便秘一样，但学校纪念文献中就总是会挑中这种照片。埃米莉跟妈妈抗议过这件事，但妈妈只是说：“不要计较这种没意义的事情，你的外表怎么样并不重要，重要的是你的内在。”埃米莉一直觉得她妈妈一定不了解青少年的心态。

“你对我的了解，远超过我对你的了解。”好一会儿之后埃米莉终于开口，“这样不公平。”

温微微倾身向前靠近她，她的心立刻感觉像漏跳了一拍，重重地震动了一下。他的目光移到她的嘴唇上，她忍不住猜想温是不是要吻她。更疯狂的是，即使发生了那么多事情，她心里深处似乎有某一小部分，希望他真的亲吻她。

“这么说，你对我的事也感到好奇吗？”他问。

“当然，”埃米莉诚实地回答，“尤其是为什么只不过在晚上出门，竟会让你叔叔自杀这件事。我妈妈在这里的时候也许并不是个非常好的人，但到底是什么样的秘密，严重到必须自杀呢？”

埃米莉说这些话的时候并没有多想什么，但温听到之后，立刻往后站直了身体，仔细打量着埃米莉：“看来自从我们上次谈过之后，你已经知道了不少事情。”

“我外公说他不告诉我，是因为他觉得我还是不要知道比较好。他对于你自己跳出来，把我妈妈的过去都告诉我，似乎不是很高兴。”

“是吗？那你自己觉得呢？”

“我还是爱我妈妈。”

他犹豫了一下，他从来没想过自己说了那些话之后，竟然会有这种结果，这不是他想要的："我告诉你那些事情，并不是要你去讨厌你妈。真的很抱歉，我只是想要帮忙而已。"

埃米莉不由得开始怀疑，温到底是想要帮她，还是想要帮他自己。"晚上出门到底有什么大不了的？"埃米莉突然问，"我的意思是，你晚上也会出门啊，不是吗？"

"不会。"

"不会？"埃米莉真的吓了一跳，"为什么？"

"就算我告诉你，你也不会相信的。"

"这你已经说过了，但你怎么知道我不会相信你？"

温用一种难以形容的眼神望着她，这种眼神让她觉得全身的每一根神经都绷紧了，好像有人突然从后面冒出来吓她一跳，她甚至觉得连空气都仿佛微微地但很突然地抽动了一下，像人被吓到时倒抽一口气的感觉。"小心你在期待的事情。"他说。

"温，你在这里做什么？"那个穿着打扮跟温很相似的高大男人突然从演奏台前面走过来。他的体积很庞大，但不是胖，他身上有雪茄和洗衣粉的香味。他望向温，温的身体立刻像被一条憎恨的绳结捆住了一样，一动也不动。然后他转向埃米莉："噢，"他说，似乎一下子便理解了所有事情，"你一定就是埃米莉·贝内迪克特吧？"

"是的。"

他露出了一个相当有礼貌的微笑，仿佛很开怀似的露齿而笑，但从他的眼中却完全感觉不出一丝丝的诚意："我是摩根·科菲，穆拉比的镇长，也是温的父亲。没记错的话，上星期六我好像在我女儿的生日派对上见过你，但我不记得我们有邀请你。"

"我并不晓得必须受到邀请才能参加那个派对，真的很抱歉。"

"好吧，那么，"他伸出手，埃米莉也伸出手跟他握手，他的力量大到仿佛要把埃米莉的骨头都捏碎了，"欢迎来到穆拉比。"

"谢谢。"埃米莉一面说着，一面试着想把手抽回来。

他却没有放开，反倒是将她的手举了起来，视线停留在她手腕上的银质新月手链上。"你怎么会有这条手链？"他以严厉的口吻问道。

埃米莉更加用力地把手抽了回来，用另一只手盖住了手链："这是我妈妈的。"

摩根·科菲讶异地瞪大了眼睛："这是我爸妈结婚的时候，我爸送给我妈妈的手链。"

埃米莉摇摇头，觉得他一定是搞错了："也许只是一样的款式而已。"

"那条新月手链上刻着一行字：带你从黑暗走到光明的至爱。"

埃米莉根本不需要看，虽然那行字几乎要被磨掉了，但的的确确是刻在手链上的。她的眼泪几乎夺眶而出："对不起，"她脱下手链，递给摩根·科菲，感觉心像被撕裂了一样痛，好不容易才说出一句话，"一定是她偷来的。"在她知道了那么多妈妈过去做的事情之后，实在没办法再多辩解些什么了。

摩根嘴角的肌肉不自在地抽动了一下："她不是偷来的。温，我们走。"说完，他就转身离开，连一个字也没多说，也没有把手链拿走。

温看着他走远的背影，对埃米莉说："老实说，刚刚的状况比我想象中的好多了。"

埃米莉把脸转开，眨了眨眼睛，让泪水快点消退："我不想知道你想象中的状况会有多糟。"

温露出微笑，走到她面前，接过了她还紧握在手掌中的手链，帮她重新戴上。

他的手还是一样那么温暖，而且被他触碰过的肌肤，都依然可以感觉那股热度渐渐地扩散开来，那种奇异的安心感觉又出现了，埃米莉深深呼吸，眼泪也消失了。他到底是怎么做到的？埃米莉心里充满了警戒，却又好享受他的温柔。

他替埃米莉戴好手链之后，抬起头望着她的双眼。他的手还握着她的手腕，埃米莉必须很努力让自己站稳，不要颤抖。

"这个周末的烤肉节游园会，我们会再见面吧？"

关于这个活动，朱莉娅也问过她，但埃米莉当时还没有决定到底去不去。现在，她有肯定的答案了："会的。"

"我们是朋友吧？"他问，语气听起来像是在邀请她去做什么冒险的事情一样。他的存在让埃米莉觉得有勇气站在那里，有勇气面对他，她实在不知道为什么会有这种感觉，她以前从来没有觉得像现在这样充满勇气过，但她现在真的觉得，她可以自己替自己的未来做决定。

她点点头。“我们是朋友。”她说。

索耶下班回家，把车开到自己家的车道上时，突然看见朱莉娅坐在他家门口的阶梯上，大腿上放了一个白色的蛋糕盒。他从来不晓得朱莉娅竟然知道他家在什么地方。不知道为什么，看到她在那儿，索耶突然觉得自己对她来说应该很重要才是，但这说不定也只是他自己一厢情愿的幻想而已。只要提到朱莉娅，很多事情都像是他自己单方面的一头热，不过看到她坐在那儿，至少证实了刚刚他在路边看到的车子是她的，没错。那辆黑色小货车停在几个街口以外的路边，他经过的时候，还在想这辆车真像朱莉娅的车子，现在确定了是她的，没错。但他不明白为什么朱莉娅要把车子停在那么远的地方，难道是不希望别人看到他们俩有联系吗？

他把自己的凌志车停在车库门口，熄火，然后提着公文包下了车。索耶家的家族事业是房屋中介，目前他们的事业版图已经逐渐扩张到邻近的几个小镇，而他今天一整天都在查看有可能成为他们客户的地点。在穆拉比，绝大部分的房屋都是科菲家的资产，因此长久以来，他们家唯一的客户，就是科菲家族的人。他爸爸一开始很不愿意接受将事业版图扩张，甚至连思考这种可能性都不愿意，索耶花了好长的时间跟爸爸抗争，让他接受这样的改变，到了现在，他们的生意好得已经在考虑是否要多开一家分公司了。

他走向朱莉娅，她站了起来。她今天穿了一条蓝色牛仔裤，以及一件深蓝色的乡村风上衣，上衣领口的绳结敞开着，她褐色的大眼睛、浅褐色的头发在午后的阳光底下闪闪发亮，整个人看起来既温柔又美丽。他没看见那撮粉红色的发丝，不禁产生了一种奇怪的冲动，想上前去找出来。他一直都迷恋着朱莉娅，就像充满好奇心的人被未知的事物深深吸引一样，他就是如此深深地被朱莉娅吸引着。但他过去做了许多“了不起”的事情，彻底毁掉了他可以接近朱莉娅的所有机会，而且是他在十六岁的时候，就已经完成了这么“了不起”的成就，他真的觉得自己应该值得获颁一个奖项或纪念杯，以纪念“史上最久的后悔”。

他跟朱莉娅在一起的那天晚上，是他多年来的美梦成真。在那一晚之前，朱莉娅对他而言，一直都是个美丽的梦想。他是学校里最受欢迎的那群特权分子之一，而朱莉娅则是最难接近的那种怪异学生。他从来没想过自己会有机会可以和她在一起，所以他老是保持着距离，在远远的地方看着她。那个晚上，是他所设想过的所有美梦都成真的一晚，虽然感觉有点悲喜交加。那天晚上他所说的一切，都是真心的，都是早就在他心里回荡过千百遍的话。但青春期就是这么一回事，好像处在一个黑暗的环境中，只能看清眼前的那一步，接下去的一切都是一片未知。因此隔天朱莉娅离开了学校之后，索耶就开始担心害怕。他和霍莉之间的关系，不只是双方的父母亲，甚至整个学校的人都认可了。而且那个暑假，发生了达尔茜和罗根的事情之后，整个小镇的人都开始用怀疑批判的眼光，重新看待达尔茜以及她的那群朋友。索耶感到不安，只想紧紧抓住他拥有的一切，而他从来都不曾拥有朱莉娅。他想握住她，可是那就像想握住水一样，她会从指缝中流失，张开手掌，还是什么都没有。她既可爱又奇怪，且难以捉摸，她拥有一切他所没有的特质，他完全不知道该拿她怎么办。当她打电话来说自己怀孕了的时候，他的回应简直是恶劣透顶，他每次回想起自己那时的回应，都觉得像在看电影一样，他唯一能想到的回应方式，就是竭尽所能地撇清关系。那个说话的人根本就不是他，那是他自己的邪恶面，一个不负责任的坏男孩叫一个不知所措的女孩去堕胎，只因为他不想承担自己行为的后果。

但他终究还是必须面对后果，命运就是有办法像这样反咬你一口，在你想象不到的地方尝到报应。他一直以为自己已经走出来了，一开始是跟霍莉在一起，再来则是把注意力都放在家族事业上面。但从朱莉娅回到小镇的那一刻开始，他才终于了解，他根本就还停留在原来的地方。

他只是一直在等待。

等她回来，等她原谅他。

“我以为你并不知道我住在哪里。”他走上阶梯，朝她走了过去。

“我的确不知道。有人告诉我，你在加里夫路上有一栋大房子，我以为你住在那里，但是斯特拉告诉我，那里是你跟霍莉以前住的地方，离婚之后，你就自己搬到这里来了。”

“实际上，那栋房子仍然是霍莉和我共同拥有的，”他停在门廊上，站在朱莉娅的面前，“她搬到罗利之后，我们就把房子租出去了，收到的租金平分。”

“你为什么不干脆继续住在那里？”

“那栋房子太大了。那是我的家人给我的结婚礼物，有五个卧室，强烈暗示我们要生孩子。”

“哦。”朱莉娅不太自在地回应。

“你不必觉得尴尬，我已经渐渐习惯了，不会再觉得难受了。”

朱莉娅用一种不相信他的眼神看了他一眼，然后立刻转换话题，把蛋糕盒用力推到他面前。“这个蜂鸟蛋糕是给你的，”她说，“我昨天晚上做的。”

索耶放下了公文包，接过了蛋糕盒，一脸震惊：“你真的为我做了蛋糕？”

“别那么快就开始感动，我有一件事要告诉你，嗯……其实不止一件事，不过最重要的事情改天再说。”

改天——这真是个耐人寻味的词。而且让他觉得充满希望、振奋不已，他实在无法克制自己的兴奋之情。“改天”，就代表还有下一次见面，他还有下一次机会可以跟朱莉娅相处。“所以，给我这个蛋糕是因为要安抚我吗？”

“给你这个蛋糕是因为你喜欢吃蛋糕。”

他做了一个请她进门的手势。“请进。”他说，一面因为可以邀请她进他的房子而开心不已。仿佛只要朱莉娅跨过了他家的门槛，他的人生就又建立了一个重大的里程碑，迈入另一个新的阶段了一样。她就会变得跟他更加亲近，他就离得到她的宽恕更近了一些。

朱莉娅却摇摇头：“不，我的车子没有油了。”

“哦，难怪你把车子停在那么远的地方。”

她点点头：“我只是在等你回来，把蛋糕给你，跟你说几句话，然后我就要走路去加油站了。”

“我可以载你过去。”

“不用了。”她用轻蔑的口吻回应。她一点都不想从索耶这里得到什么，但索耶却想从她这里得到越多东西越好。“我的确是因为你才做蛋糕的。不对，是‘我是因为你才开始做蛋糕的’。这就是我要告诉你的事情。”

索耶没想到她会这么说，他着实吃了一惊。

她将手插到牛仔裤口袋的最深处，使得她的肩膀耸起了一些：“你还记得你告诉我，你妈妈烤蛋糕的时候，你总是可以‘感觉’到蛋糕的故事吧？我非常喜欢那个故事，从我离开学校之后，我就开始自己学做蛋糕了，整件事的始末就是这样。重点是，在我的人生遭遇那么多悲惨事情的那段时期，是你给了我一些美好的事情，给了我一些支持我的力量。等我回到巴尔的摩，我准备开一间自己的烘焙坊，这一切都是因为你才开始的。”

索耶突然觉得，朱莉娅愿意告诉他这些，实在是太慷慨了，相形之下，他实在是非常卑微："除了痛苦之外，我什么也没有给过你，你怎么还能把这一切归功于我？”

“因为我已经学会用正面的态度来看事情。”

他真的不知道该说什么才好，踌躇了一会儿之后，才说："这还不是最重要的事情吗？”

朱莉娅露出了微笑："对啊。”

一方面，他真的很想知道最重要的事情到底是什么，但另一方面，他又希望可以留到以后再说。他可以怀抱着好奇心，永远活在这种期待之中，只要一直能这样跟她相处下去，他就愿意忍受。

他将蛋糕盒子转向自己，打开盒盖。是蜂鸟蛋糕，他爱极了蜂鸟蛋糕。他现在所能做的唯一一件事，就是克制自己不要立刻把手插进蛋糕里。小的时候，妈妈会故意把蛋糕藏起来，但他总是能找到，他就是没办法克制自己。那个年纪，他还没有发展出强烈的意志力，来抗拒这种欲望。他这种对甜食的知觉能力，是遗传自爷爷的，也因为如此，他跟爷爷特别亲近，比家族里的任何一个人都还要亲密。爷爷教会了他如何把这种能力关掉，在经过了无数次胃痛的折腾练习后，他终于学会了。

爷爷也告诉他，并不是每一个人都可以看到他所看到的东西，所以一定要小心，不能随便告诉别人。现在，索耶大部分的时间都把这种能力关上，除非是他很累，或是注意力不能集中的时候，他才会不经意地看见那种银色闪闪发亮的“味道”，从别人家的窗户飘出来，或是从小朋友的午餐盒中，看见闪闪发亮的香味缓缓飘过来。他只有在每个星期四晚上，朱莉娅在楼上做蛋糕的时候，才会有意识地打开这种能力。虽然朱莉娅一直躲着他，但他还是可以看见她做出的蛋糕的香味，她的手艺好极了，味道看起来也格外美丽。他会因此觉得精神振奋，全心地享受她的蛋糕香味。

“关于我这种甜食感知能力，我只告诉过你一个人。”他说，这个能力就连霍莉也不知道。

“我真不想打破你的想象，但这个秘密已经传出去了。”

他把蛋糕盒盖盖上，以免被这种欲望给打败了。他摇摇头：“嗯哼，没有用的，你可以尽你所能地说些尖酸刻薄的话，不过我们两个都很清楚，你对我还是有温柔不设防的一面的，你刚刚已经承认了。”

“如果你敢说出去的话，我会坚决否认的。”

“好啦，”他说，感觉自己像一朵棉花般轻飘飘的，“我载你到你的车子那边，我的车库里面应该还有一些汽油。”

“不用了，我……”

但他已经拿起了公文包，走下阶梯了。

他把蛋糕和公文包都放在汽车后座，再把汽油桶放进后备厢，都弄好之后，朱莉娅仍站在车道上，似乎相当局促不安，但也因此更显得她可爱。

索耶替她打开了前座的车门，她只好叹了口气，坐上车。

索耶坐上驾驶座，发动车子时，朱莉娅故意假装忙着玩他车上的导航系统，她将目的地设成高速公路旁的法兰克马桶世界，索耶只是微笑着。

不顾导航想引他们去马桶世界，几分钟之后，他们到达朱莉娅的车子旁边。他们下了车，索耶帮她把汽油装进油箱里，她向他道谢，但还没来得及上车，索耶突然又说："今天晚上和我一起吃晚餐吧。"

她摇摇头："这样不好。"

"拜托，你在这里的日子只剩下六个月了，至少要享受一下。"

她嗤之以鼻："所以你现在是在邀请我跟你一夜情吗？"

"当然不是啊！"他说，假装吃了一惊似的，"我是说在餐厅吃晚餐，是你自己想歪了，想到卧室里去了。"

她露出微笑，这反应让他大感愉悦。从她回到穆拉比开始，这是第一次她没有表现出随时准备开战的姿态。索耶很自然地伸出手，轻轻摸了摸她的头，然后用指尖滑过她的发丝，去找那一撮粉红色的头发。他常常在想，为什么朱莉娅还是坚持染一撮粉红色的头发，这一定是跟十几岁时那满头粉红色头发的她有关系，但到底是她对那个时期的一种纪念呢，还是一种警示，提醒她绝对不可以再回到过去？

他的视线移到她的双眼时，很惊讶地发现她的眼睛原来这么大，而且她还一度看着他的嘴唇。

她以为他想要亲吻她。

而且她竟然没有闪躲。

他突然一阵血脉偾张，心跳的声音震耳欲聋，他低下头，吻上了她的嘴唇。

抚摸她、亲吻她，这些感觉都还清晰地留在他的记忆中，他们两个之间有种强烈的化学反应。老天，他几乎可以感觉得到，她的内心里有什么东西正在瓦解，她对他毫不费力地敞开心胸了，他还记得那天晚上在足球场旁，她是那么心甘情愿地将自己献给他，现在的感觉，就跟当时一样。他也还记得，当时他心里想着：这女孩一定是爱着我的。

他抬起了头，一脸诧异。

“我得走了，”朱莉娅慌乱地说，尴尬得不敢看他的眼睛，“谢谢你的汽油。”然后她很快地打开车门，进到车子里。

她的车子开走之后，索耶仍然呆站在原地，好一会儿都没动一下。

发生了什么事？他想着。

刚刚到底发生了什么事？

多年以前，穆拉比小镇的周围都是用来养猪的农地。在那段贫瘠荒芜的时期里，整个北卡罗来纳的乳酪业几乎瘫痪，乳牛的乳品产量少得可怜，因此养猪业就取而代之，开始兴盛于北卡罗来纳。就跟整个北卡罗来纳的许多小镇相同，穆拉比的居民烹调猪肉，也喜欢用缓慢而讲究的窑烤方式，很快，这种特殊的料理方式就成了他们与众不同的特色。这个烤肉纪念日，一开始只是星期天的传统活动，后来成了一种社区的象征，最后成了一种艺术形式的节庆，属于北卡罗来纳的一种传统艺术，一种就算是再体力充沛的大男人，也会被这种活动累垮的艺术节庆。

猪肉交易在这个地区曾经一度非常繁荣，交易的距离甚至远达田纳西州，但随着时代发展，这些农田和商业活动也渐渐消失了。原本的农地变成了民宅和百货商场，接着，州际公路的兴建让各州之间的交通联络顺畅，因此带来了许多新进人口，相对地也带走了许多记得这个传统的人。到了现在，举办这个节庆的原始意义已经消失殆尽，这个烤肉节只剩下了漫无目标聚集在一起的居民、没有感情与回忆的传统活动，以及一个全穆拉比居民在每年这一天都会梦见的相同梦境。

在穆拉比烤肉节的清晨，一阵雾气会飘荡在空气中，钻进每个家庭的窗户、钻进每个人的梦里。它会这样低声说着：醒来之后你就会忘记，但现在你必须知道，而且引以为傲。

这是你们的传统。

烤肉节这一天一大早，斯特拉比朱莉娅早了好几个小时出门，斯特拉把这一天当作她尽情享乐、卖弄姿色的日子。她通常一大早就会出门，不到隔天早上是不会回家的。有时候朱莉娅会忍不住替她担心，在过去的一年半里，她渐渐地变得非常了解斯特拉，斯特拉可以说是她见过的人里最拼命想尽办法让自己快乐的人。

现在的斯特拉，跟高中时候的她有非常大的差异。那时候的斯特拉，是个非常爱炫耀的女孩，她跟达尔茜·谢尔比是形影不离的挚友。当时她开着一辆闪亮的黑色宝马，和她那一头黑色长发相衬。朱莉娅还记得当时就听说过斯特拉的妈妈是个设计师，她妈妈住在罗利，斯特拉和爸爸两个人住在穆拉比。她妈妈将斯特拉的房间装潢得像间电影院一样，设备完整到有小型的电影银幕和爆米花制造机，这个房间甚至还被刊登上设计杂志过。当朱莉娅回到穆拉比的时候，发现斯特拉竟然还住在小镇里，她真的非常惊讶。朱莉娅一直都觉得，那些有钱人家的女孩们毕业之后，应该都会搬到别的地方去，过着奢华享受的日子，毕竟她们什么都有，可以更上一层楼的机会多的是。既然一个人可以拥有这么多东西，为什么要浪费这一切呢？为什么愿意屈就于次等的事物呢？

后来她发现，斯特拉的问题出在遇人不淑。就像任何人都听过千百遍的老掉牙的故事一样，她的前夫欺骗她的感情，还挥霍无度地花光了她的家产。这些事情使得斯特拉渐渐变成了一个不再执着、对自己的事情总是一笑置之的女人，她在花店里工作，住着几乎快负担不起的房子，总是直接就着酒瓶大口喝酒。有时候朱莉娅会想，如果能让斯特拉重新选择，她到底是会用学到的经验继续过现在的生活，还是会宁愿回到过去，回到那个拥有一切、人人称羡的女孩？

不过，朱莉娅从来没有问过斯特拉这个问题，毕竟她们的过去是个非常敏感的话题，这也是她没有把索耶吻了她的事情告诉斯特拉的原因，虽然她很想告诉斯特拉。她没有把这么私密的事情告诉斯特拉，说明了在她的心中，她们两个的友谊并不如斯特拉所想的那么亲密。这一点让朱莉娅有点难过，虽然她并不清楚难过的原因何在。她就是不想跟穆拉比的任何人变得亲密，她真正的人生是在巴尔的摩。

朱莉娅走到万斯家，要带埃米莉去参加烤肉节游园会的时候已经接近中午了。她敲了敲门，立刻就听见埃米莉的脚步声，非常热切且快速地冲下楼，这很不符合她平时优雅的举止，朱莉娅立刻起了疑心。

埃米莉跑出家门，万斯随后跟了出来。

“你确定不跟我们一起去吗？”埃米莉开心到几乎是跳着问外公的。

“确定。”万斯说，“你们两个玩得开心点。”

埃米莉蹦蹦跳跳地跑下了前廊的阶梯，万斯和朱莉娅同时望着她的身影。

“我会在天黑以前带她回来，”朱莉娅对万斯说，“我们也会带一些好吃的东西回来给你。”

“朱莉娅，你真的是太好了。你看她是不是兴奋得有点过头了？”埃米莉穿过庭院的树丛时，万斯这样对朱莉娅说。

“是啊，”朱莉娅若有所思地说，“的确。”

“因为有烤肉吃就兴奋成这样，这孩子可真像我。”万斯停顿了一下，似乎在重新思考自己说的话，“我的意思是，其实应该也不是因为我的关系，我希望她开心，不过——”

朱莉娅把手放在万斯的手臂上：“万斯，她的确很像你，而且像你是件好事。”

埃米莉站在人行道旁，等到朱莉娅走过来时，埃米莉问：“他为什么不来？他明明就很喜欢吃烤肉。”

“万斯不喜欢去人潮拥挤的地方。”朱莉娅回答，然后跟埃米莉一同出发往小镇大街上去。

“我想我大概是已经习惯了，所以有时候会忘记。”

“这么说来，你在这里适应得还挺不错的。那么，你们两个现在相处的状况如何？”

埃米莉耸耸肩膀，不太专心地回答：“还好吧，我想。比之前好了。”

“那就好。”

她们抵达小镇大街上时，朱莉娅看得出埃米莉似乎有些被吓到了。第一次来这个节庆活动的人通常都会很吃惊，因为穆拉比是个很小的城镇，大部分的人都会认为这个游园会的规模应该也很小。但实际上，穆拉比的烤肉节游园会是整个美国东南部规模最大的，吸引了全国各地的民众来参加。小镇大街在这一天会有交通管制，不准车辆进入，整条街上都是搭着白色帐篷的摊贩，一眼看不到这些摊贩的尽头，却能看见最远处搭起了一座高大的摩天轮。空气里弥漫着浓浓的烤肉香味，像身处在一个大烤箱里。

她们走进了拥挤的小镇大街，在人群之间左右穿行。沿路她们经过了无数个卖烤肉的摊贩，这些烤肉正是这次节庆的主角。摊贩的桌子上，摆满了一排排烤肉汉堡。“要加酱？不要加酱？”“汉堡里要夹生菜吗？”“要不要再来一份玉米饼？”小贩的叫卖声不绝于耳，几乎每个路人的手里都拿着一个用锡箔纸包着的烤肉汉堡。其他还有一些摊贩卖炸猪皮、烤玉米、香肠、炸蔬菜、炸糖果等各种小吃，当然还有漏斗蛋糕。除了卖吃食的摊贩以外，路上也有一些卖手工艺品的摊贩。

“我没想到这个游园会的规模居然这么大，”埃米莉一面说，一面左右张望，生怕漏看了什么似的，“在这种地方，要怎么找人哪？”

“你在找谁吗？”朱莉娅问。

埃米莉迟疑了一下：“没有，没有特别在找谁。”

虽然埃米莉这么说，但朱莉娅为了证实自己的臆测，还是故意将她带往最重要的表演舞台那里。整个游园会中，有好几个表演舞台散布在不同地方，大部分是在表演乡村音乐。而最重要的舞台则是在小镇大街的正中央，附近的人挤得水泄不通。

舞台的阶梯处聚集了一小群人，大部分是科菲家的人，男士们都戴着帽子，女士们则都穿着有腰带的轻便洋装。温头上戴着一顶硬草帽，这种帽子如果戴在其他相同年纪的年轻男孩头上，一定会显得很可笑。

的确，埃米莉的目光立刻就停留在温身上，而温好像能感觉到她的目光似的，就在她看见他的一刹那，也立刻回头朝埃米莉看了过来。他们两个人都没有朝对方移动，但那种彼此吸引的感觉却非常明显。

“为什么温……嗯……科菲家的人穿得那么正式？”埃米莉问，“我是说，比他们平时的打扮还要更正式。”

“因为他们是这个节庆游园会的主办者。六十年前，是他们家族的人开始举办这样的活动的，一年一度的节庆就像他们的孩子一样。他们会先在台上夸耀自己的成就，然后会当烤肉和派的美食比赛评审。”

温的爸爸看了看温，然后顺着他的目光看过来。他立刻就把温叫到身边去，同时，朱莉娅也把埃米莉带开了。

接下来的几个小时，朱莉娅和埃米莉在游园会中玩得相当尽兴，她们两个吃了一大堆食物，还买了纪念 T 恤，衣服上面写着“穆拉比烤肉节，猪肉令我狂野”。今天的花费，对现在的朱莉娅来说，是一种近乎奢侈的享受。因为她希望可以快点把餐厅的抵押款付清，所以大部分的收入都拿去支付欠款，只留了小部分的钱，给自己当作日常生活费。但今天这么开心，小小挥霍一下也很值得。

朱莉娅已经有好多年没有参加过烤肉节了，她的餐厅今天也在这里摆了一个摊位，但是她没有参与，餐厅经理自己把一切都搞定了。她还记得，爸爸以前有多喜欢这个庆典，有一阵子，朱莉娅也很喜欢跟爸爸一起来玩，她以为这个节日对她来说已经没有任何吸引力了，但看着埃米莉眼里的兴奋之情，也让她心情很好。这么多年来第一次，她觉得自己其实很想念这里的某些东西。

当她们终于走到小镇大街尽头那个搭起很多临时游乐设施的地点时，两个人都已经又累又满头大汗，但还是非常开心。

时间已经接近傍晚了，所以她们打算去乘坐几种游乐设施，吃个冰激凌，买一些食物给万斯，然后就回家。

但就在这时，索耶出现了。他穿着卡其裤和 Polo 衫，在人群中弯弯曲曲穿梭着朝她们走过来。朱莉娅本来想装作没看见，赶快拉着埃米莉离开，但是埃米莉已经先看到他了，她开心地叫道："是索耶！"语气就像看到什么五彩斑斓的珍奇鸟类，大家都必须停在原地观看似的。

当然，没有人能否认索耶真的是很吸引目光的人，但随着他越走越近，朱莉娅肩膀的肌肉似乎耸得越来越高，而且越来越紧绷。从星期二以来，她一直在躲着索耶，想要快点想出个对策来，没有了对索耶的敌意，她真的不知道该怎么跟他相处。这些年来，她怀抱着这样的敌意，就像拥有一个并肩作战的伙伴。可是现在，他那么轻易地就击退了她的敌意，而她还要独自把多年前那些事情的实情告诉他。她觉得自己好脆弱，像走在一条高空中的绳索上，下面却没有防护网，而那个吻，正是在告诉她，她有多么容易坠落。

他走到她们面前时，先给了朱莉娅一个热情如火的眼神，火热到她的脸都要红了起来，但他说出口的第一句话竟然是："希望你们玩得很开心。这一周以来，我车上的导航系统一直要带我去法兰克马桶世界。"

埃米莉大笑了起来。

"抱歉。"朱莉娅说。

“我觉得你很喜欢把我指引到错的地方去。”在朱莉娅还没来得及反驳之前，他已经转向埃米莉，“玩得开心吗？”

“我们玩得非常开心。”埃米莉回答。

“我们差不多要回家了，”朱莉娅说，“我们想再玩几样游乐设施，然后就回家。”

索耶太少遇到被拒绝的状况，不是很懂得处理这种状况。所以他干脆把这句话解释成邀请，而不是拒绝：“太好了，那我加入你们。”

“我们才不要收留你，”朱莉娅说，“你一定是跟别人一起来的。”

“我一个人来的，如果你是在问这个的话。我稍早碰到了斯特拉，不过她的随行人员是越来越多了，斯特拉就像一颗彗星，把沿路的太空垃圾都吸过去了。”

这番话让埃米莉又大笑了起来，但朱莉娅却不禁更加好奇了，她记得索耶告诉过她，他曾经和斯特拉上过床，于是她很认真地问：“难道你不想当斯特拉彗星的尾巴之一吗？”

“我被一个更美丽的生物给吸引了。”他说，凝视着朱莉娅的眼睛。

埃米莉清了清喉咙：“我看你们两个想要独处吧，不如你们两个一起去玩游乐设施如何？反正，我正好也想自己去逛一逛。”

朱莉娅立刻将视线从索耶身上移开，转向埃米莉：“这样不行。”她说着，甚至伸出手按住埃米莉的肩膀，想让她留在那儿。

“为什么不行？”埃米莉问。

“对啊，朱莉娅，”索耶微笑着重复埃米莉的问题，“为什么不行？”

“因为我答应过你外公我会看着你。”

“我不会有事的。”

“但是——”

“朱莉娅，”埃米莉非常理性地说，“我已经十七岁了，不是四岁。”

朱莉娅知道这次她说不过埃米莉：“那一个小时之后在演奏台那边见，就一个小时。”

埃米莉愉快地亲吻了朱莉娅的脸颊，朱莉娅没料到她会突然出现这种甜蜜的、像女儿一样的举动。“谢谢。”

“一个小时哦！”朱莉娅看着埃米莉逐渐消失在人群中的背影，又朝着她大喊了一次。她有种冲动，想去把埃米莉拉回来，她想保护埃米莉，不让她受到任何伤害，她还只是个孩子而已。

她终于转向索耶，索耶一脸疑问地挑了挑眉毛。

“她一直在找借口离开我，温·科菲整个下午都在看着她，而且我发现她也在看着他。”

“那是无可避免的，”索耶说，“不管怎么阻挡，他们两个就是会像磁铁一样互相吸引，越是禁止，诱惑就越大。”

“我不希望她受到伤害，她已经经历那么多事情了。”

“你真的很关心她，对吧？不过到目前为止，还没有发生什么事情，不是吗？温是个好孩子，况且，如果他真的敢欺负她，我是不会放过他的。”索耶说，稍微倾身向前，两个人的脸更加靠近了，“好啦！现在，我们来聊聊星期二的事情。”

“我有个更好的主意，”她说，“不如我们一起去前面那个‘欢乐屋’吧。”

索耶一脸的疑惑，问道：“这算什么更好的主意？”

“是欢乐屋啊，每个人都会喜欢欢乐屋的啊。”她说着，一面动身往那个小小的游乐设施前进。她也知道自己的话听起来有多莫名其妙，但是要谈星期二发生的事情，实在超前她的计划太多了，她还不知道该怎么应付。从她回到这里的第一天开始，她就知道索耶想要她，但是她必须先告诉他，他们还有个女儿，说出这件事后，可能一切都会改变。

索耶跟着她，买了两个人的票。他们进了欢乐屋之后，波浪形的地板让朱莉娅一下子失去平衡，跌到索耶的身上。索耶牵住她的手，带她走过这一个房间。大部分的孩子都留在这个房间，在木质的波浪间滑来滑去，因此当朱莉娅和索耶进入镜子迷宫时，迷宫大厅里就只有他们两个人。

她必须伸出手，才能够继续前进，到底哪里是走道，哪里是镜子的倒影？到底哪一个才是真正的朱莉娅？当索耶消失在她身后时，她很快地回过头去找他。

“你要去哪儿？”她大声地问。

“我也不确定。”他也大声地回应。

她转过头，想要跟着他的声音走，却差点撞上镜子。她顺着镜子走到转角，是一条走廊，她觉得索耶应该是从这里走过去了，墙上的指示闪光灯一点帮助也没有，感觉就像身处在一个迷幻的冰宫里面，耳边狂热的音乐听起来则像心跳声。

“如果你要我为了亲吻你而道歉，我可以照做。”索耶说，她看到了索耶的身影，但一瞬间又不见了，“但我得告诉你，我不是真心想要道歉的。我的确有很多事情应该要向你道歉，但这次可不是。”

在那里！他在那里！哦不，他又移动了。“站着别动，我才能找得到你！”朱莉娅说，“我不是要你道歉，只是……只是我就要离开了，这一点是不会改变的，如果你能接受的话，那……”

隔壁房间突然传来一阵嘈杂的笑声。“那……怎么样？”索耶问，“我就可以再亲吻你吗？”

“我不是那个意思，有很多事情是你现在还不知道的。”她说着，转过了一个弯角，却是一条死路，尽头是一面镜子，很像百货公司的试衣间，她退了出来。

“我懂了，”索耶说，“看来我真的把这种想法灌输到你的脑袋里了，‘你在这里的日子只剩下六个月了，至少要享受一下’，对吧？还是，这本来就是你的计划之一？等到剩下没多少时间的时候，享受最后一次，然后就离开？”

朱莉娅愣住了，她停下脚步。事情怎么会错得这么离谱？她可是想要为他做一点好事：“你认为我会这样做？”

“你上次一离开就是十八年，连回头看一次都没有，你到底有没有想念过那一切？”他的声音越来越远了。

朱莉娅快步地向前追去，她非赶上他不可：“那个一直往前走、从来没有回头看的人可不是我。而且，你怎么知道我从来没有回头过？难道你回头看了吗？没有！你根本没在看，你根本不知道我真正想念、真正后悔的是什么。所以，索耶·亚历山大，别再提了。”

“你说得没错，我全都不知道，因为你从来都不肯告诉我，你只想要独自霸占那一切。你唯一会敞开心胸的时候，只有你知道那关系只能短暂维持的时候；你唯一会让我知道的，就是你即将要离开我，不想跟我有关联，不想去处理我们过去复杂的关系。”

“你到底在哪里？”朱莉娅近乎绝望地大喊。

“我告诉你，你别想只维持短暂的关系。说真的，你根本就不在我真正希望你在的地方。”

“什么意思？”

“留在穆拉比，朱莉娅，然后你就会知道了。”

她听见开门的嘎吱声，然后紧接着又是关门的声音。

“索耶？索耶！”她又花了几分钟，继续找出路。她走进一道门，走进一个旋转的大滚筒里，她快速地冲过去，又穿过一架喷射机，但等她终于走到户外时，已经完全看不见索耶的身影了。

她真正想要说的是，在她把真相说出来之前，追求这样的一段关系可能并不适当。她告诉他之后，他可能会恨她。她并不是想跟索耶只有一夜情而已，但索耶却以为她是那样想的，而且他现在似乎想要取得这段关系的主导权，但是为什么呢？是为了想让事情照他希望的那样发展吗？短暂的关系？不管她是不是真想要一段短暂的关系，对索耶来说应该都像美梦成真一样，可是现在他却说除非朱莉娅留在穆拉比，否则他不可能和她有什么关系。

难道他真的觉得，这样束缚她是有用的吗？

从前她也觉得索耶给了她永远的承诺，但结果呢？却变成那样。

她朝着演奏台的方向走，心里充满了不满与愤慨。这样也好，那股敌意又回来了，反正她又不欠他什么，大可以就这么走开，没有什么好多说的。

哦，老天，如果她真的这样想就好了。

如果他没有亲吻她。

如果他没有跟她说……

她快要走出游乐园的时候，突然听到有人在叫她："朱莉娅！朱呜呜呜呜莉娅！"

她转过头，看见贝弗莉正朝着她走过来，脚下踩着双细高跟凉鞋。她的丈夫巴德·戴尔跟在她的身边，手里提了一大堆袋子，都是她的购物成果，看起来像一头驮着行李的骡子。

“贝弗莉，”她语气平淡地跟贝弗莉打了个招呼，然后转向贝弗莉的丈夫，“巴德，好久不见了，你好吗？”

“我很好呀，朱莉娅，谢谢你这么关心我，你真好。”巴德说话的语调有种奇妙的熟悉感，让朱莉娅不禁愣了一下，那种说话的调调就跟爸爸一样，是那种南方老好人的口吻。贝弗莉抛弃了她爸爸，但却又嫁了一个跟他很像的人。

“我有个天大的惊喜要给你。”贝弗莉说。

“是什么？”

“我现在没带在身上。”她说，朱莉娅实在不是很相信她，同时也在想巴德到底替她提了多少个购物袋，“不过我明天大概中午会过去找你，可以吗？真是太让我兴奋了。”

“当然，”朱莉娅准备转身离开了，“那再见。”

“朱莉娅，你为什么老是要表现出那种样子？”贝弗莉叉着腰问，“你为什么老是那么不开心？这样很不讨喜你知道吗？你为什么不好好装扮打理一下你的外表？别再留那怪里怪气的粉红色头发了，要对男人微笑，稍微裸露一点肌肤。”贝弗莉说着，稍微调整了一下她的深V领上衣，“哦，我知道你不想让人看见你的疤痕，但你跟男人上床的时候，他们注意的不是你的手臂，你懂我的意思吗？”

“谢谢你的建议。再见，巴德。”

“真的很开心见到你呀，朱莉娅。”她转身离去时，巴德说着。

“我真的很努力想当她的妈妈，”她听到贝弗莉对巴德说，“你知道的，把我的专长教她，但是我觉得她的性格不知道哪里有偏差，根本改不过来。”

朱莉娅强忍住内心的怒气，克制自己不要回头去跟贝弗莉吵架，像贝弗莉这种人，根本不配当她妈妈。朱莉娅继续走着，告诉自己再过不了多久，她就再也不必忍受贝弗莉，也不必再忍受索耶了。

他们两个人在过去的日子里，想过她为什么不开心吗？算了，反正回到巴尔的摩之后，一切都会好转的，虽然她也不记得在巴尔的摩的日子里，她是不是真的很开心。不过只要开了她自己的烘焙坊，一切都会改变的。

至少她不必留在这里。

埃米莉独自慢慢地走着，身边都是摊贩食物热腾腾的蒸汽，以及小孩的游乐器材发出的音乐声。她尽力让自己看起来不像在找他一样，上次他问她，会不会在游园会上碰面的时候，他并没有说想要花一些时间跟她两个人聚一聚，所以很可能他并没有那个意思，不过到现在都还没机会知道到底他是怎么想的。

今天一整天下来，其实她看见他好几次，但每次不是她被朱莉娅拉走，就是他被他爸爸叫走，都只是匆匆的一瞥。当索耶出现在她们面前，埃米莉真的是松了一口气，她终于有个完美的借口，可以离开朱莉娅，自己一个人活动了。不过，朱莉娅好像不是很想跟索耶独处，她还以为朱莉娅应该会很开心的。

大约走了五分钟以后，她决定往服务台的方向走，她最后一次看到温就是在服务台旁边，那时他正在替观光客指引方向。这么想着的时候，突然感觉到那熟悉的、温暖的手轻轻碰了碰她的手臂。

她转过身，微笑了起来。

温已经脱掉了外套，解下领带，袖子卷了起来，头上的硬草帽也不见了。他现在的打扮是加勒比海的凉爽风格，每次当风吹来时，他的领口就悠闲地摆动着。他微微低下头望着她，绿色的双眼散发着热情。

“嗨！”埃米莉除了这个字之外，脑袋里一片空白，想不出更好的开场白了。靠他这么近，让她的心里小鹿乱撞。

“你好。”他说。

“你注意到不知道是什么力量，让我们两个始终保持着二十英尺（约六米）以上的距离吗？我真不知道，当个朋友竟然会这么困难？”

他做了一个手势，示意他们两个应该继续往前走。“我想这就是我们不同的地方了，”他一面说，一面不太专心地回头看，

“我一开始就知道这很困难。”

“所以，你因此得到了勇气勋章吗？”

“抱歉，”他说，“我没有那种意思。我很开心终于有了一些可以跟你相处的时间。”

埃米莉情绪稍微缓和了一些：“温，我真希望我能搞懂你这个人。”

温的嘴角泛起了一丝微笑：“听到你这么说，真的很令人精神振奋。”

“哦，少来了，你的意思是除了我以外，每个人都了解你吗？”

他耸耸肩膀，使得肩膀上的衣服起了一些皱褶：“至少，穆拉比的每个人都懂。”

“你这么说，好像我还不知道被当作奇怪的人是什么感觉一样。”

“看吧，这就是我的意思。你住在一个奇怪的小镇里，但是到现在，你却还觉得很多事情都很奇怪。”

他们肩并肩地走着，不时会因为人群碰撞，而让彼此的手臂碰到一起。她喜欢这种自然发生的偶然碰触，否则跟温有关的一切，都好像要经过深思熟虑一样复杂。

“嗯，我很高兴我能让你的生活混乱了一些。”埃米莉说。温笑了起来。

他们走了几分钟之后，温突然拉住她，把她带到旁边一支队伍里面，匆匆地说：“我们来坐这个吧。”

“这个？为什么？”她问，但还是跟着他。有的时候，跟他在一起就像在参加一场游戏，一场她不晓得规则，也不清楚谁输谁赢的游戏。

“因为这个最近，”他说，“而且我爸在附近。”

埃米莉回过头，想看看摩根·科菲在什么地方，但她什么也没看见。温买了两张票，然后一起走上搭摩天轮的甲板，他们坐上紧接着来的空椅，服务人员替他们把安全护杆拉下来。

温把手放在她的座椅靠背上，随着座椅慢慢升起，他一直抬头看着天空。而埃米莉则是低下头，看着越来越小的人群。然后，她终于看见摩根·科菲了，他站在那里像尊石像一样，一动也不动，抬头看着他们两个，脸上是像幽灵一般恐怖的生气表情。

“他很快就会离开了，”温说，不过眼睛还是一样看着天空，天色已经有点暗下来了，“他不会想让任何人知道，他因为我跟你在一起的事情而生气。”

“你跟你爸爸是不是处得不太好？”

“我们在很多方面都很相似，但经常意见不同。比如说，他喜欢按照既有的模式来做事情，我就不同意。”

摩天轮停了下来，隔两个座位就是最顶端的位置。“这个星期以来，我一直在想你的事情。”埃米莉说，有点神情恍惚，不知道在想什么。

温终于低下头，将视线移到埃米莉的双眼，脸上带着一抹淘气的微笑："哦？"

"不是那样啦！"埃米莉说着，也笑了起来，笑得让他们两个的座椅在半空中摇摇晃晃，她才停了下来，伸手抓住前面的安全护杆，而温，他显然一点都不怕高，"我只是有些事情想不明白。"

"什么事？"

"你该不会是狼人吧？"

"什么？"他说。

她慢慢地放开了安全护杆，把身体往后靠在椅背上："我想了好久，你晚上不能出门应该只有两种可能：一种是夜盲症，一种就是狼人。"

"然后你选了狼人？"

"两个都有可能啦。"

温沉默了好一阵子，才终于说："那是一种传统，好几个世纪以来都是这样的。"

"为什么？"

"好问题，我想因为传统就是这样的吧。"

"你跟你爸在这件事情上也意见不同吧？"

摩天轮又开始动了。"没错，不过要违背长久以来的传统是一件很重大的事情。"他转向她，"在我要告诉你的事情当中，这一件是你最必须了解的。"

她突然精神一振："你要告诉我什么事情？"

"奇怪又不可思议的事情。"他用一种在讲故事的戏剧化口吻说。

"为什么？为什么你要告诉我？"

"我之前就告诉过你了，我们两个人之间是有历史渊源的。"

"严格来说，我们两个并没有。"埃米莉指出，"真正有历史渊源的，是我妈妈和你叔叔。"

"历史是一个循环。我们现在的状态，就跟二十年前的他们两个一模一样。他们的就是我们的，而我们的，也会变成他们的。"

"你好像已经很仔细地想过这些事情了？"

"是的，我是想了很多。"

摩天轮转了一圈，又停了下来，这次他们两个在摩天轮的顶端，座椅在半空中前后摇晃着，发出嘎吱的声音。埃米莉又伸出手抓住安全护杆。

温对她微笑："你会怕吗？"

"当然不会啊，你会怕吗？"

他望向远方的地平线："我喜欢在这个高度看东西。我知道事物在地面上看起来的样子，但我喜欢看到更远的地方存在的那种感觉，看看刚刚我说的那个循环之外，还有什么可能性。"

埃米莉完全没察觉自己一直凝视着他，直到他转过头来也凝视着她。他们两个人之间的气氛立刻就改变了，靠得这么近，她可以闻到他身上淡淡的古龙水味道，也可以看到他脖子上的皮肤有一些细小的汗珠。他的眼睛看向她的嘴唇，她的身体里顿时有股温暖又急切的感觉。她以前从来没有过这种感觉，好像如果这一秒没有发生什么事的话，整个宇宙就要爆炸了。

不过那个瞬间就这样过去了，他的胸口随着深呼吸而起伏着，同时将手从她背后的座椅上收了回来。

又转了一圈之后，摩天轮终于停了下来，服务人员替他们将安全护杆拿了起来，他们从座椅上下来，然后走下了甲板，两个人都没说一句话。

“对不起，但我得走了。”他终于说。

埃米莉还是感觉怪怪的，似乎有点陶醉却又有点刺痛：“好的。”

但他没离开。“我爸在转角的地方等我。”他解释道，“不管他想说什么，我都不想让你听到。”

“好的。”

但他还是没动：“而且天快要黑了。”

“你不想在我面前长出长毛跟獠牙，”她说，“我了解。”

他那一头深色的头发，因为潮湿而变得有点卷卷的，他用手滑过头发：“不，你不了解。”

“那就解释给我听，告诉我你说的那些……奇怪又不可思议的事情。”

温露出了微笑，好像这就是他想要听到的话，好像他计划了这么久，只为了听她说这句话。“我会的，下次。”他转身离开。

“等一下。”她叫道，他停下脚步，“我得问你个问题。”

“什么？”

她决定直截了当地说出口：“关于我妈妈做过的那些事，你会怪我吗？”

“当然不会。”他不假思索地回答。

“但是你爸爸会。”

他犹豫了一下：“我没办法跟他谈这件事。”

“我外公告诉我，我妈妈会生气，是因为科菲家的人不让她融入他们的社交圈，那也是她做那些事的原因。”

“故事的确是这样流传的。”他说，用一种突然且明显的好奇眼神专注地看着她。

埃米莉把头发塞到耳后，温的眼神一直跟着她的动作：“我只是想要跟你说……其实我并不生气。”

“你说什么？”

“你家的人不喜欢我，我可以理解，而且我并不生气。”

“噢，埃米莉。”他说。

“怎么了？”

“你让事情变得越来越困难了。”

“什么事情？离开吗？”

“那个也算。下次见？”

她点点头。她喜欢这种感觉，可以继续的感觉、有期待的感觉。他会做什么呢？他会说什么呢？她实在是太迷恋他了，为他着迷到有点过头了，但她就是没办法克制自己的感情。她想要适应这个小镇，而他就是能让她觉得她已经做到了。

“下次见。”他离开时，她这样说着。

埃米莉按照约定，回到演奏台去跟朱莉娅碰面，她感觉得出分开的这一段时间里，她们两个人的心情都改变了。她们替万斯外公买了一个烤肉汉堡三明治和一些炸猪皮，然后就走路回家。一路上，两个人都不太说话。

她们到达万斯外公家时，朱莉娅心不在焉地跟她道了再见，就转身离开。埃米莉看着她离去的身影，看得出她一定有什么心事。

埃米莉走进房子里，敲了敲万斯卧室折叠门旁的墙壁：“万斯外公，我回来了。”

当万斯打开门的时候，她才第一次瞥见他的卧室内部，看得出那个房间以前应该是客厅。窗帘拉下来，阻挡外面的热气进到室内，不过外面的光线还是透过生了锈的窗沿缝隙照进室内，感觉像是永恒的日落景象。看房间的内部，觉得闻起来应该会有股闷闷的味道，但实际上，房间里却有股淡淡的、甜甜的香水味，在空气中盘旋，像有个女人才刚离开这个房间似的。

房间里的墙壁上有一列列的架子，架上摆满了照片，照片里全都是同一个女人——一个金色头发的漂亮女人，有着跟埃米莉的妈妈一样的微笑，那一定就是她的外婆莉莉。只是，为什么都没有妈妈的照片？埃米莉不禁怀疑，外公到底有没有妈妈的照片。

她举起了手中锡箔纸包着的食物："我从游园会上帮你买了一些吃的。"

"太好了！我去厨房吃，你要一起来吗？"万斯走在前面，两个人都进到厨房之后，万斯却直接往洗衣间走去。埃米莉听见烘干机打开又关起来的声音，然后万斯走了出来。"好啦，你觉得我们这个小小的游园会好玩吗？"

埃米莉微笑："明明就一点都不小。"

"你跟朱莉娅去做了什么？"他走到吃早餐用的小餐桌旁，坐了下来，揉着他的膝盖，好像膝盖在痛。

"到处逛啊，吃了一大堆东西，她还买了这件T恤给我。"埃米莉走向他，把食物放在桌上，然后坐在他对面的位置。她从手中一个小袋子里拿出了她们买的那件衣服。

"哈！这件衣服真不错。"万斯看到衣服上的字，笑着说，"那你遇到跟你同年纪的孩子了吗？"

埃米莉犹豫了一下，才说："只有温·科菲。"

"嗯，这毕竟是他们家主办的活动。"万斯一面说，一面打开食物的包装袋，准备开始吃，"你还是得多认识一些同年纪的朋友，我记得我的朋友劳伦斯·约翰逊有个孙子，应该是……还在上中学吧。”

埃米莉有点搞不清楚外公的意思：“所以，要我去当他的保姆吗？”

“也对，他的年纪对你来说好像有点小。”万斯说，“现在才七月，学校下个月才会开学，这段时间你会很无聊。”他突然一脸忧虑地继续说了下去，“你妈的朋友梅里，她说会帮你办好转学手续，还有这里注册入学的手续，不过，为了保险起见，你想我是不是应该去跟学校确认一下？”

埃米莉最近太专注于这个小镇里的事情，几乎没有想到梅里，万斯这么一提，她有点惊讶：“梅里应该已经把一切都处理好了，她是个很谨慎的人，就跟妈妈一样。”埃米莉低下头，看着膝盖上的新衣服，“我之前念的那所学校，是妈妈帮忙募款建立的，你知道这件事吗？”

他点点头：“梅里跟我谈了很多，你妈妈过着相当了不起的生活。梅里也跟我说了很多你的事情，她说你参与过很多公益活动。”

埃米莉耸耸肩膀，过去的生活，现在回想起来既死板又沉重：“那都是学校的要求。”

“这里应该也有很多你可以去参加的活动，尤其是晚上，会有很多有趣的活动。”

即使是像外公平时这么神秘的人，她也知道他现在在想什么，他不希望她跟温有什么联系，她也了解他为什么要这样做。但同时她也在想，是否有办法可以改变这一切。她认为自己会来到这个小镇，最重要的目的，就是要修正过去的错误跟遗憾，就像她妈妈以前常说的：不要等待世界为你改变。她最近一直在想，过去这些年妈妈教她的生活方针，不管是直接教导她的，或是无意识间传递给她的都好，其实都跟在穆拉比的日子有关，跟过去她在穆拉比所学到的教训有关。埃米莉也开始了解，后来她妈妈变成那样的人，是一种对过去的赎罪。她年轻的时候伤害过许多人，年岁渐长之后，她转而开始帮助别人。但即使她做了那么多的好事，她仍然觉得不够，她从来没有满足于自己的成就。

万斯外公吃完之后，就起身把食物的包装袋丢掉，他再次走进洗衣间去检查烘干机。

埃米莉再也忍不住了，她一定要知道他这么做的原因。等到外公走出来，她就从自己的座位上站了起来，问："你为什么会这么做，一直去检查烘干机？"

他笑了起来，用一种恶作剧般的表情看着埃米莉："我就在想，你到底什么时候会问我。"他走到冰箱旁边，打开冰箱拿了两瓶七喜绿色汽水出来，把其中一瓶递给埃米莉，"我跟莉莉刚结婚的时候，有点不安。在她搬进来之前，我已经独居了好长一段时间，所以一开始，她做家事的时候，我自己都没有意识到，我会一直跟在她后面，看看她是不是照我以前的方式在做家事。其中最让莉莉生气的，就是每次她收完烘干机里的衣服，我还会再去检查一次，看看里面有没有漏掉什么衣服。”他沉溺在自己的回忆中，摇着头，“因为我太高了，没办法弯得那么低去看烘干机里面的东西，所以我都是用手摸。有一天，她把衣服收好放在篮子里，走出洗衣间的时候，我又进去检查，把手伸进烘干机里面……摸到一个凉凉又黏黏的东西，是她去后院抓了一只青蛙，故意放在烘干机里面，等我去摸。我吓了一跳，很快把手缩回来，还不小心跌倒了，然后青蛙从里面跳出来，我就这么看着那只青蛙跳出房间，经过莉莉的鞋子。她就站在门边，笑个不停。所以，我得到教训了。在那之后的好几年，她都会拿检查烘干机的事情来开我的玩笑，而我总是会在烘干机里找到她留给我的小礼物。”埃米莉打开汽水瓶，喝了一口，“她过世之后，我还是继续检查烘干机，我也不知道为什么，其实我从来没有在里面找到过什么，只是这样的动作会让我想起她。每次我觉得烦恼或焦虑的时候，我也会来检查烘干机，想看看她会不会留了什么信息给我。”

“我觉得这样好甜蜜，万斯外公。”埃米莉说，“真希望我认识她。”

“我也希望，她一定会很喜欢你的。”

他们在楼梯口互道了晚安，万斯就回到自己的房间里去，埃米莉走上楼，但走到一半就停住了。她迟疑了一下，然后往下走回洗衣间。

她仔细地研究了一下烘干机，仔细到甚至还伸长了身体，去看烘干机背后有没有什么东西。然后她小心翼翼地握住了门的把手，快速地打开烘干机的门，然后整个人往后退了一大步，好像害怕会有什么东西从里面飞出来扑到她身上似的。

她小心地往里面看，什么都没有。

走出洗衣间的时候，她差点都要取笑自己的举动了。到底是什么力量驱使她这么做的？

她到底是想找到什么信息呢？

几个小时之后，埃米莉缓缓地睁开了眼睛，不晓得自己到底是被什么东西唤醒的。她深深吸了一口气，吐出来的时候，不知道是不是她还意识朦胧的关系，看见吐出来的气是一阵蓝色的烟雾。她静静地瞪着天花板看，然后慢慢地清醒了一些，好像有什么东西不太对劲。她的房间平时没有这么暗的。

她入睡之前，阳台的门是开着的，月光可以穿过门照进房间里，在房间里投射出奶油白的光束。她转过头去看阳台的门，那扇她本来开着的门，现在关上了，连窗帘都拉了下来。

她吓了一大跳，感觉心头重重地震了一下，头皮也开始发麻，每一根头发都有被人扯住的感觉。有人进到她的房间里。她把手伸进枕头底下，关掉了 MP3 播放器，然后用手肘慢慢把身体撑了起来。

她知道那是他。他的存在有种独特的感觉，跟她认识的其他所有人都不一样。她可以感觉到他身边环绕着的那种温度仍在房间里盘旋。

她把耳塞式的耳机拿了下来，站起来，很快地走到电灯开关旁边。她打开了灯，天花板上的华丽吊灯射出的蜘蛛网般的光线，照亮了整个房间。

但是房里没有人。

房间的另一头，她看见有一张纸，穿过窗帘露出了一个角，那张字条夹在关上的两扇门之间。她很快地走了过去，把字条抽出来。

真的很抱歉，我今天必须离开，我真的不想那么做。你愿意跟我一起出去吗？今天早上，在松林湖旁的木板步道上见。

——温

埃米莉立刻打开了阳台的门，走到阳台上左右张望。

“温？”

一片寂静。唯一的声音只有螽斯的唧唧声，还有树叶随风晃动发出的沙沙声。

她的心仍在怦怦作响，又重又快，但现在已经不是因为害怕，而是一种难以言喻的期待。她已经有好长一段时间不曾有这种感觉了，这几个月以来，她都不曾真正期待过什么事情的发生……美味的食物、欢乐的生日、悠闲的周末。温让她记起了这些事情的感觉。

睡袍的边缘轻轻拍击着她的腿，身边的夜风充满了能量不停地吹拂着。她一点都不想移动，她不想让这种感觉消失。

过了几分钟，她听见引擎发动的声音。是朱莉娅停在她家门口的那辆小货卡车，车前灯亮了起来。埃米莉看着她的车发动，然后开走，消失在路的尽头。

看来，她不是这晚唯一一个无法入睡的人。

索耶一肚子火地打开了家门，这种凌晨时分，竟然有人疯狂地按电铃，把他从睡梦中吵醒，这个按电铃的邻居最好是有比家里着火更重要的事情。

门滑开来，索耶打开前廊的灯时，门也碰到了墙壁。

朱莉娅把手从索耶家的电铃上移开，打开纱门发出的尖锐吱吱声也随之戛然而止。

索耶用力眨了眨眼睛。“朱莉娅？”他问，想确认一下自己没看错。

“我得跟你谈谈。”

“现在？”他现在可一点都不迷人帅气。

朱莉娅翻了个白眼：“对，现在。”

他仔细地打量了一下朱莉娅。她没有换衣服，身上还是穿着跟在烤肉节游园会时一样的那套衣服：褪色的牛仔裤跟绣花的白色乡村风上衣。下午他应该要跟她一起待在那里的，但他当时很生气，她竟然以为他只是想要她的肉体而已，以为他只想要一夜情。当然他是想要，没错，他很享受肉体的接触，但是对于朱莉娅，他想要的不只是这样，他希望他们两个之间能有更崇高一点的关系。但是她却不允许。“你喝醉了吗？”他问。

“没有，我没有喝醉，我是在生气。”

“噢，那就好，不然我还以为真的要发生什么不寻常的事情了呢。”他往后退了一步，“进来吧。”这只是个非常自然的反应，他并没有多想什么，但当她走过他的身边，进到一片黑暗的客厅里面的时候，他才突然惊醒似的想到，朱莉娅现在在他的房子里，这不就是他一直希望发生的事情吗？但此时此刻，他却完全不知道下一步该做什么了。

屋子里唯一的光源来自厨房，晚上睡觉时，他仍会让炉子上面的那盏灯继续亮着。朱莉娅环顾房间四周，点着头，意思像是他家里的装潢完全跟她想象中的一样，好像房里有那种她不喜欢的气味，那种特权分子才会有的高贵气息。

“你来是要告诉我那件最重要的事情吗？”他问，但心里却有点不想知道答案，只剩下一件最重要的事情要告诉他，然后呢？她就再也不想跟他有任何关联了吗？

朱莉娅转向他，挑起了眉毛：“什么？”

“上个星期，你拿蛋糕来给我的时候，说你是因为我的关系才开始做蛋糕的，然后你说还有一件最重要的事情，改天才会告诉我。现在就是那个‘改天’了吗？”

“不是，这跟那件事没有关系，我为什么要因为那件事情而生气？”

“我怎么会知道呢？朱莉娅，只要是跟你有关的事情，我都搞不清楚。”

她开始在厨房里踱步。“我在这里的日子原本过得好好的，直到你上次那么谦卑地对待我，还差点说服了我，我差点就要相信你了。”她的语气充满了嘲弄的意味，“但你却因为我相信你而指责我！”

“你到底在说什么？”

“我在说你今天跟我说的话。”

索耶用手摩擦着脸颊，金色胡楂儿在摩擦之下发出细微的声音。“我想不起来，提示我一下。”

“你说我之所以愿意接纳你，是因为我就要离开了。然后你就把我一个人丢在那里！”

“啊，”他放下了手，“那个啊。”

“我根本就没有那么说过！而且，如果你留下来的话，我就会告诉你真正的意思了，但反正我是怎么想的也不重要了，因为，那又能怎样？”

索耶开始觉得现在并不是因为他刚睡醒，脑袋还不太清楚，才听不太懂她在说什么，而是她现在根本就已经语无伦次了。“你到底在说什么？”

“如果我单纯是因为要离开了，所以才接纳你，那又怎样？那对你来说有差别吗？从我回到这里的第一天开始，你就一直想跟我发生关系，现在却说我要离开是阻碍你这么做的原因？上次怎么就没有阻碍你？”

他的头开始发热，她的话触动了他内心深处的敏感地带。“我得郑重声明，你和我都清楚，如果我要跟你发生关系，我随时都做得到。”他朝她逼近了一步，近到他的胸膛碰触到她的胸口，“因为我太清楚要怎么做了。”

“那你现在做啊。”她说，拼命让自己看起来很勇敢，但声音还是微微地颤抖着。

“我也想要进到这里去。”他指着她的太阳穴。

“你已经在那里了。”

“那这里呢？”他指向她的心脏。她的心脏开始加速狂跳，“现在是生气、害怕，还是想要？”

她很快地往后退了一步：“你别想再这样对我。”

“怎样？”

“偷偷进到我的心里来，迷惑我，让我相信一切都是真的，以为我们会永远在一起。上次的事情，我花了好多年才走出来。所以你现在别想再拿‘永远’来迷惑我，你不要承诺我任何事情，我也不会给你任何承诺。所以你那句‘你根本就不在我真正希望你在的地方’是没有用的！你知道如果你只承诺陪我一个晚上，事情会变得有多简单吗？像那个晚上？你知道因为你让我以为你爱我，所以我有多恨你吗？”

“朱莉娅——”

“闭嘴，答应我就陪我一个晚上。”她说，“不要承诺说你爱我，不要叫我留下来。”

什么崇高的关系，谁管它。他立刻俯身靠近她，并开始吻她，他再也不想克制自己，一下子充满了激情，他立刻就投入这样的感觉中，完全不需要努力，就像被洪水冲着走，而不需要自己努力游泳一样顺势而行。

他的手伸向她上衣的下摆，缓慢地拉起了她的衣服。当他的手轻抚过她的胸前时，她的背随之弓了起来。他稍微抬起头来，她放在他发间的手指便握紧了一些，似乎是在要他回来。“老天，你竟然没有穿胸罩就跑到这里。”他说。

他将她轻轻按在墙壁上，没几秒钟，她的上衣就被脱了下来。她开始顺着他的动作不停地扭动身体。他抚摸她的臀部，激情像海浪般扑向她，她则配合着他的律动，和他交缠在一起。

他的手移向她的牛仔裤头，解开她牛仔裤的扣子，她则试着在不要打断他们的热吻的状况下，帮他一起把牛仔裤脱掉，但他们的唇还是一直被迫分开。最后他只好踩住她的裤管，想把裤子拉下来，她干脆直接将脚从裤管中抽出来。

“你想要一夜温存，我就成全你。”索耶说着，一面将她抱了起来，放到沙发上，“但这将会是地狱般的一夜。”

他站在她面前，低头用饥渴且热切的目光看着她，他炽热的目光令她想要找个什么遮住自己的身体。他开始动手解开睡裤的裤头，然后将裤子脱了下来，但他的眼光一直停留在她身上。他将一只脚跨上沙发，膝盖就放在她的身边。朱莉娅吞了口口水，伸出手按住索耶的胸膛：“索耶，等一下。”

他低下头，屏住呼吸：“你又要对我做什么，朱莉娅？”

“我的意思是，等一下，我要去牛仔裤的口袋里拿保险套。”

他惊讶地抬起头：“我没有骗你，我真的不能生孩子。”

“你确定？”

“我确定。”他还是站了起来，丝毫不别扭地走向她的牛仔裤，从口袋里面摸出保险套，飞快地戴上。

“不准再等一下了。”他说着，压上了她的身体。

“不会再等一下了。”

这样的情况从来没有发生在跟别人一起时。他们紧紧地相拥，紧到好像只要他们的身体结合在一起，就能让过去那些阻碍他们在一起的因素都消失不见。而过程当中，有那么一瞬间，索耶真的很希望时间可以静止，那他这辈子就可以一直这样跟她在一起。

结束之后，两个人的呼吸都平静了下来，但还是紧紧地缠在一起，皮肤上都因此留下压痕了。索耶的头埋在朱莉娅的肩头，要说话有点吃力，但还是说：“虽然我现在需要休息一下，不过我还是得告诉你，从十六岁以来，我可是学到了不少招数。”朱莉娅忍不住笑了出来。

“等我一恢复力气，我就把你带进卧室里，让你见识一下。”

天已经很亮了，但当朱莉娅醒来的时候，索耶的卧室里还是暗的。索耶望着她眨了眨眼睛，然后转过头看她，才发现她也正看着他。

她的头发凌乱，粉红色的发丝卷曲地缠在耳朵上。她深深吸了一口气，重重地吐了出来，然后说："我想我终于把一切都搞懂了。"

"你觉得如果我多给你一个晚上，你会想得更清楚吗？"

她微笑，但没有回答。

他的手指轻轻地在她的前臂上移动，当她发现他是在抚摸她手臂上的疤痕时，便很快地把手臂移开。索耶将她的手拉了回来。

"你为什么要这样对你自己？"他问。

她望着索耶，索耶仍注视着她的伤疤，并继续轻轻地抚摸它们。"当我觉得沮丧或被孤立的时候，这是我处理情绪的方法。因为我真的不知道怎么纾解，所有的愤怒就开始朝着自己涌过来，然后我就这么做了。但我也是经过了很多年的心理治疗，才知道是这么一回事。"

他凝视着她的眼睛："那你还会继续这么做吗？"

"不会。你应该也注意到了吧？我现在变得很懂得表达自己的愤怒。"她稍微移动了一下身体，然后似乎有点退缩。

"你没事吧？"

她清了清喉咙："只是……真的好久了。"

他现在竟然觉得开心，这样是不是不太对？算了，他不在乎了，他真的很开心。他经常在想，她到底在巴尔的摩做什么，猜测她跟谁在一起，他对她在巴尔的摩的那部分生活几乎一无所知。"朱莉娅，你为什么不回穆拉比呢？"

"我觉得这里已经没有什么属于我的东西了。"她转过头，平躺着看着天花板。

"你从来都不会想家吗？"

"我一天到晚都在想家，"她说，仍然没有转头看他，"我只是不知道家在哪里。总是会有这样的承诺，承诺会永远过着幸福快乐的日子，我知道，我甚至有时候感觉得到。但那种感觉就像在追逐月亮——每当我觉得我快要拥有的时候，它就消失在地平线上了。我心痛悲伤地试着要继续走下去，但隔天晚上，那可恶的东西再度出现了，再次给我希望，让我从头再一次去追它、去抓住它。"

索耶从来没有听她这么坦白地说出过自己的感觉，朱莉娅以前总是把所有感觉都深埋在心里。"这就是你要告诉我的最重要的事情吗？"

"不是。"

索耶发出了抱怨的呻吟声。"你快把我弄疯了，那是件好事吗？"

"是。"

他把手放在她的大腿上，开始往上抚摸：“比昨晚更好吗？”

“这两件事不能相比。”她按住了索耶的手，阻止他继续抚摸她，“现在几点了？”

索耶用手肘撑起了身体，看了一下床边小桌子上的时钟。“九点多一点。”

她迟疑了一下：“是早上吗？”

“对啊。”

她倒抽了一口气，立刻从床上爬了起来。她走到厚窗帘边，一把拉开了窗帘，早晨的阳光随即照进黑暗的房间内。当光线感觉不那么刺眼之后，索耶就紧紧盯着她赤裸的背影被窗边的阳光映射出美丽的轮廓。他目不转睛地看着她，她让他觉得肚子一阵紧缩，脑袋都清醒了。

“我真不敢相信已经这个时间了！你为什么不告诉我？这到底是什么窗帘啊？”她焦躁地抓起了窗帘布，很靠近地看着，“我以为现在还是晚上！”

“是遮光材质的，如果不用这种窗帘，我每天早上都会被阳光刺伤眼睛。”他拿枕头当靠背，坐了起来，将手轻松地放在脑后。“你的这一面真的很美，但我想你把最好看的一面留给我的邻居了，你为什么不转过来？”

她用一块窗帘布裹住身体，很快地离开了窗边。“我真不敢相信我刚刚给了你的邻居这么好的景色，而且还是在星期天的一大早。”

“我觉得我见到了天堂般的美景。”

“我要走了。”她说，看着卧室的门。

“不可以。”

“我得去餐厅里做蛋糕，我已经迟到太久了。我通常都一大早就过去，这个时间已经准备要离开了。我的衣服呢？”她左右巡视了一下，然后说，“哦，在楼下。”然后她就光着身子，飞奔出了他的房间。

索耶微笑着站了起来，从门后面拿起挂着的睡袍，一面穿一面往楼下走。

她动作非常之快，当索耶走下来时，她已经穿好牛仔裤和鞋子，正在套上她的上衣。当她把头从领口探出来时，正好看见索耶站在那儿，再次把她推向门边的墙上。

“我们又回到一开始的姿势了，我想这是个暗示，要我们再做一次。”

“如果你让我走的话，我就做个蛋糕给你吃。”

“你这狡猾的小狐狸。”

突然，门上传来敲门声，就在朱莉娅的右边，朱莉娅吓了一大跳，忍不住发出了惊呼声。

索耶停下了动作，抓了抓耳朵。

“是谁啊？”朱莉娅小声地问。

“我不知道。”

“不要回应，说不定等一下就走了。”

“然后他们就会去报警，说房子里面有女人的尖叫声。你是怎么了？不想让人知道我们在一起吗？”朱莉娅还来不及说什么，索耶已经转身走向门边，因为他害怕听到朱莉娅的回答。即使经过了昨夜的事情，朱莉娅对他来说，还是像手中的水一样，他根本不知道怎么留住她。

索耶打开了门，但当他看见门口站着的人时，忍不住想：“哦，该死。”这状况真是越来越复杂了。

“嗨，索耶，”霍莉一面说，一面走进屋，“刚刚那个像女人般的尖叫声是你发出来的吗？”

当霍莉看到朱莉娅时，便停住了。顿时气氛变得很尴尬，三个人挤在窄窄的门边走道上，没有人开口说话，三双眼睛相互看来看去。

“霍莉，”索耶终于先打破了沉默，“你还记得朱莉娅·温特森吧？”

“当然记得，”霍莉回答，瞪了索耶一眼，然后转身对朱莉娅微笑着说，“朱莉娅，很高兴见到你。”

“我也是，但很抱歉，我赶时间得先走，我已经迟到很久了。”然后只过了几秒钟的时间，她就消失了。再一次消失了。

索耶关上了门，面向他的前妻：“我忘记你要过来了。”

霍莉亲吻了他的脸颊，然后往里面走，经过客厅，直接进到厨房去煮咖啡。他跟在霍莉后面走，想起了六年级的时候，他第一次向霍莉告白，要她做他的女朋友时的情况，那种“我终于牵到她的手了”的热切感觉。求学过程中，她一直是他最好的朋友，他珍惜她、尊重她，他却不知道自己到底有没有爱过她。在足球场旁跟朱莉娅度过的那一晚，理应给了索耶很清楚的答案，可是他太害怕了，害怕他必须因此放弃他计划好的未来。

是他提出要结束这段婚姻的，当他们发现他不能够生孩子的时候，霍莉本来是愿意留下的。事实上，她几乎是发了狂似的决心守住这段婚姻，她还去拿了许多收养孩子的资料回家，假装表现出兴致勃勃的样子。在他们两个人的计划中，孩子是不可或缺的，但索耶发现霍莉之所以这么积极地想要小孩子，是因为他们两个人共同拥有的一切根本不够坚实，自始至终都不够。

“你终于这么做了。”当索耶走进厨房的时候，霍莉对他说，一面说一面用小汤匙从罐子里舀了一些咖啡粉出来，“我真不敢相信。”

索耶拉了一张凳子，坐在料理台旁边：“你在说什么？”

“少跟我装蒜。”她回过头，对索耶微笑。她看起来状况很好，很开心，头发往后绑成了一束马尾，露出了她整张脸的轮廓。她似乎胖了，脸蛋圆润了一些，双颊上的颧骨也没有从前那么明显。“我很了解你的，你从小就对她有意思，现在你终于得到她了。”

索耶叹了口气：“我可不那么确定。”

霍莉的笑容消失了：“噢，不会是我……”

“不，不是你的错。对了，你今天很漂亮。”

“你真的不要紧了吗？对于我再嫁的事情？还有这个？”她把手放在自己的肚子上。

“我很替你开心，霍莉，真心地替你开心。”

她哼了一声，重新回头煮咖啡：“我觉得你会说你不要紧，是因为你昨天晚上很开心吧。”

索耶站了起来，走向他的办公室。“我去拿文件给你签名。”

早晨的微弱光线从开着的阳台门一丝丝地渗了进来，埃米莉从睡梦中醒了过来。她不晓得现在到底几点了，但她觉得她只睡了几分钟的时间。

字条——她很快地转头去看床边的小柜子，那张字条仍然放在那里，在昨晚她放置的地方。

她拿起了字条，仔仔细细地打量了一番，差点想要拿起来闻闻看。

她要去吗？她该去赴约跟他见面吗？

温说关于过去她妈妈所做的事情，他并不怪她，但是，她怎么能确定呢？他的目的到底是什么？在结局揭晓之前，她永远也不会知道的。

她妈妈是她所知道的人当中最勇敢的一个，但即使是她那勇敢的妈妈，也没有勇气面对自己的过去。

所以埃米莉决定去面对。

她要去做一些就连她妈妈也不敢做的事情，她必须抛开过去妈妈是怎样的人这些阴影，在这个小镇里找到真正属于自己的定位，但她必须小心行事。至于详细的计划要怎么进行，她其实也不知道。她心里似乎有个声音在告诉她，温会知道该怎么做，他对她的兴趣并不只是表面上看起来那么单纯。但另一方面来说，她对温的兴趣，也是颇为复杂的情绪。

她想起了昨天温说的，所谓历史的循环。现在她就处在一个跟妈妈当年相同的处境中，在差不多的年纪跟科菲家扯上关系，而所有的人都反对，这一切都跟当年非常相似。其中一定有什么缘由。

她站起来，手里还是紧紧抓着那张字条，然后走向她的衣柜，准备拿件短裤跟背心出来穿。她已经习惯避开，不去看墙上那疯狂的蝴蝶壁纸，习惯房间里偶尔会有微弱的翅膀振动声。根据朱莉娅说的，习惯就表示她渐渐适应了。

如果不是这样的话，那就表示她真的已经疯了。

她走到衣柜前面的时候，突然觉得好像有什么不太对劲，房间里出乎意料地安静。她抬起头，惊讶得退后了一步。蝴蝶壁纸已经不见了，取而代之的是一张情绪化的、令人屏息的银色壁纸，闪闪发亮的银色，上面还有许多白色的小点点。这张壁纸让埃米莉有一种奇怪的期待感，就跟昨天晚上的感觉一样。绝对不可能是万斯外公昨天晚上进来换掉的。

所以壁纸真的会自己变化？

这张壁纸其实很美，让整个房间感觉像飘浮在云端似的。她把手轻轻地放在衣柜旁边的壁纸上，触感很柔软，就像天鹅绒一样。她妈妈怎么会从来没有告诉过她，世界上有这种壁纸存在？她从来都没有提过，甚至在讲枕边故事的时候都没有讲过。

她心不在焉地很快换好了衣服就下楼去。还好万斯外公已经出门去吃早餐了，所以她留了一张字条，跟外公说她要去松林湖边，但她没有说她要去那边找谁。

埃米莉走出家门，到人行道上的车子旁边，正准备上车时，突然听见有人在叫她的名字，叫声划破了早晨的宁静。本来就已经很紧张了，被这么一叫，埃米莉吓得差点跳起来，连车钥匙都掉到了地上。她很快地回过头，看见斯特拉从隔壁房子朝她走了过来。在这种时间，斯特拉穿得似乎有点过分正式了，她穿着一件露肩的红色小洋装和高跟鞋，宽脸上的妆脱落得差不多了，那双有异国风情的漂亮眼睛也充满了疲态。看起来是刚经历了一个很糟的夜晚，不过也可能是很棒的夜晚，只是埃米莉看不出到底是哪一种。

“你看见朱莉娅了吗？”斯特拉问，埃米莉则顺便弯下腰捡钥匙，“我刚去杰氏烧烤找过她，但是她不在那里。”

埃米莉站了起来：“从昨天回家之后，我就没有见到她了，不过昨天半夜大概一点的时候，我听见她开车出去的声音。”

斯特拉一脸疑惑：“她会去哪里啊？”

埃米莉耸耸肩膀，她努力要表现得很正常，像她没做错什么事情一样。不过，当然了，她本来就没做错什么事情，她是怎么了？为什么要这么紧张？

“朱莉娅平常几乎不开车的，更不会在那么晚的时间出门，我很担心她。”斯特拉不安地抠着自己的红色指甲油，把身体的重心从一只脚转移到另一只脚上，然后又问，“她最近有没有什么奇怪的举止？”

“只有在索耶身边的时候才会吧。”

“嗯……她一定有什么心事。以前如果我一直让她喝酒，通常就能让她把话说出口，不过她现在好像已经看穿我的计策了。”

埃米莉焦躁地回头看，几乎有点希望万斯外公现在就回家。“她没有跟我说什么。”

“好吧，如果你看到她，告诉她我在找她。”斯特拉朝着路边的那辆奥斯摩比点点头，“你这么早要去哪里？”

“去湖边，你呢？”

“哦，我刚要回家。”斯特拉说完，便停顿了一下，“哎哟，该死！我竟然对你说这种话，当作没听到啊，这可不是什么好孩子该做的事情，真是的，你……要照我说的去做，不要照我做的去做啊。”

这番话让埃米莉笑了起来，她坐上车子，斯特拉则走回家，一面脱高跟鞋一面对自己摇头。

这个时间，路上没有什么车子，因此埃米莉很快就抵达松林湖了。停车场也几乎是空的，她把车停好，熄了火，然后安静地坐在车子里，听着引擎冷却发出的滴答声。她知道自己来得太早了，但是她想在万斯外公回家之前就出门，她不愿意当着外公的面说谎，她也不知道外公能不能理解她为什么要这么做。

坐了一会儿之后，她终于下了车。早晨的湿气重到她的皮肤上都出现了小水珠，她沿着木板步道走，找了一张可以看到湖景的长椅坐了下来。湖边只有寥寥的几个人，她把脚放在栏杆上，看着雾气渐渐形成水珠。有几间湖边小屋的灯光亮着，但大部分都还是暗的。

她听到身后的步道传来了脚步声，朝着她走过来，接着温就出现在她身边。她抬起头看他，不晓得现在应该要说什么，她没想到他竟然也这么早就来了。他站了一下，就在她身边坐了下来，把脚也放在栏杆上，跟她的脚并排着。他目不转睛地看着湖面，好像如果他把视线移开，就会错过什么重要的画面似的。他的侧脸有明显的角度，看起来严肃、骄傲、充满了秘密。她想进到他的世界里，她想知道那些秘密，这就是她妈妈当初的感觉吗？她不禁想着，这两个家族是不是有什么诅咒，诅咒让她家族中的女性被他家族中的男性吸引。

现在就是这样，她正被他深深吸引着。

“到我家的湖畔别墅，跟我一起吃早餐吧。”他终于开口说话。

“你等多久了？”

“好一会儿了，我不想错过你，”他深深吸了一口气，然后站起来，“我很高兴你来了。”他朝她伸出了手。

这次她没考虑多久，就握住了他的手。

埃米莉和温两个人沿着空旷的沙滩走，温带埃米莉走上阶梯，到他家的湖畔别墅前面的露天平台上。那里摆着几张印第安风格的木质户外休闲椅，温示意她坐下，于是她便坐了下来，把双腿缩上来，双手环抱着她的腿。

她就一直维持这种放松的姿势，直到管家潘妮走出来，端了一些蛋挞给他们吃。潘妮是个六十三岁的寡妇，做事情既规律又谨慎，是个相当有条不紊的人，但她对温的态度相当宽容慈祥，温也很尊敬她。温还小的时候，他一直以为潘妮和这个湖畔的别墅是个共同体，他以为潘妮每天就是夜以继日地坐在厨房里的板凳上，保持高度的警觉，等到他们家的人来这里时，她就立刻煮东西给他们吃。他第一次在这个湖畔别墅以外的地方看到她，是某个她放假的日子，那时温和妈妈在镇上。他看见潘妮在路上走，就以为她逃跑了，所以他大声吆喝，叫他妈妈去抓住她，把她带回家，当时他完全歇斯底里了。那个年纪的他，对外界的认知相当有限。因为他的身份，他不能够离开穆拉比，但其他人可以，其他人可以离开穆拉比，而且可以永远不回来，他完全不能够接受这样的事情。

他和埃米莉沉默地吃着早餐，两个人都有点不自在，他令她觉得紧张，而她让他觉得失去了平衡，觉得不知道是什么东西超出了他能够掌握的量，就好像他吃了比平时正常分量多太多的东西，但是又无法停下来。他这一辈子都在接受他爸爸告诉他的观念：他永远不能改变。他爸爸也强迫他，不准去奢望别人拥有的自由。但这一切都必须改变，他不想继续遵循那种早就已经不合时宜的规定，在他遇到埃米莉的那一刻开始，他想改变的一切都有意义了，她可以让一切变得合情合理，可以把过去的污点都清除掉。如果达尔西·谢尔比的女儿可以接受真正的他，那么他的整个家族一定都会注意到的，埃米莉是他梦想中全新生活的第一步。

到了这个节骨眼上，他根本不能去想万一他的判断是错的，那该怎么办。他必须是正确的，不容任何差错的。

吃过早餐后，他们并肩坐在木质休闲椅上，安静地看着阳光把清晨的雾气驱散，沙滩上的人渐渐地变多了，喧闹的声音也随之越来越大。

“夏天的时候，你们就会常常来这里吗？”埃米莉终于打破了沉默，看着一艘船驶过去，船驶过之处拖着一条白色水花，看起来像汽水的泡沫。

温一直不想先说什么，也不想催促她，想等埃米莉自己先开口说话。“不只是夏天，我的家人一整年都会来这里，这里像家以外的家。这让潘妮很受不了，因为她喜欢规律的作息，但是我们却老是不顾她的意愿，毫无预警地就突然跑来这里，就像我今天早上这样。”

“但我觉得她并不介意，感觉得出她很喜欢你。”她转过头对他微笑，他觉得胸口被什么填得满满的。他一直都知道，自己是在操纵埃米莉，但这是第一次，他发现原来她也能够这么轻易地左右他的感觉。要达到自己的目的，他必须先跟埃米莉当朋友，他从没有想过自己对她竟然还会有什么其他的感觉，只是一个微笑而已，他竟然有种被正中红心的感觉，完全忘记了自己接下来要说什么。他所能想到的，只有埃米莉这个人跟他所预期的完全不一样。在听过那么多达尔茜·谢尔比的所作所为之后，谁能料到她的女儿竟是那么可爱又引人注目……而且还有全世界最有趣的发型，看起来像有一阵风躲在她的头发之间，随时都要吹出来似的，有种古怪的可爱感觉。

两人之间又是一阵沉默，埃米莉的笑容消失，用手摸了摸头发：“我头上有什么东西吗？”

“没有，抱歉，我只在想你的头发。”

她露出了狐疑的表情：“你在想我的头发？”

他又产生了那种跟她一起坐在摩天轮上时相同的感觉：“对，哦，不是，我是说，我是在想你有没有把头发留长过。”

她摇摇头：“正在留长，现在是在一个很诡异的过渡阶段。”

“之前有多短？”

“非常短，我妈妈留很短的头发，所以我也跟她一样留短头发。不过我从去年就开始留长了。”

“是什么让你开始不想再跟她一样了？”

“我从来没有不想跟她一样，她是个很棒的人。”她口气有点激烈地澄清，然后她又转而面向松林湖，“只是，我还有很多必须实践的事情。”

这样下去是不行的，他们必须把这种别扭的感觉抛开才行。“我们去散散步吧。”温说着，站了起来。

他们脱下了鞋子，放在椅子旁边，然后光着脚走下阶梯去沙滩上。他们走在很靠近湖水的沙滩上，把脚弄得湿湿的。两个人并没有多聊什么，不过那并没有关系，只要走在一起，让彼此的步伐维持一定的韵律，习惯彼此的存在，这样就够了。

他们走到小海湾时，埃米莉转头去看那天温的妹妹办生日派对的洞穴周围，这天那里有一对老夫妇，坐在折叠椅上，离人群有段距离，也没有晒到阳光。在埃米莉朝那里踏出第一步之前，温就知道她要做什么了。

埃米莉一言不发地就离开了温，独自走向洞穴附近的那片树丛。温犹豫了一下，还是跟着她走过去。她经过那对老夫妇身边，直接走向那棵刻着她妈妈和他叔叔姓名缩写的树。温停下脚步向那对老夫妇打招呼，让他们放松一些，因为他们已经在用奇怪的眼光打量埃米莉了，打完招呼后，他就过去站在埃米莉的旁边。

他只能凭想象去猜测过去的几个月以来，埃米莉的人生经历了多大的混乱。看着她这个样子，他可以感觉得到她的悲痛，可以感觉得到她觉得自己有多孤单，他了解这种感觉，他知道有些事情无法跟别人分享，因为他们跟自己没有相同的经历，没办法感同身受，别人就是不会了解的。

“穆拉比高中的同学们都知道我妈妈是谁吗？都知道她以前是什么样的人吗？”埃米莉终于开口，但眼睛还是看着那棵树。

“如果他们的父母告诉了他们，有可能。不过你会面临的最糟的反应，应该就是来自我爸了，穆拉比高中的人我倒不那么担心，不会那么糟的。”他不忍心看到她这个样子，所以开始转移话题，“说说你以前念的那所学校吧，你会想念那边吗？从网站上看起来，那所学校好像很……有纪律。”他用这种措辞还算是很温和了，罗克丝雷女子学校充满了各种严格的教条，极度强调对与错的愤慨程度，让人光是读它的校规文献就要流鼻血了。

埃米莉不置可否地耸耸肩：“我妈妈过世之后，我试着在学校里得到一些慰藉，但根本没有，那所学校只有要我传承的意味，那里的人，比谁都希望我完全照着我妈妈的目标前进，成为像我妈妈一样的人，但我就是没办法，很讽刺吧，我来这里以后，还是发生了一样的事情，只是完全不同的方向。而且我根本分不出，到底是遵循着我妈妈的名声，成为跟她一样的人比较糟；还是抛弃她的名声，当一个跟她完全不同的人比较糟。”

“那你在那里的朋友呢？”

“我妈妈过世之后，我刚开始会感觉到强烈的恐慌，但我不想要别人看到我那样，所以我大部分的时间都是一个人。”

温突然想起了，她之前在小镇大街上一个人坐在长椅上低着头的样子，那天早上他看了她好长一段时间，他正好目击到她似乎觉得有什么东西不太对劲，脸色开始变得苍白，然后在人行道上停住脚步的模样。那是种信号，也迫使他上前去靠近她，他本来不打算接近她的，就是那件事，让一切都改变了。“我们第一次见面的时候，就是你恐慌发作的时候吗？”她点点头。

“是什么造成的？”

“恐慌。”

温笑了出来：“噢，很显然是。”

“每次当我觉得脑袋里有太多东西同时出现，觉得被一片混乱思绪淹没的时候，就会发作。”她突然露出警觉的表情，“你为什么想知道？”

“我只是好奇。”

但她还是继续看着他，甚至眯起了那双明亮的蓝色眼睛。

“你为什么要这样看着我？”温问。

“我从来没有把我会恐慌的事情告诉别人，”她说，一副是他强迫她说出口的样子，“你现在知道我的弱点了。”

“你这种说法，好像你是个不该有弱点的人似的。”他走过她身边，心不在焉地抠着树皮，“每个人都有弱点的。”

“你有吗？”

“哦，当然有。”她完全不知道会是什么。

他继续无意识地抠着树皮，直到她按住他的手，他才停了下来。“你不打算告诉我吗？”埃米莉问。

温深呼吸：“这很复杂。”

“我懂了，”埃米莉说，随即转身走回到湖边去，“你不想告诉我。”

他小跑跟上了她：“不是的，不是我不想告诉你，而是……我必须展示给你看。”

她停下了脚步，他差点跑过她身边。“那就展示给我看啊。”

“不行，现在不行。”他有些受挫似的抓了抓头发，“这件事，你真的必须相信我。”

“看起来我也没有其他选择，不是吗？”她说。

他们一同绕着湖边散步，两个人再次陷入沉默，最后又绕回别墅。这段路挺长的，等到他们回到别墅时，潘妮已经做好了午餐，完全不需要吩咐，便直接端上来给他们吃。潘妮将三明治和水果放在桌上之后，她走到埃米莉的后面，只有温看得到她的地方，微笑着，指了指埃米莉，对温竖起大拇指，然后就走进室内去接电话。

温也对潘妮微笑。

吃完饭之后，埃米莉站了起来，走到栏杆旁。温的视线顺着她那修长双腿的线条，慢慢地往上移到她的身体，然后是她的脸蛋。他突然看见她的发束正随着她走路跟伸展的动作，慢慢地往下滑落，他觉得很有意思，便一直看着那个发束，最后，它从她头发的末梢掉了下来，掉到地板上。但是埃米莉似乎没有注意到。

“真希望我带了泳装来，”她说，“我想去水里面凉快一下。”

“去室内就比较凉快了，我带你参观一下吧。”

她转过身的时候，温弯下腰将她的发夹捡起来 :“你掉了东西。”

她伸出手 :“谢谢。”但他却把发夹放进自己的口袋里。

“你不把它还给我吗？”她问。

“总会还的。”他说着，一面朝露天平台尽头凹陷下去那里的客厅前进，埃米莉跟着他，跟他争论物品所有权的问题。

她一踏进室内就立刻安静了下来。这里的装潢跟其他湖畔房屋都不一样，墙上没有挂任何沙堡的照片，也没有古老的木质救生圈，附近很多出租的屋子都是这样布置的，好像是大型的海鲜餐厅一样。但温家的别墅看起来就是一个适合全家人轻松休憩的地方，事实上也是如此。这里的家具看起来相当舒适，也有长期被使用的凹陷痕迹。其中一面墙上是大型的荧幕，荧幕下面的地板上摆了一台 Wii 游乐器，以及一大堆 DVD。出外旅游要在外面过夜，对他家人来说是很不方便的事情，所以他们假期还是都只到湖畔的这个别墅来住。

“这里比我想象中的更像个家。”埃米莉看了一会儿之后才说。

“不是所有地方都是象牙塔。”

他领着她走上二楼，简单地看了一下二楼的四个卧室，然后继续走上三楼的阁楼，穿过一扇门，来到一个大型的壁橱前面。这个房间里只放了一张矮沙发、一叠书、一台电视，以及几个置物盒。除了温以外，没有人会上来这里。他当然爱他的家人，但当他们一同来这个地方时，有些时候他还是需要一个可以独处的空间，让他从他们的陪伴中喘口气，所以他会自己上来待在这里。他其实没那么喜欢他们在小镇大街上的房子——那栋用冰冷大理石以及令人窒息的历史所建构成的房子，但那个地方反而比较可以避开人群。

“我待在这里的时候，大部分时间都会待在阁楼。”温说，而埃米莉则是四处观看。这里唯一的光线来源是墙上一个小窗户，随着天花板倾斜的角度，光线照出了一个三角形的形状，可以看见粉红色的尘埃在空气中飘浮着。

“我可以理解为什么这里有种神秘的感觉，跟你很搭。”她走到窗边，“这里的景观很棒。”

他从房间的另一端看着埃米莉，窗户透进来的光，照出了她的轮廓。他不自觉地朝她走了过去，站在她的正后方，离她大概只有几英寸（一英寸约二点五厘米）的距离。埃米莉立刻就察觉到了那种触电般的感觉。

经过了一分钟的沉默之后，温才开口：“你突然变得好安静。”

埃米莉吞了一口口水："我不了解你是怎么对我做出那种事的。"

他稍微地靠近她一些，她的头发闻起来有种花香味，淡淡的紫丁香味道。"做什么？"

"那种碰触的感觉。"

"埃米莉，我没有碰触到你。"

她转过身："这就是奇怪的地方，感觉就像你在碰触我，你是怎么做到的？好像你身边有什么东西围绕着你，是我看不到的东西，它会伸展出来，实在太不可思议了。"

温吓了一大跳。她竟然感觉得到，以前从来没有人能感觉得到。

她等着温开口说话，不管是要解释还是要否认都好，他可以在其中择一。他往前跨了一步，经过她身旁，站到窗户边。"以前这一切都是你们家的。"他说。

埃米莉犹豫了一下，考虑要不要接受他这样突然改变话题。"什么东西？"

"整个松林湖。很多年前，谢尔比家的收入就是这样来的，一点一点地把这些土地卖掉。"他指向远处的树林，"这个湖那一边的树林，现在还是属于你外公的。开发起来的话，估计会有几百万美元的价值，这让我爸一直很耿耿于怀，他希望你外公可以把其中一些地卖给他。"

"为什么？"

“科菲家的人很喜欢插手跟穆拉比小镇发展有关的事业，像房地产、商业活动这类的事情。”

“为什么？”埃米莉又问了一次。

“因为这是我们的家，几百年下来，我们觉得这里是唯一可以让我们永远居住下去的地方。”

“这里真的是吗？”

他转过头面向她：“你真的想知道吗？”

“对，当然，我想知道。”

一旦他告诉她，就再也没有回头的余地了，他就真的必须展示给她看了：“我们家族里的男人都有共同的……苦恼。”

她一脸疑惑：“什么样的苦恼？”

他让她独自站在窗边，踱着步，走到房间的另一头去。“这是遗传性的，”他说，“一种基因的突变，但在我的家族中特别明显，我爷爷有，我叔叔有，我爸有，”他停顿了一下，“我也有。”

“有什么？”

他深深吸了一口气：“我们称之为‘发光’。”

埃米莉瞪大了眼睛看着他，还是不懂他在说什么。

“我们的皮肤，在夜晚会发光。”他解释着，感觉很奇特，他竟然真的在跟他的家族以外的人解释这件事，感觉就如同他想象中的那样，如同从历史中被释放，得到了解脱与释放，其实，甚至比他想象的更好，这些话已经说出口，再也收不回去了。他等着埃米莉开口说什么，但她并没有要说什么的意思。

“这就是你感觉到的东西。”他热切地说，走回到她的身边，将手放在她的脸颊两侧，几乎碰到，但并没有真的碰触到她的脸。

她看着他的眼睛：“你是要我相信你在夜晚会发光？”她的语气非常冷淡。

温把手放了下来：“你都相信我是狼人了，却不相信这个？”

“我从来都没有真的相信你是狼人。”

他往后退了几步，努力让自己不要感觉挫败，他必须再接再厉：“这要追溯到几个世纪以前，我的祖先为了逃避迫害，离开了原本的国家，因为那里的人们觉得他们会发光是恶灵作祟。于是我的祖先乘着船到处航行另觅居所，历史上有许多他们的传说，说看见他们就是死亡的前兆。后来他们到了美国，美国原住民称他们为‘月亮的精灵’，他们就在这里定居了下来，当时这里除了农田以外什么都没有，可以远离人群，但渐渐地，小镇围绕着他们发展了起来。没有人知道他们的秘密，而他们也发觉到他们其实很喜欢待在有人群的地方，并不是真的喜欢离群索居。但早先我们祖先被迫害的故事一直代代流传下来，让我们家族的人相当警惕，因此即使身处在现代社会，我们还是对这件事守口如瓶。不过，你妈妈把我叔叔骗出去的那天晚上，一切都改变了，那个夏天的晚上，当着所有镇上居民的面，他站上了演奏台，那也是第一次，所有人都知道我们的秘密了。”

“你花了很多时间编这个故事吧？”她说。

“埃米莉，其实你见过我，晚上的时候，在你家的后院。”

这句话倒是真的让埃米莉吓了一跳：“你是我家后院的那道光？你就是穆拉比之光？”

他看得出埃米莉很努力地在思考，想理出点头绪。“那为什么你后来都不来了？”

“我每天晚上都去，但你外公坐在厨房外面的门廊上，就在你的阳台下面，叫我走开，他不想让你看见我在那里。”

“我外公知道？”她的声音提高了一些。

“对。”

“证明给我看。”她左右看了一下，然后看见了壁橱的门。她走到壁橱前面，打开了壁橱门，里面除了一件防水外套和一个冲浪板之外，什么都没有。“这里，来这里。”

他朝她走了过去，她把他赶进壁橱里面，然后跟他一起走进去，再把壁橱的门关了起来。壁橱里面很挤，她在一片黑暗中等了几分钟之后，开口说：“哈！我可没看见你在发亮。”

“因为那需要月光。”温很有耐性地说。

她嗤之以鼻：“这么说还真方便。”

“事实上，不，一点都不方便。”

“这太荒谬了。”她说，温感觉到她摸索着在找壁橱的门把。

“等一下，”他说，伸手过去阻止她，他的手碰到她的臀部，她立刻站直了身子不敢乱动，“今天晚上，到演奏台那边找我，要在午夜的时候，我会展示给你看。”

“你为什么要这么做？”她低声说，“这是你精心安排的计划吗？”

她这句话，让他一时有些乱了方寸，如果她已经知道他是在操纵她，那为什么还要让他这么做？“计划？”

“为了我妈妈做的事情要报复我。”

“不是，”他说，“我跟你说过了，关于你妈做的事情，我并不怪你。”

“但是你却在重复那天晚上我妈妈和你叔叔的状况。”

“这样不是正好能够跟我们现在的状况相比吗？”

“好吧，”她不是很开心地说，“我会去的。”

他差点要笑出来：“你不必假装成很殷切期盼的样子。”

“如果我没那么喜欢你的话，事情就会简单多了。”

“你喜欢我？”他觉得既开心又有些难为情，她没有回答。“有多喜欢？”他低声问，两个人之间有种紧张的气氛。

“喜欢到愿意今天晚上出去见你，即使我很确定除了在夜晚发光之外，你一定还计划了其他的事情。”

“那还不够吗？”他可以感觉到，当她意识到他们两个靠得有多近的时候，便屏住了呼吸。“我被你给迷住了，”他说，“你没有感觉到吗？从我们第一次见面开始，我就准备要展示给你看了。”

“我得走了。”她打开壁橱的门，外面刺眼的光线照到他们两人身上，她一下子就不见踪影了。

他终于在外面的露天平台上赶上了她，她正在穿鞋子。“今天晚上不要从树林里面过来，走外面的人行道去公园。”

她站了起来，凝视着他好长一段时间，他伸出手去碰触她，去重新确定她的感觉，也重新确定自己的感觉。但她只是匆匆地对他点了一下头，然后就转身，很快地走下了阶梯，到沙滩上去。

他看着她走远后，把手放进口袋里，慢慢地走开，一面沉思一面走回房子里。

他走进客厅时，便愣住了。

他爸爸坐在沙发旁边的黑色大皮椅上，跷着脚。

温震惊到一句话都说不出来，通常他爸爸在找他的时候，他都能感觉得到。沉默了好久之后他才说：“你什么时候来的？”

“刚到，我刚才本来是要打电话给你，叫你回家的时候不要挡到你妈的车，因为她跟凯莉明天一大早就要去罗利，买开学之后要穿的衣服。潘妮说你在沙滩上，我问她你跟谁在一起，她说跟一个女孩，我请她描述一下那个女孩，而听起来就像埃米莉·贝内迪克特。不过我想，不会的，温不会犯这种错误。”

那一定是刚才潘妮进去接的那一通电话，温得感谢潘妮做的事情，她告诉他爸爸，他是和埃米莉在沙滩上，而不是两个人在屋子里独处。“所以你就自己过来检查了。”温替他爸爸做了结论。他深呼吸一口气，然后说：“我喜欢她。”

“我在你这个年纪的时候，也喜欢过一个女孩。”摩根说着，将双手十指的指尖碰在一起，摆出一个尖塔的形状，“她的名字叫作韦罗妮卡，也是刚搬到穆拉比，我每天唯一想做的事情，就是二十四小时地看着她，我邀请她去看下午场的电影，但被你爷爷发现了，他打了我一巴掌，把我锁在房间里。我当然就没有去电影院赴约，所以韦罗妮卡到家里来，想问我怎么了，你爷爷对她态度非常差，说我邀约她出去只是在耍她而已，自那次之后她就很讨厌我，不过你爷爷达到他的目的了。”

“什么目的？”

“我们不能过正常人的生活。”

“那爷爷也是这样对待叔叔的吗？”温走过去，坐在沙发上。

“规矩就是规矩，对罗根也是一样的。”

温从来都不知道爷爷竟然打过爸爸，他对爷爷只有非常模糊的印象，温认识的爷爷是个非常沉默的人。不过人们都说，他爷爷在他的小儿子罗根自杀之后，就完全变了一个人。难怪罗根和达尔西·谢尔比必须偷溜出去，如果温的爷爷发现的话，一定也会狠狠掌掴罗根，再把他锁在房间里。这么极端的对待方式，这种偷偷摸摸的生活方式，现在听起来实在都太荒谬了，秘密已经揭露，再也没办法收回去了。

“现在已经不一样了。”温说。

“你这么说，好像‘不一样’是好事似的。”摩根说，“如果我们再等久一点，人们就会忘记他们看到过的东西，然后一切就可以回到跟以前一样了。这只是时间的问题而已，有时候我真希望你妈也忘了这件事。”

“我不想回到跟以前一样。”

“你没的选择，你被禁足了，而且，你再也不准跟埃米莉有任何来往。”

温早就料到他爸爸会这样。“你以前喜欢的那个女孩，难道你从来没有想过要告诉她吗？”

摩根把腿放了下来，又跷起另一只腿。他瞪着自己的指甲看了好一会儿。“没有，”他说，“我喜欢那种幻觉，当我跟她在一起的时候，我觉得自己很……”

“正常。”温替他接了下去。

摩根点点头：“一开始跟你妈在一起时，我也是这样觉得的。但后来罗根被骗了出去，把我们的秘密公开展示给大家看，那时你妈跟我结婚才不过两年，之后一切都变了，她再也不肯原谅我，因为我从来没有告诉她这件事，因为我让她跟全镇的人同时发现这件事。”

科菲家的男人都有自己独特的方式把这件事情告诉他们娶的女人，但通常是在结婚典礼之后没多久。这个传统，就像其他的事情一样，一点意义都没有。温老是想，如果罗根没有把家族的秘密揭露出来，他爸爸是不是永远都不会把这件事告诉他妈妈。

“妈妈很爱你。”温说，他很确定，至少这件事曾经是真的。

摩根站了起来，朝门口走过去。“她只有在白天才爱我，白天的时候，所有人都喜欢我们。相信我，温，我是在救你，不让你陷入悲剧。”

朱莉娅把车停在餐厅后面，一辆大型垃圾装卸车的旁边，然后想：“我刚刚到底做了什么？”索耶让她气到失去理智，所以她就跟他上床了，这真的是理由吗？或者这只是她想掩饰自我需求的借口而已。但是一切都搞乱了，她已经不知道自己该做什么了，现在已经完全没有了目标，也没有了计划。而现在她还得进到餐厅里，里面早已是高朋满座了，可是她还穿着跟昨天一样的衣服，身上有他的味道。她调整了一下后视镜，看看自己的样子，老天，她脸上还有被胡楂儿刮过的痕迹。

她哀号了一声，把脸埋进方向盘。其实她可以干脆回家休息，她开始想打退堂鼓。可是这样就会有人上门来，关心她去哪里了，是不是发生了什么事之类的，到时再多解释什么，也只是越描越黑而已。而且今天还是星期天，是店里生意最好的时候、赚最多钱的日子。她一定得进去。

她试着想把头发拨整齐一点，但似乎没什么用。她只好叹了口气，走下车。

从后门进去的话，走个几步，就会经过厕所，直接进到用餐区。她本来想偷偷摸摸地进去，却在看见餐厅里客人满满的景象时，还是不禁停下了脚步。从收入的报表上看起来，她知道生意有多好，但是亲眼见到这景象，却是完全不同的感觉。她爸爸一定会爱极了这种感觉，他会站在那里跟客人们聊天，让客人们觉得宾至如归，聊聊镇上最近发生的事情。有那么一瞬间，她觉得好像真的看到爸爸站在那里，戴着棒球帽、穿着T恤衫、牛仔裤以及一件半身的围裙。他是个安静的男人，她生命中的另一个如影随形的鬼魂。但突然有个人从她的身边经过，从她视线的边缘掠过，然后她爸爸就不见了。她突然想着，当她离开穆拉比的时候，他是不是还在这里？他的记忆会一直存在吗？

“嘿！朱莉娅！”有人在座位上叫她的名字，接着好几个人都跟着转过来看她，许多人都跟她打招呼，少数一些人对她挥挥手。有几位较为年长的女士，在她小的时候曾经跟她一起去教堂，她们甚至上前来邀请她去参加星期天的晚祷。平时，她都来得非常早，所以从来没有碰见过这些人。她会在杂货店或是在街上碰见这些人，但他们不会像现在这么热情。就某些原因来说，看见她在店里，对他们来说有不一样的意义。在这里，她是这间餐厅的老板，她是他们至今仍可以到这里来相聚、聊天的理由。在这里，她是吉姆的女儿，而这些顾客因此特别喜欢她。

朱莉娅对这些人微笑，有点头晕目眩地横着跨步进到厨房去。

几个小时之后，在午餐时间最忙碌的时候，朱莉娅终于把当天的蛋糕做好了，她才刚把蛋糕端出去，站在柜台前，在小黑板上写今日蛋糕的名称时，就已经有人点蛋糕，立刻切开并端上桌了。

她并不知道，当她在厨房做蛋糕时，她的前继母贝弗莉来到餐厅里，但很明显不是要吃东西。她坐在靠近门口的桌子那儿等朱莉娅，当她站起来时，隔壁桌的一对夫妇看起来松了一口气。

“朱莉娅！”贝弗莉叫她，一面挥着一个棕色的大信封，一面朝她走过去，有几个男人转过来看她，“我刚去斯特拉·费里斯家找你，因为你午餐时间从来都不会在餐厅，你今天这个时间在这里做什么？你以前都是一大早就来餐厅，每个人都知道的，你啊，应该规划好你的时间表，然后就完全按照时间表作息。”

朱莉娅今天实在太累了，不管是身体上或是心理上，都没有力气去应付贝弗莉。她把黑板放了下来：“贝弗莉，我们可以改天再聊吗？我现在累坏了，我想回家了。”而到底哪里是家呢？她想着。是她在斯特拉家的公寓吗？她爸爸的老房子？巴尔的摩？一切都乱掉了。

“不，不，想都别想，我都已经过来找你了，小姐，如果我知道你在这里，我就会直接过来，不必去斯特拉家等你了，那女人还真是个怪人。你午餐时间到底在这里做什么？”她又问了一次，“平常这个时间你从来都不会在这里的。”

“这地方是我的，贝弗莉，只要我高兴，我随时都可以来。”

“说到这个……亲爱的，让我过一下，”她对一个坐在柜台旁边的男人说，然后扭腰摆臀地把身体挤在他和旁边的另一个男人之间，两人之间几乎没有空隙，不过她似乎一点也不介意，那两个男人也是，“这就是我要告诉你的大惊喜！”她把信封重重地放在柜台上，就在朱莉娅的面前。“你爸爸一定会很以我为傲的，我请我的律师拟了这个合伙的文件，以后这地方就是我们共有的，你只要签名，把杰氏烧烤的一半过户给我就可以了。这样，当我们把这里卖掉之后，收入就可以平分了。”

贝弗莉两侧的男人都抬起头来，好奇地看着朱莉娅，跟贝弗莉一样安静地等待，看朱莉娅要说什么。附近几张桌子的顾客们也听见了，纷纷转过头来，然后这个消息就像一阵烟似的，很快地就传遍了整间餐厅。

朱莉娅瞪着柜台桌面上的信封，这原本应该不是什么问题才对，但现在却真的成了个大问题。就像昨天晚上，应该也不是什么了不起的事情，但事实上它就真的是件大事。

至少经过了一分钟，一点动静都没有，贝弗莉开始露出不安的神情：“快点，朱莉娅，你知道这是我应得的。”她俯身靠近了一些，用比较温柔的语气继续说，“我们两个都了解的啊。”

“我的了解是，”朱莉娅终于开口，抬起了头，“是我爸爸深爱着你，你却抛弃了他。”

这句话让整间餐厅都安静了下来。

贝弗莉扬起了信封：“我看你是哪里不太对劲吧，看你现在这个样子，昨天应该没怎么睡吧，而且别以为我没注意到你还穿着跟昨天一样的衣服，弄干净点，我去外面等你。”

“不用了，贝弗莉，就在这里解决。”朱莉娅说着，终于把多年来压抑在心里的怨气都一股脑儿地发泄出来，“他把你看得比什么都重要，甚至连跟我的关系都愿意牺牲掉。从你出现在他的生命中开始，我就消失了。这些疤痕，这些每次你看见我就要拿出来挖苦我的疤痕，就是因为只要你一出现，他就再也不会正眼看我一眼的结果。他拼了命地在这间店里认真工作，但你就是不知道满足，不是吗？当这间店开始赚不到什么钱，变得没有价值之后，你就抛弃他了。你还真的以为我会把这间店的一半分给你吗？你凭什么说自己应得啊？”

贝弗莉噘起了嘴唇，她今天用珠光橘色的唇笔描了唇线。“我来告诉你一些你不知道的事情吧，是你先抛弃他的，而且你才是使他负债累累的主因，这一切全都是你的错，你这小贱人，少用那种自以为高高在上的态度对我说话。”

朱莉娅的火气都冲上脑门了：“我怎么可能是他负债的原因？”

贝弗莉愤恨地干笑了几声：“不然你以为你去少年感化院的钱，他是怎么付的？他那些微薄的收入，根本连给你付学费都不够了，而且因为你是外地去的学生，学费还比别人贵。因为你，他才把所有家产都拿去抵押，你这个不知感恩的家伙，而且那时候我也还没有离开他。我会离开他，是因为巴德开始对我大献殷勤，而你爸却对这件事不闻不问，一句话也没说。他很久以前就不再珍惜我了，他所谈的所有话题都是关于你的。说你是他家族中第一个上大学的，说你住在一个大城市里，很努力地要实现自己的梦想。他完全把你以前的恶劣行为忘得一干二净，你自残，十六岁就怀孕，你把他的钱都花光了却再也不回来看他。”朱莉娅看见许多顾客都露出惊讶的表情，他们当中许多人都不晓得朱莉娅手臂上有疤痕，他们好奇过，但没有人知道她离开穆拉比的时候，其实已经怀孕了。

朱莉娅惊讶得说不出一句话，她完全不晓得这些事，不晓得她爸爸为她做的牺牲，她脑海中突然有什么东西开始运转的嘀嗒声，然后终于清醒地明白了一切。他从来都不是个很善于表达自己情绪的人，她花了很多时间接受心理治疗，努力调适自己，不要总是期待别人的关怀，尤其是在她生命中的男人们。她觉得自己希望得到对方明显的情感表达，不管是动作上或是言语上，因为她爸爸从来没有给她这一切。有的时候她会想，她在那么年轻的时候就爱上索耶，应该有一部分原因是因为她跟爸爸的关系里缺少了什么东西，而她以为从别人身上可以得到。可是，她到底是怎么会缺少这些东西的？她爸爸的情感一向都是内敛、讷于表达，即使是对她的爱，也都是默默无声的。

不幸的是，她爸爸生命中的人都不曾了解过他的含蓄深情，所以每个人都离开了他，因为他们的心都不够安静到能听见他的爱。直到一切都太晚了才发现。

“不过，不会的，”朱莉娅想着，“现在还不算太晚。”

朱莉娅眼里充满了泪水，她伸手把眼泪擦掉。她开始说出一些，她自己也不敢相信她会在大庭广众下说的话：“他是个好人，一个单纯的好人，而且他应该得到比我们两个都更好的一切，贝弗莉，你别想从这间餐厅得到任何一毛钱，没有人可以这么做，因为这里是他唯一的坚持，这个地方永远都不会让他失望，有非常多的人都在这里从他身上得到了许多无价的东西。”她指着门，“这里不欢迎你，以后不要再来了。”

“噢，我会回来的，”贝弗莉快速地走向门口，“等到你一走，我就会立刻回到这里来，到时候你也拿我没办法。”

“我会在这里，确保她知道自己不受欢迎。”餐厅的日班经理夏洛特在朱莉娅的身后说道。

“我也会。”新来的女服务生说。

“我会提醒她的。”一个坐在柜台前的男人说。

“我也是。”房间另一端的某个顾客也发出声音，然后整间餐厅随即冒出了此起彼落的回应声。

贝弗莉感到非常震惊，她瞪了朱莉娅一眼：“看吧，这就是你做的好事！你一走了之，然后留下一大堆烂摊子。”

“我有个重大消息要告诉你，”朱莉娅说，“我不走了！”

餐厅里立刻响起了如雷的掌声，贝弗莉只好狼狈地离开了。

朱莉娅站在原地，重重地深呼吸，然后又想："我刚刚到底做了什么？"

"你终于出现了！"当朱莉娅终于回到家时，斯特拉站在门边对她说。斯特拉身上穿着她自己称为"晨袍"的衣服，一件有扣子的丝质长袍，是她妈妈给她的。她说穿着这件衣服，感觉自己就像个很悠闲的贵妇。"我好担心你！你昨天晚上去哪里了？刚刚就连你那个邪恶的继母都来找你了。"

"你为什么会跟索耶上床？"朱莉娅人还站在门廊上，就脱口而出，她其实并没有打算要说这句话的，所以她自己心里也跟斯特拉脸上的表情一样惊讶。

"什么？"斯特拉问。

"索耶说，三年前你们上过床，你爱他吗？"

"哦，那个啊，"斯特拉说，"那时真是糟透了，我不是说性那方面……至少我记得应该不是。我是说我自己的状况一团糟，我那时才刚离婚，所有的钱都没了，索耶那天晚上带了一瓶香槟过来，说要庆祝我重获自由，我喝得烂醉，然后就爬到他身上去。这真的一点都没有什么好得意的，相信我，我一点都不想当那种男人因为同情我才跟我上床的女人。所以也就那么一次而已，事后我一直想躲着他，但他不让我躲着他。索耶是个很好的人，一个很棒的朋友，你为什么会问这个？”斯特拉夸张地按住了自己的胸口，“噢！我的天哪！那就是你昨天晚上去的地方！你真的跟索耶做了！”

朱莉娅没有回答，不过她脸上的表情大概已经什么都招了。

斯特拉一把将她拉进怀里，给了她一个大大的拥抱。“我好开心，那个男人一直都对你有意思，我真不知道为什么他要等那么久，我老是取笑他，说他很怕你。”她握着朱莉娅的手，将朱莉娅带到客厅里，刚刚她就在这里，独自享受一大瓶血腥梅里。“好啦，把事情原原本本地讲给我听吧！发生了什么事？什么时候？几次？”

朱莉娅坐了下来，接过斯特拉递给她的饮料，摇摇头：“想都别想。”

“你一定要告诉我，你是我最好的朋友。”斯特拉说，但朱莉娅却非常惊讶，“这是我们两个之间的规矩，我可是把我现在生活中发生的所有事情都告诉你了。”

“你就没把索耶的事情告诉我。”朱莉娅说着，一面把饮料里面的芹菜梗拿出来，咬了一口。

“索耶又不是我现在生活里的事情，他是过去的事情了，而且还是好久以前了。”

朱莉娅把玻璃杯放回托盘里：“我真的是你最好的朋友吗？”

“当然是啊。”

“可是高中的时候，你都会嘲笑我。”

斯特拉非常惊讶地、重重地坐在朱莉娅对面的椅子上。“高中是那么久以前的事情了，你现在是在跟我说，你不能当我最好的朋友，是因为那么久以前发生过的事情吗？”

“不是。”朱莉娅说。这是她长久以来，第一次对自己诚实，她在巴尔的摩的那些朋友都不曾给她这种感觉，他们接受她，是因为他们以为她是他们想象中的那种人。但斯特拉接受了完整而真实的她，这个地方定义了她这个人，一直都是如此，而斯特拉清楚这一切。“我觉得你是我这辈子最好的朋友。”

“这才像话嘛，”斯特拉说，“好了，现在把一切都告诉我吧。”

几个小时之后，当朱莉娅打开门时，索耶的第一句话就是：“我得把这件事解释清楚，霍莉跟我之间什么都没有。”

朱莉娅倾斜着身子靠在门柱上，看见他的感觉真好，但是还是有很多事情必须先厘清：“你们两个看起来很好啊，非常相配，你难道都没想过继续跟她在一起吗？”

“我不想跟她相配。霍莉是来把我们共有的那间房子属于她的那一半卖给我的。她再过几个星期就要再婚了，她怀孕了。而且我完全忘记了她这个周末要来镇上的事情。”

“那是我的错，对不起。”

“不需要道歉，再做一次就好了。”他想进她的公寓，但她僵住了，手紧紧握着门把。索耶退了一步：“你不想让我进去？”

“不是，不是那样的，只是……我一直都把这个地方当作暂时的住所而已，里面没有什么东西。”经过了这么久，朱莉娅简直不敢相信自己竟然还会觉得尴尬。

“我不会在意你的公寓看起来是什么样子。”

“那只是自然反应，对不起。”她将门拉开了一些。

他大步跨了进去，深吸一口气，露出了满足的微笑，他把手叉在腰上，一副他刚刚征服了一座新大陆的样子。“从你回来的那一天开始，我就一直想上这里来，不过不是你想的那样。每个星期四，我过来跟斯特拉一起吃比萨的时候，不管你在这里做的是哪一种蛋糕，那种难以言喻的味道……每次都能让我觉得好陶醉。”

“你可以看见吗？”朱莉娅问。

“我一直都可以看见啊。你现在身上就有，在你的头发之间闪闪发亮。”他指向她的手，“在你衣服的袖口这里也有一些。”

朱莉娅举起手，把袖口翻过来看，的确，早上做蛋糕时，面粉和糖粉沾到了她的袖子。“真不可思议。”

“你要带我到处参观一下吗？”索耶问。

“我们可以从这里开始，”她依序指着每一扇门，“卧室、浴室、厨房、客厅。”她带他到小小的客厅里，请他坐下。她自己却仍然站着，紧张到没办法坐下。“那张双人沙发是斯特拉的妈妈给我的，我自己也有一张不错的沙发，现在都打包储藏着，放在巴尔的摩。”

“那你会把它搬过来吗？”

“我不知道。”

他将背靠在沙发上，很明显是在压抑自己，不要强迫她继续谈这个话题。“今天早上，你真的在餐厅里面跟贝弗莉吵起来了吗？”

朱莉娅笑了起来：“是斯特拉告诉你的，还是小道消息传得这么快？”

“都有，发生了什么事？”

“简单来说，就是我心里有一些想说的话，而她也是。”

“我听说，你说你不会卖掉餐厅了？”他小心翼翼地问。

“当时我还能说什么？其实我也跟你一样惊讶。”

“那你的两年计划怎么办？”他停顿了一下，“这是不是代表你会留下来了？”

朱莉娅并没有马上回答他的问题。“你还记得我要跟你说的那件重要的事吧？我现在要告诉你了，然后我会离开，让你一个人好好思考一下，可以吗？”

索耶脸上出现了警觉的表情：“一个人？你是要离开，然后永远不回来了吗？”

“我的意思是，要暂时离开这个公寓出去走一走。”她说，“接下来的事情，谁知道呢？”

“好，”他说，“你说吧。”

“待在这里别动。”她走进卧室，趴下来在床底下摸索了一阵，找到她藏在床底下的代数课本。她将课本打开，看着那两张照片——她和她的宝宝，也是索耶的宝宝。她在柯里尔的时候，就把照片夹在这本书里，之后就再也想不出有什么更好的地方可以收藏这两张照片了，因此到现在还是夹在这里。她把书放在床上，只拿了照片回到客厅去。她觉得心跳得飞快，皮肤好像被几千根针刺到一样神志格外清醒。

当她走进客厅时，索耶抬起头看她。她还没办法亲自说出口，只是把照片递给他，他接了过去。

他看照片时，她一直注意他的反应，一开始有点疑惑，然后突然惊醒似的。他猛然抬起头，对上了她的视线。

“她是五月五日出生的，”她说，“两千八百克，她看起来一点都不像我，倒是非常像你，金头发、蓝眼睛。一对住在华盛顿特区的夫妇领养了她。”

“我有个女儿？”

她点点头，在他还来不及继续问下去之前，就转身离开了。

模糊的灯光照在金属的看台座椅上，朱莉娅还是青少年的时候，她专属的座位就是在看台座椅最高处，扩音器旁边，独立出一小块位置的那个座位。

从十六岁起，她就再也没有回到这里来了，此时感觉很奇怪，好像有点不太一样了，但又似乎还是跟以前一样，一种陌生的熟悉感觉。从这个位置，她可以往下看见五十码线，事情就是在那里发生的，她的人生就是从那里开始改变的。在球场远处，那栋红砖的教学大楼非常安静，但有一些窗户是开着的，显然有一些老师已经在教室里准备下个学期的课程了。一楼的自助餐厅正对着球场，她想起索耶说过，午餐时间他都会在这里，看着远处看台座位上的她。

朱莉娅一个人坐在这个老位置上，至少过了一个小时，她猜想着，不晓得索耶需要多少时间来消化这些事情，或许全世界的时间都给他也不够。忽然有样东西吸引了她的视线，在球场的左边，她看见索耶正朝着她走过来。

他停在看台座位的底下，抬起头看她。照片还在他的手里，但是看不清楚他的表情，他在生气吗？这件事会不会又把一切都改变了呢？她心里起了防备机制，因为想到了这种可能性，所以又开始武装自己，虽然她也知道自己已经不像十六岁时那么容易受到伤害了。她已经学会了降低期待，她自己心里有一张“永远不可能拥有的东西”清单，索耶一直都被列在这张清单上，清单上的项目还包括了她的女儿、修长的手指，还有倒转时间的能力。

索耶开始往上朝着朱莉娅走过去。他跨出第一步的时候，他的脸还是十六岁的他，金色的头发，天使般的脸蛋，是全校女孩的梦中情人，是每个女孩吹熄生日蛋糕上的蜡烛时心里所许的愿望。随着他每跨出一步，他的年纪就越来越大，那天使般的脸蛋渐渐变得有棱有角，皮肤的颜色变得更接近金黄色，头发也变成深金色。当他走到她身边时，他已经变回了今天的索耶，今天早上的索耶……昨天晚上的索耶。

他一言不发地在她身边坐了下来。

"你怎么知道我会在这里？"她问，因为就连她自己也不知道她会来这里，是她散步时经过学校，所以才临时起意走进来的。

"只是直觉。"

"说吧，"她说，"想问就问吧。"

"我根本就不需要问那个最重要的问题，因为我了解你为什么不告诉我。"

她点点头："好。"

"你知道她现在在哪里吗？她在做什么？"他低头看了一下照片，"她的名字？"

"都不知道。"她拉了拉自己的袖口，"那些文件都是密封的，除非她想找我，否则我是找不到她的。你说过以前你妈妈做蛋糕的时候，你都会跟着那个味道回家，我一直记得这件事……牢牢印在我心里……所以我想，如果我一直做蛋糕，她总有一天会找到我，蛋糕的味道会带她回家。"朱莉娅低下头，然后又看向远方，就是不看索耶，"我觉得她应该遗传到你那种对甜食的感知能力，我怀孕的时候，不管吃多少蛋糕，她好像都不满足。”

“我妈妈在怀我的时候也是这样的。”

“我真的非常想留下她，”她说，“有好长一段时间，我恨所有不肯帮我留下孩子的人，我好久之后才了解，我只是在迁怒其他人，其实是我自己能力不够，才没有办法亲自抚养她长大。”

这次，换索耶看向远方了：“现在不管说多少次对不起，似乎都不够，我觉得我欠了你好多东西，她也是我欠你的。”他摇摇头，“我真不敢相信我有个女儿。”

“你没有欠我什么。”她说，“她是个礼物。”

“照片里你的头发还是粉红色的，”他把那张朱莉娅在医院里抱着宝宝的照片拿起来，“你是什么时候开始不再染头发了？”

“我继续去上学以后，照完这张照片后没有多久，我就把头发剪掉了。”

“那你是什么时候开始染这一撮粉红头发的？”

朱莉娅有点紧张地把头发塞到耳朵后面。“上大学的时候，我那些在巴尔的摩的朋友以为我这么做是标新立异，但实际上，我这么做是因为它可以提醒我，我可以熬过许多事情……以及我已经熬过的那些事情，它提醒我不要放弃。”

两个人之间出现了一阵很长的沉默。一个修缮人员驾驶着除草机，开到足球场上，开始修剪附近的草皮，朱莉娅和索耶一起望着那个人。

“你会留下来吗？”索耶终于鼓起勇气问了。

她该怎么回答呢？他现在看起来非常冷静，没办法知道他真正的感觉。“长久以来我都告诉我自己，这里不是我的家，到现在我都已经深信不疑了。”她小心翼翼地说，“‘归属’对我来说，一直都是件很困难的事情。”

“我可以当你的家，”他平静地说，“做你的归属。”

她瞪大了眼睛看着他，被他这种耳语般吐露的明显情感吓住了，直到他转向了她。他看见她的眼里充满了泪水，就靠过去一些，朝她伸出手，她投入他的怀里，开始哭泣，哭了好久好久，久到她的喉咙都开始痛了，哭到整个足球场的草皮都除整齐了，空气中都是除过草的味道，跑道上有许多从草丛中掉出来的虫子。

现在想起来，经过了这么久的时间，经过了这么长久的找寻和等待，经过了那么多后悔的时间、浪费掉的时间，她还是回到这里来了，在这个她遗失掉幸福的地方，重新找回了幸福。

在北卡罗来纳州，穆拉比小镇的足球场上，幸福一直在等着她。

当天晚上，埃米莉独自走在人行道上，双手插在短裤口袋里。外面没有什么车辆，但埃米莉还是提高警觉留神听着有没有车辆的声音，在黑暗中穿过一个又一个有路灯照亮的区块和没有路灯亮光的区块，想找出有没有任何蛛丝马迹，透露温把整个镇子的居民都聚集到公园去的信息，就像她妈妈以前做的那样。

自从来到穆拉比小镇，埃米莉以前不相信的事情，现在都被证实是真实存在着的，而且这样的事情越来越多，她心里不禁开始想象，万一这次也是真的呢？如果巨人是真实存在着的，如果壁纸真的会自己变化图样，那么……温为什么不可能会……他说他会的那件事呢？如果那是真的，就表示温做的一切不是为了报复她，不是为了她妈妈以前做过的事情。她离约定的地点越近，就越希望温说的是真的。

她走到小镇大街的时候，停在公园旁边的人行道上。路上一个人都没有。灰绿色的月光笼罩着这个区域，身后的树影看起来像坏巫婆的手指，越过草皮朝着她伸过来。她走进公园，朝着演奏台的方向走去。

她站在演奏台最重要的阶梯下面，抬起头看着演奏台，一直往上看，到了顶端那个新月形状的风向计，然后她又回头看外面的街道，看看温是不是会从那个方向过来。

“你来了，我本以为你不会来的。”

他的声音突然不知道从哪里冒出来，把埃米莉吓了一大跳。“你在哪里？”她朝着公园里面大叫，不停地东张西望，每个树影看起来都像是有人站在那里的感觉，像在跟她闹着玩。

“在你后面。”她很快地转过头，往演奏台看。她的手已经开始在颤抖，于是她握紧了拳头，她的指甲刺在掌心里。很仔细看了一下，她才终于看出在舞台后面的一个凹陷处有个身影躲在那里。

她觉得自己的心往下一沉。

“你没有在发光。”她用指责的语气说，那种感觉就像是他忘了她的生日，或是他踩到了她的脚趾却没有向她道歉。她觉得受伤，也很气自己蠢到会让他这样伤害自己。根本就没有什么超现实的事情发生，一切都很简单，而简单是好事，因为比较容易了解。再说，这也是她今天会愿意出现在这里的原因，就是要让温设计她，这样才能够弥补过去的错误。

她看着温站了起来，在阴影下，他的白上衣相当显眼，他慢慢地走出阴影，朝着阶梯走了过来，然后停在草地上，离她只有几步远的距离。她勇敢地看着他的双眼，心想："来吧，我可以承受的。"

过了一会儿，埃米莉才发现温看起来很紧张，似乎很不确定他该怎么做。但那个瞬间就发生了。一道光开始从他身上延展了出来，就像从余火未烬的煤炭堆中冒出来，也很像有光线从他身后照过来，但当然，附近并没有其他的光源。那些光线就像是从他皮肤发散出来的，白色的光将他整个人包围了起来。他看起来就像半夜里梦见白天的光线似的，他身上的光好像有生命一般，有点波浪起伏地慢慢延伸出来，显现出令人惊愕的美丽。

他站在原地，让埃米莉一直瞪着他看，当他发现埃米莉并没有打算逃跑时，似乎松了一口气，肩膀放松下垂了一些。但埃米莉并不是不想逃跑，而是她根本没办法逃跑，她全身的肌肉都僵硬了。

温往前朝她跨了一步，然后又一步，她可以看见那些光线开始伸展出来，包围住她，她随即感觉到了那种像被缎带缠绕般的温暖。以前她觉得这种感觉很舒服，但那是在她没有亲眼见到这景象之前的事情，现在亲眼看见它是怎么发生的时候，那又完全是另一回事了。

"住手。"她以尖锐的语调说，觉得自己已经喘不过气来了。她的双腿无法动弹，但身体拼命地往后倾斜，就在快要跌倒的时候，她的脚才本能般地往后跨步，撑住她的身体，她好不容易这么退了几步。“快住手。”

温立刻停下了脚步，埃米莉踉跄地退开。“你没事吧？”他问。

她没事吧？她怎么可能没事！她转过身背对着温，将手按在膝盖上，她快要不能呼吸了。

“埃米莉，这没有什么好怕的。”

“你是怎么弄的？”她命令般地说，“快点住手！”

“我没办法，但是我可以去月光照不到的地方，你快到阶梯这边来坐下。”

“不要碰我，”她说，转过头看见他又朝她靠了一步，“你就去做你要做的事情，然后快点让它停下来。”

他一次跨两步，没几步就退回到了演奏台边的阴影下。她很感激并摇摇晃晃地走到阶梯旁坐了下来。她低着头，试着专心去想一些完全不相干的事情：“失语症”这个词是指无法想出你要用的字眼的一种心理状态。

她终于感觉好了一些，当视线里的亮点逐渐淡去时，她缓缓抬起头，因为冒了一身冷汗而感觉有点冷。

“我不是故意让你的恐慌症发作的。”温在她的背后说，“很抱歉。”

不过还好，因为这样，她就可以暂时不用回头去看温：“旁边的人都看到了吧？我们被拍到了吗？这就是你想要的吗？”

“我并不是在设计你，”他说，埃米莉说的话，让他的心痛像海水般涌上来，“我只是要证明给你看，我就是这样的人。”

她深呼吸，用手背抹掉了前额的汗水。如果真的是这样……那她可以理解，那天晚上当她妈妈把温的叔叔带到全镇的人面前时，大家有多么震惊。

奇怪又不可思议的事情。的确。

“你现在觉得怎么样？”他问，“要我帮你拿点什么来吗？”

“不用，待在这里就好。”她终于站了起来，再次面向演奏台，“这里的每个人都知道吗？”

“那天晚上在这里的人都知道，”他从黑暗的阴影里说，“那次之后，我家人就更加小心，确保不会再被人看到。”

“但是他们都知道你就是树林里的那道光？”

“对，我从小就开始这样做了，不过在我之前，有许多祖先都做过这种事。”

“为什么你希望我亲眼看到？”

他犹豫着，好像现在他已经不完全确定为什么了。埃米莉突然觉得自己很糟糕，她让他失望了。她妈妈以前教导她的可不是这样，她一直都教埃米莉要敞开心胸去接受，而且懂得尊重，要主动前去帮助人，而且不能害怕被卷入麻烦中，她一直都在这样的教诲下长大，但她失败了。她让温难过，也让妈妈难过了。

她仍然在这个历史的循环里面，她现在很害怕，因为她自己，也因为温，她很清楚上一次这个事件的结果如何。

“我一直不知道该怎么站到别人面前，然后跟他们说：这就是我，接受我真正的样子吧。”温终于开口，“我从见到你的那一刻开始就知道，我注定要展示给你看，因为我觉得你是来帮助我的。”

“怎么帮？”她立刻问，“我要怎么帮助你？我不懂。”

“你可以告诉我，现在你亲眼见到了这一切，但你的感觉还是一样，跟在白天看到我一样没有差别。就这样。”

埃米莉挺直了身子，然后往后退到没有阴影的地方：“温，来这里。”

“你确定？”

“对。”

他走了出来，然后他的皮肤又开始射出了光芒。从他的姿势看起来，好像如果有需要的话，他可以立刻跳回阴影底下。她站稳了脚步，虽然她觉得胃好像在翻搅。

当他终于走到她面前时，她立刻就伸出手，握住了他的手，好让自己可以站得跟他一样稳。她很惊讶他的手竟然只是温的，就跟平时一样温暖，而不是灼热的高温。“会痛吗？”她问。

“不会。”

她吞了口口水，她有些颤抖，不晓得他有没有感觉到？“我觉得这很美，我觉得这是我所见过的最美的东西了。”

温站在原地，身体像太阳一样闪亮，惊讶地瞪大眼睛看着她，好像她才是不可思议的那个人。他稍微弯腰靠近她，他靠得越近，好像就有越多的光线延伸出来包围住她，感觉很像从影子底下走到有阳光照射的地方去。他身上的光线包围了他们两个人，在他们身上跳跃着，仿佛在说“在一起、在一起，就是现在！”她看到他的头往侧边微微地倾斜。

“他要吻我了。”她突然这么想。她就是有这种感觉，虽然她也不知道该怎么解释，这种感觉就像某些日子，你早上一醒来，就感觉今天会是个好日子一样。她自己幻想过这样的情节好多遍，多到她绝对不肯承认的地步，但是她从来没有想过情景会是像现在这样，跟她预期中的完全不一样，但是……令人惊异的完美。

但就在快要发生之前，他们两个人却从彼此身边跳开，露出惊慌的神色。他们听到了有人在跑的声音。温的妹妹穿过公园，朝着他们两个跑过来。

“温！你在做什么？”凯莉上气不接下气地说，停下脚步时，还在满是露水的草地上打滑了一下，“爸爸要你回到室内去，就是现在！”

埃米莉和温互相对看了一眼，她实在很不习惯看到温这种毫无信心的样子。“发生什么事了？”埃米莉问。

“我们现在要开始处理这个事件的结果，然后继续下去，就跟上一次一样，但只……”

“会更好。”埃米莉替他说完了这句话。

他摸摸她的脸，露出了微笑，然后就穿过公园，朝着他家的方向跑过去了。埃米莉和凯莉两个人站在原地，看着他跑远的身影，他连背影都那么迷人。

“是不是很漂亮？”凯莉说。

埃米莉很警惕地转向她，凯莉现在对她说话的语气竟然这么温柔，她觉得非常惊讶。“是的。”她柔声回答。

“其实我很希望自己可以像他那样，他根本不知道。”凯莉停顿了一下，“从我出生以来，关于你妈妈跟我叔叔那天晚上发生过的事情，我已经听过无数遍了，我以为你跟她是同一种人，但我真的很开心你没有跟她一样。”她微笑着，认为自己这么说是在夸奖她。埃米莉看得出她说的这些话是发自肺腑的真心话，也知道她是好意，但即使到了现在，她还是无法习惯镇上的居民们对她妈妈的看法。要打破历史的循环，就应该让所有的恨意宣泄而出，但现在并没有。现在埃米莉自己大概可以融入这个小镇，但她妈妈是永远都不可能了。“我最好过去看看到底状况怎么样，我们改天见吧，还有温一起，这点是不容置疑的。”

身上没有光芒环绕的凯莉很快地消失在黑暗之中。埃米莉一个人在那里站了好久，才终于走回家去。

埃米莉被用力敲门的声音吵醒，她很快地坐了起来。她昨天晚上实在太震惊了，回到家时整个人已经筋疲力尽，所以睡前她没有像平时一样戴起 MP3。她环顾了一下四周，新的月亮壁纸让她一下子回到了昨天晚上那一刻，昨晚的事情一下子全都回到她的记忆里。

他发光了。

然后，思绪杂乱无章地、完全没来由地跳到："他差点吻了我。"

用力到像在撞门的声音还持续着，埃米莉很快地爬下床。昨天晚上她也没换衣服就直接睡了，所以她直接冲出房间，立刻往楼下跑。

她才跑到一半，就很惊讶地发现前门竟然是关着的，万斯外公每天去吃早餐时，都会刻意让门开着，她刚跑到最底下那层楼梯时，万斯外公的房门突然缓缓地打开了。外公走了出来，湿湿的头发上面还有刚梳过头的痕迹。他根本还没出门去吃早餐，现在到底是有多早？

万斯并没有注意到她站在楼梯上，他走到门口去打开了门。

摩根·科菲站在门廊上，劈头就说："我们得谈谈。"他的白色亚麻套装还皱皱的，好像整夜都穿着它，还没有换过衣服似的。他那一头深色头发，平时都是用发胶往后梳，现在则乱乱地散在他的前额上，这样的发型反而使他看起来比较年轻，比较像温。

"摩根？"看见他，万斯显然很惊讶，"这个时间，你来这里做什么？"

“相信我，我本来还想更早来的，但我得等到天亮。”

“进来吧。”万斯往后退了一步，让摩根走进来，“发生了什么事？”

摩根立刻就注意到还站在阶梯上的埃米莉，于是僵住了身子，他的恨意像巨浪般朝她席卷过去，埃米莉忍不住往上退了一步。“看来你的外孙女还没有告诉你。”他说，并用下巴朝埃米莉的方向示意了一下。他的眼神锐利到万斯上前去挡在他们之间，就像在保护埃米莉一样。“万斯，你到底为什么要让她来这里？难道你的家人以前对我们的伤害还不够吗？”

“到底是什么事？”万斯以命令般的口吻问。

“又发生了，”摩根说，“昨晚你的外孙女诱骗我儿子到公园里去，就像上次那样。”

“这件事跟埃米莉没有关系，”温的声音传了进来，他打开纱门，也走进万斯家里，“是我约她到那里去找我的，这跟上次完全不一样，那个时候，公园里只有我跟埃米莉两个人。”

“我叫你待在家里。”摩根说。

“这是跟我有关的事情，我必须到这里来解释清楚。”

万斯外公完全被搞糊涂了，他转向她：“埃米莉？”

“我以为我去那里见他的话，他会想办法羞辱我，为了我妈妈做的事情报复我，他说他会发光的时候，我根本就不相信他，他要我去那里见他，说他要展示给我看的时候，我其实也不相信。”

“孩子，如果你觉得他要羞辱你，你为什么要去呢？”万斯怀疑地问。

“我以为这么做可以弥补过去……”

万斯举起了他那跟平底锅差不多大的手：“好了好了，够了，别说了，你不需要做任何事情去弥补你妈过去做的事。摩根，这件事就到此为止吧。”

“你这是在替她推卸责任，就像你以前袒护你女儿一样。”

万斯外公板着脸，他真的生气了，看见一个生气的巨人，实在是件很令人惊怕的事情。“我从来没有替达尔茜找过任何借口，为了那次的事情，为了我没有好好管教达尔茜，我也一直都默默接受大家的指责。但现在你给我听清楚了，我的外孙女不是达尔茜，我不会让别人这样对待她。”

摩根清了清喉咙：“万斯，如果你坐下的话，我会比较自在一点。”

万斯完全不肯退让：“在我身边的人，从来没有任何一个会真正觉得自在的，你应该比其他人都更了解这种感觉。”

“我要她离我的儿子远一点。”

“你儿子每晚都出现在我家后院已经好一阵子了，我一直在注意，以防止他接近埃米莉，所以，并不是埃米莉去接近你儿子。”万斯澄清道。

摩根怒目瞪了温一眼。

“你不可能让我远离她。”温说。

“难道你叔叔的事情，你连一点教训都没有吸取到吗？”摩根问他。

“当然有，他让我学到了要保护一段被家人反对的爱，是需要极大的勇气的。”

“你不可能是真心爱这个女孩的。”摩根完全不相信温说的话。

埃米莉的视线完全无法离开温，他爱她？但温只是看着他爸爸，两股势均力敌的力量正在对抗。

“你叔叔因为她的家人而自杀，”摩根对温说，“难道这对你来说一点意义都没有吗？”

“那是他的选择。”温说。埃米莉非常佩服他的冷静沉着，摩根·科菲本身就是一股不可抵抗的力量，但温也不遑多让。埃米莉不禁猜想，摩根到底知不知道，他到底是否了解，温会做出那么多不可思议的事情，都是因为他。“但我认为忽视他的牺牲是一件愚蠢的事情，他给了我们机会，让我们去过正常人的生活。”

“我的生命在那件事情发生之后，就再也没有正常过了！你妈因为我没有告诉她，再也不愿意原谅我。”

“所以你希望我跟你一样？我想要让她知道，我不想让这件事成为秘密，而且她知道了之后，世界没有毁灭，她也没有拒绝我。爸，我们不是你跟妈，也不是达尔茜跟罗根，这是我和埃米莉，我们之间的事情跟过去是完全不一样的。”

经过了短暂的沉默之后，万斯先开了口："摩根，让他们抛弃我们过去的包袱，过属于他们自己的生活吧。"

但摩根不想这么善罢甘休，他指着埃米莉对万斯说："那天晚上是你女儿把我弟弟骗到公园里去的！她设下陷阱骗他！是她毁掉这一切的。"

"把你的手放下，摩根。"万斯说，"我只会再说一次，我的外孙女不是达尔茜，我绝对不会让你把她妈妈的错误再怪到她身上。"

"那你打算怎么样？"

万斯往前站了一步。"我会把事实说出来。是你让大家以为你的家族跟罗根才是受害者，而我之所以沉默，是因为达尔茜希望我如此。她也知道如果她离开这里，所有的责任都会被推到她身上，但她还是这么做了，只是为了让你们好受一点，这是她这辈子所做的第一件毫无私心的事情。"

埃米莉本来一直看着温，这时候突然转过头："万斯外公，你在说什么？"

"温，我们走。"摩根很快地说。

"不，我要知道事实。"

"罗根一直都是个很抑郁的少年，在他认识达尔茜以前就是这样的了，"万斯说，"他试图自杀过好几次，这是除了他家人以外，没有人知道的事情，但罗根告诉了达尔茜，当时他跟你妈妈在恋爱，就算没有真的在一起，至少你妈妈真的很爱他，我以前从来没有看过她那个样子，她在小镇里面所有可以看到的木头表面都刻上了他们两个的姓名缩写。”

“等一下，那些东西是妈妈刻的？”埃米莉问，“不是罗根？”

万斯点点头：“她简直是为他神魂颠倒。达尔茜一向都是个非常强势的女孩，却非常顺从罗根。罗根在其他人面前都很内向害羞，但私底下，他却比任何人都懂得怎么控制达尔茜。他知道如果告诉达尔茜，他们不能在一起是因为他家人不赞同、不喜欢她的话，她一定会非常生气，因此他就利用了这一点，告诉达尔茜说他的家人有太多秘密，所以他不能跟任何人结婚，不过有一个解决的方法，他要达尔茜去把镇上的居民都聚集起来，说她要表演节目给大家看，但这只是个诱骗大家聚集起来的借口，实际上是要让罗根有机会在晚上出门，并且正大光明地出现在大家面前。但达尔茜根本不知道，她以为罗根只是要当着大家的面，宣告他有多爱她而已，她根本不知道科菲家的人不能在晚上出门的原因是因为他们会发光。当时的达尔茜跟我们其他人一样，都以为科菲家的人不出门，是因为要保持他们优越的身份，不想跟其他中产阶级的居民混在一起。那个时候，我还记得甚至还有其他几个比较有声望的家族，也仿效他们，晚上都不出门。”

“所以不是妈妈设计他？”埃米莉问。

“真要这么说的话，其实是罗根设计了她，他才是那个事件的主谋。达尔茜就跟所有在场的人一样被吓呆了，罗根发光之后，朝她伸出了手，她却不愿意走向他。他揭发了整个家族的秘密之后，没多久就自杀了，我不知道自杀原本就是他计划中的一个环节，还是他被达尔茜的拒绝刺激到了，事后深深自责才决定自杀的，这一点，大概只有他的家人才知道真相。我只知道，他原本就想要揭露这个秘密，他希望大家都知道这个秘密。”

埃米莉不禁把现在的温跟那时他的叔叔做比较，他们有很多相似之处，很显然，其实几个世代以来，他的家人都一直希望外界的人能接受他们真正的样子。

摩根的脸转成了玫红色。“你这些话根本没有人会相信，他们不可能会相信达尔茜是无辜的，而且我还是坚持我的看法，她原本可以阻止他的，她原本可以阻止罗根站到那个演奏台上，可以阻止罗根自杀的。罗根的确爱着她，他把我们祖传的信物送给了她。”他指着埃米莉手腕上的新月手链，埃米莉立刻用另一只手盖住了她的手链，“我们的母亲把那个送给他，让他送给他要娶的女人，通常是在结婚的当天晚上送给那个女人，他既然会把那条手链送给达尔茜，一定有某种意义。但如果他爱上的女人没那么自私，多一点同情怜悯心的话，他今天可能还活着，我们的秘密可能仍然是个秘密，一切都还是原本的样子。”

“埃米莉现在知道事实了，”万斯外公平静地说，“这才是最重要的，我本来就没有打算告诉其他人。”

埃米莉不懂，为什么摩根这么坚持要大家相信他的弟弟是被骗的。或许这么做的话，他比较能接受他弟弟的死，也或许是因为，如果镇上的人都不知道罗根是个抑郁又工于心计的人，他的家人会比较好过一点。但其实，这样顶多只能让这种不名誉的事情不会关联到他们发光这件事，这样大概可以让镇上的人比较能接受他们原来的样子，去同情他们。埃米莉知道她妈妈应该也了解，因此她才愿意扛起责任，接受大家的指责，而这也是她改变的第一步，让她变成了完全不一样的人。

“我也不会告诉任何人。”她说。

摩根转向温。“我要想一想。”温说。

“你给我待在家里想，你被禁足了。”

摩根转身走到门口，把纱门拉开等着温走出去，但温却走向万斯：“等我的处罚结束之后，我希望能够跟你的外孙女出去约会，希望能够得到你的允许。”温伸出手。

“温！”摩根大叫。

万斯看起来就跟摩根一样惊讶，不过他还是缓缓地将手伸出去，跟温握了手。

“温！走了！”

温还是没有立刻转身离开，他抬起头看埃米莉，她还是站在楼梯上。“我很快可以再见到你吧？”

她点点头，他给了她一个肯定的微笑，才终于转身离开。

摩根走出去，让纱门自己重重地关上。

埃米莉和万斯两个人站在原地，好一会儿都没动一下，只是静静地看着大门发呆。埃米莉好不容易回过神，转头去看外公："为什么你不一开始就把事实告诉我？"

"你妈妈要我发誓绝对不可以告诉别人。"万斯一脸疲倦，他走向楼梯，直接坐在阶梯上，整个人像个船锚般渐渐下沉。埃米莉还是站着，但他实在太高了，即使是坐着，也比她站着要高。"莉莉有个表姐住在圣地亚哥，我安排达尔茜过去跟她住在一起，也去那边继续上学，我给了达尔茜一大笔钱，她在罗根的丧礼前一天就离开穆拉比了。我知道她一直很努力地配合，但我也明白，在那个事件发生之后，她也不知道什么地方才适合她。几个月之后，她休了学，再没几个月，她干脆离家出走。一开始的几年，我还会收到她寄来的明信片，但之后就音信全无了。"

"你为什么不去找她呢？"埃米莉问。

万斯耸耸肩膀："因为我知道她是故意躲着，不想被我找到。她知道如果她跟我联络的话，我就会无条件继续资助她一切，但是她什么都不想要。对她来说，要得到正确的、良好的人生，只有在她放下一切之后才有可能实现，放下科菲家的人、放下穆拉比……还有我。"

"她其实可以回来把事实告诉大家啊！"埃米莉说，"然后大家就会发现她变成了那么好的人，她可以恢复清白的。"

"我想她已经在其他地方得到救赎了。"万斯外公说着，低头看着他握在一起的双手，“她离开的时候，告诉我说，等到她有了孩子，她绝对不会用我这种方式抚养孩子长大，她会教导他们什么叫作责任，她说她的孩子绝对不会像她一样。我有时候会希望在她生命中的某一刻已经愿意原谅我了，但如果她到最后都没有原谅我，那也是我自己活该。”他深呼吸，继续说下去，“但有一件绝对值得肯定的事情是，她真的教出了一个了不起的好孩子。”

埃米莉沉默了一下，然后坐到了外公身边，轻轻握着他的手，“你也是啊，万斯外公。”她说。

这是第一次，她觉得就算镇上只有他们两个人知道事情的真相，那也没有关系了。

因为最重要的是，他们知道事情的真相。

摩根他们离开之后，万斯一直在挣扎到底要不要出去吃早餐，但最后他还是决定去，因为他不想解释自己为什么会缺席，今天早上发生的事情，其他人不需要知道。

几个小时之后，他吃完早餐回到家时，觉得筋疲力尽，而且跟平时那种渐渐增强的疲倦感觉不一样。他跟摩根对峙冲突时的紧张感，就好像在意外相撞事件之后存活下来的感觉，脖子的肌肉疼痛，关节也很僵硬，他觉得身心俱疲，想躺下来好好睡一觉。

但他并没有直接回房间睡觉，而是再去检查烘干机。

他原本不打算对摩根发脾气的，他本来就很少对人发脾气，因为那实在没有太大意义，被你发脾气的那个人，一般来说是很少会悔改的。不过，对自己生气还是有一点点价值的，表示你至少还能处罚那个还有希望可以改过的自己，而万斯就经常生自己的气。

原因有很多很多。

因为他让事情错得太离谱，因为太常沉溺在过去，因为没有好好教导达尔茜，因为已经错过太多埃米莉的过去。

他走到洗衣间，打开了烘干机的门，他蹲低身子，半跪在地上，然后忍耐着不要因为这样的活动而痛苦呻吟。他觉得自己根本就像个小个子的男人，却必须使用一具对他来说太过巨大的身体。

他把手伸进去，预期会摸到烘干机圆筒的底部那种光滑冰冷的曲线。但是，他的手指却碰到了某种滑滑黏黏的东西，而且还会动。

他猛然退开，跌坐在地上。

一只大青蛙跳了出来。

他看着那只青蛙，完全愣住了。

他看着青蛙跳向洗衣间的门，那一瞬间，他觉得自己会看见莉莉的鞋子，他真的抬起头，希望看到她出现，站在那里，像上次一样大声笑他。

但什么都没有。

他再次往下看，发现青蛙已经不见了，他很快地站起来，走到外面去，当他弯下腰要穿过后门时，突然觉得有一阵芳香的气息迎面而来，甚至还吹动了他的头发，他的衣袖也微微振动。

他闭上眼睛，深深吸了一口气。

莉莉。

这一阵清风就像她的人一样，温柔地吹拂着他，他站在那里，好久好久都没有移动一下，他不想失去她。他继续深呼吸，随着每一次呼吸，香气越来越淡，他的心也越来越痛。

她又走了。

当他睁开眼睛时，看见那只青蛙坐在厨房门口，很快转身跳了出去，万斯的眼里满是泪水，所以看到的青蛙好像有点摇摇晃晃的，他跟了过去。

他打开纱门，看着青蛙一路跳过后院，他也继续跟过去，一直走到整块地的尽头，那座小凉亭的旁边。青蛙停了下来，坐在凉亭旁边看着他。

万斯停了一下，然后抬起头看了一下四周。很显然，埃米莉来过这里，还把凉亭周围的树木都修剪整齐了。他突然想起，在莉莉过世之后，达尔茜也做过一样的事情。虽然那时候她才只有十二岁，但她却很努力地靠自己的力量，让周边的事务都能像平常一样顺利进行下去。当时他应该陪在她身边，他应该更关心她的生活，而不是一直塞钱给她。但当时他的心已经支离破碎，导致他生活中所有的事情也都跟着支离破碎。

莉莉绝对不会希望事情变成这个样子。也许这就是莉莉想要传达给他的信息。上一次她把青蛙放在烘干机里面，就是想告诉他，不要拘泥于事情本来的方式，不要害怕改变，也不要害怕改变带来的结果。

他得停止浪费时间在懊悔过去的事情上，他还有个外孙女要照顾。

他再次深呼吸，对地上的青蛙点点头，表示同意它那无声的提醒。好的。他会打电话给以前的园丁，他知道那家人依然在从事景观美化的工作，他会把这个地方好好整顿一下。他回过头看他的房子，莉莉还在的时候，房子不是这副样子的，他也要去找修屋顶的工人，还有油漆工。

很好。

他要开始给埃米莉零用钱，跟她讨论一下上大学的事情。或许她想去念州立大学，跟莉莉一样，那所大学离这里不远，开车很快就可以到。或许她放假的时候会想回家住一阵子，或许毕业之后她会想要一直住在这里。

很好。

他要在湖边盖一栋房子送给她，就当作给她的结婚礼物吧。

如果她嫁给温·科菲呢？

那婚礼绝对不会在晚上举行，这点是确定的。

不过，以他对温的认识，说不定温真的选择在晚上举办。

当他想象埃米莉结婚那一天，穿着婚纱会是什么模样时，他露出了微笑。莉莉的婚纱还收在阁楼的房间里，也许埃米莉会想穿那一件。

朱莉娅，她一定会亲手做蛋糕，送来给他们的。

他想得太长远了，自己都忍不住笑了出来。

他也许高到可以看见明天，但他已经很久很久没有往“明天”那边看了。

他都忘了明天有多么光明灿烂，明亮到他几乎有点承受不住了。

已经过了七天了，埃米莉觉得自己好像住在一个泡泡里面，安静地等待温的处罚结束，她不禁有点担心，他爸爸会不会把他禁足一辈子。

但其实这几天以来，也一直有许多令她分心的事情。万斯外公突然之间很投入于房屋修缮这件事情，这基本上是一件很好的事，只是她每天早上都会被不同的噪声吵醒，像是有人修屋顶的敲打声，或是在后院除草的除草机的轰隆声，又或者是闻到强烈刺鼻的油漆味。当埃米莉问万斯为什么这么急着做这些事情时，他告诉她说因为快要下雨了，他希望可以在大雨来临之前把这些工作都做完。

那个星期，有热浪袭击穆拉比，所以埃米莉实在不相信很快就会下雨。但是每次她下楼，被高温弄得心烦意乱而向外公抱怨时，万斯外公都会告诉她不用担心，等到下雨就会凉快多了。最后她实在忍不住了，问外公说他怎么知道，他告诉她，是他的肘关节告诉他的。埃米莉没有跟外公争论，因为她实在不想知道外公为什么要跟自己的肘关节说话。

每天下午，万斯外公睡午觉的时候，她就会到隔壁去，其实她只是想找借口待在有冷气的房子里吹一下冷气凉快一下。但结果总是不如她想要的那样，因为虽然天气很热，朱莉娅每天在她公寓的小厨房里做蛋糕时，还是会刻意把窗户都打开。埃米莉问她为什么，她说她是在呼唤某个人，埃米莉从来没有质疑过，这一点让朱莉娅真的很欣赏她的懂事。朱莉娅做蛋糕的时候，埃米莉就会在旁边讲温的事情，朱莉娅似乎很开心埃米莉已经知道了温家的秘密。埃米莉知道朱莉娅已经原谅她妈妈曾经做的一切，而且朱莉娅最近似乎放下了许多心事，不会再像以前那样经常显得坐立不安。

每天下午五点，朱莉娅就会带着自己做的蛋糕出门，这时候斯特拉也刚好下班回到家。这样的状况持续到第七天时，埃米莉终于忍不住问斯特拉，朱莉娅到底带蛋糕去哪里。一开始她以为朱莉娅是把蛋糕拿到她的餐厅去，但当她知道朱莉娅从来不在傍晚回餐厅时，就开始觉得好奇了。

“她是把蛋糕送给索耶。”斯特拉说。

“他真的可以吃掉一整个蛋糕吗？”埃米莉问。

“别担心，他连朱莉娅都会吃掉。”斯特拉突然被自己说的话吓到了似的，“消除我刚说的话，当作没听到。该死，我得喝点酒了，记得啊，照我‘说’的做，别照我‘做’的做。”

埃米莉很喜欢在朱莉娅离开之后，和斯特拉一同坐在后院，享受缓慢的步调，悠闲地看着天色一点点地暗下来，再回家跟外公一起吃晚餐。斯特拉有时候会讲些她妈妈的事情给她听，她是全世界最会说故事的人，而且又有相当多彩多姿的过去，这两个特色搭配得天衣无缝。埃米莉可以感觉得出，斯特拉对于现在的生活，除了开心以外就没别的情绪了。她的过去让她有许多故事可以讲，这就值得了，感觉得出她并不会想回到过去去改变什么。

那天晚上埃米莉回家时，她了解到，好像是这一阵子的高温，让穆拉比的生活步调更缓慢了。虽然这里还是有许多观光客，但是邻居们都相当安静，只有在她经过别人家的房屋前面时，才会偶尔听到风扇转动的声音，或是冷气机运转的声音。好像整个小镇里的人都处在一种静止的状态中，在等待什么事情发生似的。

终于，那天晚上，发生了。

黑夜降临的时候，强烈的暴风雨也来临了。风雨强烈到埃米莉和万斯必须奔跑，赶快把房子里的窗户都关起来，他们一面跑，一面笑，把这件事当作游戏一样，之后他们并肩站在屋子的前廊，看着雨哗啦啦地落下。这一天的尽头，让她觉得好像来到了故事的结尾，埃米莉突然之间觉得有些伤感。她故意找些借口，好跟万斯外公多相处一些时间，他们一起玩牌、翻阅以前的旧相册，相册是外公不知道从什么地方变出来的，里面全都是她妈妈的照片。

最后，万斯外公说他很累了，埃米莉只好不太情愿地跟他道了晚安，一个人走到楼上。走回房里时，她才发现自己忘记关上阳台的门，雨都泼洒了进来，整个地板都浸水了。她花了将近一个小时，擦拭地板、阳台门、墙壁，还有附近一起遭殃的所有家具。终于弄干净之后，她把所有的毛巾都丢进浴缸里，也换掉自己身上的湿衣服。

她穿上一件棉质的睡袍，然后就上床睡觉了。气温突然之间下降了很多，甚至有些凉意，埃米莉还盖上了薄被。雨水打在阳台门的玻璃上，发出清脆的当啷声，好像外面落下的不是雨水，而是硬币。

几个小时之后，埃米莉醒了过来，她不知道什么时候把被子踢掉了。四周一片寂静，而且是一种很奇异的寂静，像是在等待一个还没有说完的句子。暴风雨已经过去了，现在房间里又热到令她很不舒服。

她睁开眼睛，看见外面的月光穿过窗帘的缝隙，照在关着的阳台门上面。她慢慢起了身，走过去打开阳台的门。因为刚刚下过雨，树的枝干变得沉重而下垂，有一些甚至都快碰到她的阳台地面上了。南方典型的闷热夏天夜晚又回来了，令人透不过气的潮湿黏腻，但是月光映照在潮湿的物体表面，让附近的景象看起来就像被雪覆盖一样晶莹美丽。

眼前的一切看起来突然变得好陌生。当她第一天抵达穆拉比的时候，根本没有料到，自己会变得这么喜爱这个地方。

刚到这里的时候，不晓得有这么多她从没有想过的事情——奇怪又不可思议的事情。

月亮的光芒从阳台门照进来，也照亮了房间墙上大概几英寸的距离，虽然不多，但已经足够让她突然发现，这整个星期以来，一直陪着她的月亮图案壁纸不见了，现在是一种很奇怪的深色，她看不出来是什么颜色，中间还穿插了一些黄色的长条纹，这图案看起来很像半开的门或窗，有光线照进来的样子。这壁纸通常是反映她的心情，或是某一种状态，但现在这个图样是什么意思呢？有某一扇新的门打开了吗？有什么东西要被释放了吗？

当她终于想到这是什么意思的时候，她猛然转过身，站在原地没有移动，但视线开始搜寻整个房间内部，直到她找到了他。

温坐在她床铺对面的沙发上，身体往前倾，手肘靠在他的膝盖上，十指交叉握着。

“我的处罚在今天半夜十二点结束。”他说。

她的心跳加速，能看到他实在太好了。但是，她也不由自主地觉得有些别扭：“所以……所以你刚刚是打算一直坐在那里，等到我醒来吗？”

“对。”他站了起来，在一片寂静中发出了嗖的声音。他朝阳台门走过去，埃米莉站在月光照得到的地方，他就停在那前面一点点，好像那里有一条不能跨过的线。

“我都快忘记你长什么样子了。”她开玩笑地说，但这个玩笑很糟，她为什么会这么紧张呢？

因为他差点吻了她。

“这段时间里，我一直都在想你的样子。”他很认真地说。

“最近家里都有人在敲东西、锯东西，还有除草，附近都很吵，所以很难专心。”

他露出了顽皮的表情：“这就是你的借口？”

“还有这栋房子里没有冷气，你知道在没有冷气的状况下，有多难专心吗？”她得停止继续说这些蠢话，但她好像就是停不下来。

“之前你家院子里的橡树有很粗的树枝，直接伸到你的阳台上，现在你外公把它修剪掉了，搞得我这次花了好长的时间才爬上来。”

这些话让埃米莉终于稍微停了下来，她凝视着站在阴暗处的他：“你上来过几次？”

“没几次。”

她突然想起自己刚抵达穆拉比的那一天：“我刚到这里的那一天，我的手链放在桌上……”

“我知道你那一天要来，”他说，“我对你充满了好奇，然后我在你家前面的走道上捡到那条手链。”

“你不需要再偷偷摸摸地进来了，”她说，“现在一切都公开了，对吧？”

他的回答，就是往前跨了一步，走进月光底下，两个人的距离近到都快碰在一起了。

一开始什么都没发生，但接着，发出了白色的光，那种光看起来好像非常炽热，而且还开始闪耀。她抬头看他，他也很靠近地望着她。

“我是骗你的。”她很小声地说。

他好像有点担心，甚至往后退了一步：“什么事情？”

她伸出手拉住他：“就是我说我忘记你的样子了，我不可能会忘记的，我永远都不可能会忘记。”她说，“一辈子都不会。”

他微笑了起来，伸手捧住她的脸。

然后他终于吻了她。

麦迪·戴维斯走在人行道上，调整了一下肩膀上的背包。她昨天刚到穆拉比，住在小镇大街上的一个小旅馆里。这旅馆是她父母替她安排的，她本来想自己一手包办全部的事情，但她明白她的父母很担心，所以如果接受他们的安排，住在一间华丽的小旅馆里，能让他们比较安心一点的话，她是可以勉强忍耐个几天，每天勤奋地吃掉旅馆服务人员摆在枕头上的巧克力。

昨天晚上她睡得并不好，满月的皎洁月光透过窗户照进她的房间里，她几乎一整夜都蜷曲着身子窝在沙发椅上，看着旅馆对面的那座公园。吃早餐的时候，旅馆老板娘告诉她，八月的满月被称作“鲟鱼月”，这个时节的人们都很繁忙，不得休息，每天都有做不完的事情，抓不完的鲟鱼。

吃过早餐之后，麦迪打电话给妈妈，尽量表现得一切都很好，但她妈妈的声音听起来还是很紧张。“也许我这么会挖苦人的个性很快就能得到解答了，”麦迪开玩笑地说，“又也许那只是像电线接错线一样，那就表示，不是你们的错。”她妈妈没有笑。麦迪早就知道，她的父母是全世界最善良的人，但是他们就是不懂麦迪的幽默感。她从很小的时候就知道，在他们身边的时候尽量不要这么伶牙俐齿的。

这是个完美而晴朗的星期天早晨，麦迪走在街上时，深深地吸着空气中那股木头烟熏混合甜甜味道的香气，肩膀都因此而放松了一些。她喜欢这座小镇，这里让她有股奇妙的熟悉感，虽然她也说不上确切的原因。

她看见眼前这家店门口挂着的招牌。

杰氏烧烤。

为了某种因素，她停了下来，她的脚就是不肯继续前进了，走在她后面的行人必须从两侧绕过她走过去。

好多年来，她一直想要做这件事，而现在终于是时候了。她试着不要太严肃且郑重其事，所以只安排了短短几天的时间，故意装作轻松地来拜访这座小镇，她甚至故意把行程安排得很紧凑，她在爸爸的律师事务所暑期实习结束之后，到乔治城学校二年级开学之间，这几天的时间到穆拉比来。现在，这一切就真的要发生了，她又有点不太确定自己是不是真的可以面对了，她到底该怎么完成这件事呢？她跟养父母之间的关系非常好，她也已经搜集到了足够多的信息，明白为什么她的生母会放弃抚养她长大，而让别人领养她。朱莉娅·温特森当年只有十六岁，还是柯里尔少年感化院的学生，那是一所寄宿学校，专门接收有问题的少女，不过那所学校已经关闭，连那块土地都已经移作别的用途了。学校是在几年前关闭的，原因是资金不足。朱莉娅现在住在北卡罗来纳州，一个以烤肉闻名的穆拉比小镇里，经营一间餐厅。她一直没有结婚，也没有再生其他孩子。麦迪的养父母替麦迪请的私家侦探，甚至还找到了一张朱莉娅的照片。照片里的朱莉娅相当漂亮，气色也很好，但那双咖啡色的眼睛，似乎有些出神地不知道在想什么。麦迪有着金发和蓝眼睛，这些都不像朱莉娅，大概只有嘴巴周围看起来比较像她，所以她猜想自己一定是比较像爸爸。她不知道亲生的爸爸是谁，因为出生证明上面没有他的名字，这件事，大概只有朱莉娅可以告诉她了。

她又开始继续往前走，但她的心跳开始加速，快到耳边都可以感觉到自己的心跳声。她走到餐厅的大型橱窗旁边，又停下了脚步，这一次她整个人有点虚弱地斜靠在餐厅门口的砖墙上，把背包放在脚边，然后用手掌遮住了双眼。

“别这么软弱。”她告诉自己。

她将双手放下。

当她再次睁开双眼时，看见眼前有两个青少年，坐在餐厅前面的长椅上。那个女孩的发型很古怪，像被风吹得乱七八糟一样，穿着挖背背心和短裤。那个男孩则穿着亚麻质料的成套衣裤，还戴着红色领结。他们两个人靠在一起，额头都快碰在一起了，男孩握着女孩的手，他的大拇指轻轻摩挲着她的手腕，他们两个人完全沉浸在自己的世界里，他们两个是彼此共有的王国中的王子与公主。麦迪微笑了起来。

这时餐厅的门打开了，他们两个都抬起头来看。麦迪也随着他们的视线看过去，她惊讶得睁大了眼睛。有位老先生正要走出来，他必须弯下腰才能通过餐厅的门。她从来没有见过这么高的人。

那两个青少年看到老先生之后，就一起站了起来。高个子的老先生移动着古怪又僵硬的步伐，走到他们两个面前。男孩伸出手，老先生和他握了握手，他们简短地聊了一下，不知道为什么笑得相当开心，然后那个白衣服的男孩就转身走了。

他经过麦迪身边时，对她礼貌地微笑并点头示意。她看着他走远，又回过头看那个女孩跟老先生。老先生给了女孩一个纸袋，女孩接过纸袋，他们便一同踏上人行道。当他经过麦迪身边时，她得伸长脖子，把头抬得很高才能看清楚他。

她突然觉得自己好像身在一个奇怪的童话故事里面，好像她刚刚掉进了一个故事的结尾。

餐厅的门又打开了，有两个男人走了出来。银色又闪闪发亮的香味从餐厅里飘了出来，在空气中回绕飘荡，飘过她的身边，她深深吸了一口，这味道让她立刻站直了身子，糖、香草和奶油。这股从未停止过的味道，在她有生以来就一直不停地跟着她。有的时候她看得到，但大多数的时候，她只能感觉到。在她还小的时候，有的时候是坐在教室里，有的时候是带她的狗狗柴斯特出去散步，或者是跟哥哥一起上无聊的小提琴课时，那种味道就会不知道从哪里冒出来，无法解释地令她整个人心神不宁。即使到了现在，她还是会在半夜突然醒来，信誓旦旦地说有人在房子里做蛋糕，她的室友们都觉得她疯了。

就是这股熟悉的味道，突然之间给了她勇气，她弯下腰拿起背包，走到窗户前面往餐厅里头看。这是一间非常朴素，没有什么特殊装潢可以多加形容的小餐厅，但里面挤满了人。

麦迪的视线马上就停留在柜台后方的一位女士身上。她在那里。

朱莉娅·温特森。

她的亲生母亲。

朱莉娅微笑着，正在跟一个金发的英俊男人聊天，那个男人就坐在柜台的另一边。麦迪不知道花了多少时间，仔细审视私家侦探替她弄来的照片，不过真实生活中的朱莉娅，看起来更开心、更自在。

麦迪一直透过玻璃窗看着朱莉娅，然后才终于走向门口。当她走到门边时，看到那里贴了一张海报，上面写着：

蓝眼女孩蛋糕

专为各式场合特制蛋糕，请内洽。

有个人正好从店里走出来，看见她，便替她拉住门。

“你准备好要进去了吗？”那个人问她。

一个故事的结束，另一个故事的开始。

“是的，我准备好了。”她说完，就跨了进去。

（全书终）